Jochen Kelter

Hall

Jochen Kelter

Hall

oder

Die Erfindung der Fremde

AM 7.10.2007
JM BODMAN-HAUS
HERZLICH,
JOCHEN KELTER

Klöpfer & Meyer

Für Tilla

Mit dem Eintrag ins Buch der Geborenen erfolgt der Eintrag ins Buch der Gestorbenen, der segensreiche Augenblick zwischen beiden Eintragungen ist der Raum der unheilbaren Krankheit des Lebens.

Dragan Velikic, Der Fall Bremen

I.

1. Kapitel

Die Felder hinter Bologna waren schon gepflügt. Nach Rimini war der Küste entlang das sattdunkle Grün von Zypressen und Pinien vorbeigezogen. Erst kurz vor Modena war der Nebel der Po-Ebene unvermittelt aufgerissen und einer bald strahlenden Wintersonne gewichen. Das Grün der Wiesen leuchtete, so dass er sich schon bald zwang, die Augen auf die Fahrbahn gerichtet zu halten. *My heart is in pain* hatte in schwarzer Sprühschrift auf dem Geländer der Brücke über das Bahngelände gestanden, als er gestern sehr früh morgens aufgebrochen war, um sich zunächst bei seinem Freund den Schlüssel für das Haus abzuholen. Und danach war sein Herz ein paar Minuten lang wieder von schwarzen Schwingen beflügelt worden.

Ancona war ausgestorben. Es war der Dreikönigstag. Er war, nachdem er sein Hotel bezogen hatte, lange durch die Altstadt gelaufen, ohne eine einzige offene Bar zu finden. Die Sonne stand wie vergessen auf den Backsteinfassaden über dem Wasser hoch bis zur Festung. Auf dem Hauptplatz saß ein verwahrloster Althippie mit Sonnenbrille auf einer Bank, sein Albino-Hund strich um ihn herum. Ein paar Tauben gurrten in die Stille. Zwei Frauen am anderen Ende des Gevierts plauderten lautlos miteinander, hin und wieder querte ein Passant den Ort, der gänzlich erfroren schien.

Ein wenig Leben war allein im Hafen. Griechische 30 000-Tonnen-Fähren, die von hier in 18 bis 20 Stunden nach Patras liefen, lagen mit dem Heck an den Quais. Griechische, deutsche und kroatische Autoschilder, holländische und französische Lastzüge neben serbischen und montenegrinischen. Teile von

UN-Hilfskonvois, ein albanischer Landrover, ein bulgarischer und ein paar schrottreife albanische Laster, deren deutsche Herkunft aus Detmold oder Lübeck noch auf den Planen oder den Türen der Fahrerkabine abzulesen war. Alles, was zu dieser Jahreszeit über die Adria geht, dachte er und lief zwischen den brummenden Aggregaten der Kühlcontainer umher, um sich das Alphabet dieser Ecke Europas zusammenzusuchen.

Italienische und kroatische Frachtschiffe in den schon wieder in die blinde Januarsonne wabernden Nebelschwaden. An einer entlegenen Mauer des Hafenbeckens ein menschenleerer russischer Seelenverkäufer, der sich vor Schwarzem Meer und Winter – Ägäis in diesen sichern Port geflüchtet zu haben schien. Hatte sich die Besatzung womöglich ins grüne Hinterland abgesetzt und kaute Grashalme unter Pinien?

Immer die falschen Wege gegangen, dachte er unvermittelt im Gehen, nachdem er sich müde gelaufen hatte, den Weg zurück zu seinem Hotel nahm und auf halber Höhe den Hafen schon völlig vom Nebel zugedeckt liegen sah. Als sei die strahlende Sonne nur ein kurzes trügerisches Zwischenspiel gewesen. Warum nur? Er fühlte sich auf diesen Wegen doch mit sich selber verwandt. Und hatte sich vorhin im Hafen aufgehoben gefühlt inmitten dieser Exklave von europäischem Schwemmgut, der Menge zufällig zusammengestoßener Menschen. Und dann doch dieser Gedanke im Gehen. Bei mir, dachte er, treffen alle Nachrichten ein. Und vieles kommt aus dem Gehen. Hall sieht sich zu. Sind die falschen Wege die richtigen? Oder doch nur die falschen? Und wie schlägt man die richtigen Wege ein? In der Liebe, im Krieg, im Leben. In den Karrieren wurde nicht einmal mehr eine Aura um die Personen gelegt. Man zappte sie einfach von einer Hörfunksendung in die Primetime-Fernsehnachrichten, promovierte sie vom Sportreporter zum Talkmaster. Vielleicht hatte er den Anschluss an die Zeit verpasst.

Die neue Zeit, die die inszenierte an die Stelle der erwiesenen Bedeutung setzte, das dargestellte anstelle des gelebten Lebens, die Geste für die Tat.

Vielleicht gab es einen Verhaltenskodex, von dem er nichts wusste, eine Gesten-, eine Körpersprache, die ihm unbekannt waren, eine Verhaltensweise, die er verabsäumt hatte, kennen zu lernen, sich anzueignen. Vielleicht, während er gelebt hatte, neue Koordinaten des Lebens nicht registriert, Botschaften nicht verstanden, die sich zurückmeldeten.

2. Kapitel

Dass die Musik eine späte Tochter der Musen sei. Darüber sprachen wir an diesem Abend. Es war Mai. Wir saßen auf der Terrasse vor Martinos Haus, dem Haus, das er vor kurzem gemietet und bezogen hatte. Ich fand es zu groß, viel zu groß für ihn allein. Der Wind von der Lagune machte wohlig frösteln. Der Geruch des Meers vermischte sich in der lauen Luft mit dem der blühenden Kastanien. Dass die neue Musik seit, wie vielen?, dreißig? Jahren aufhole, was andere Künste, Literatur, Malerei, Skulptur, vor hundert und hundertfünfzig Jahren unternommen hätten: das einzelne Gesicht, die einzelne Person, das gesonderte Gefühl, die unterscheidbare Stimme zu Trägern der Humanität und ihrer Ausbildung zu erheben.

Warum nur ist die Musik so spät? Sie, die doch am Anfang aller Kunst, allen Gefühls ist.

Ich weiß nicht, ob nicht auch das Bild und das Wort am Anfang stehen, hatte ich geantwortet. Vielleicht zusammen mit den Tönen, dem Klang der menschlichen Stimme. Aber womöglich gibt die Musik meinem Geschlecht die Möglichkeit, sich im Kreis der Menschheit endgültig anzumelden.

Dichtkunst und Malerei haben außergewöhnliche Frauen schon lange anerkannt. Aber erst die Musik hat ihnen eröffnet, ihre Weiblichkeit vollends zur Geltung zu bringen, die Grazie des Auftritts, ihre Stimme zu den von ihnen gesetzten Tönen oder den von ihnen gespielten Instrumenten. Frauen entfalten in der Musik ihre höchste Wirkung. In der Musik sind Stimme, Bild und Melodie beieinander. In allen anderen Künsten fallen sie entzwei. Deshalb ist die Musik die Krone der Künste und, sage ich, eine weibliche Muse. Und wir tun es damit den Alten gleich, hatte Martino emphatisch erklärt. Einst hatte er Bilder gesammelt, dabei aber offenbar keine glückliche Hand bewiesen.

Bei den *Unisoni* wurde nicht auf diese Art frei und unbekümmert geredet. Da folgte alles einem Ritual, der Aufforderung zum geistvollen Disput, der gespickt war mit verklausulierten Anspielungen, gelehrten Zitaten, verhüllten Boshaftigkeiten und verblümten Anzüglichkeiten. Da plusterten sich die Redner wie rechte Gockel. Mein Vater hatte mich mit Bedacht von Beginn an als Zeremonienmeisterin eingesetzt. Seine Regie rückte mich in den Mittelpunkt. Ich sollte singen. Ich sang. Meine Stimme erntete höchstes Lob und Anerkennung in Worten und Versen, die ich kaum verstand, ich war fünfzehn oder sechzehn. Dafür verstand ich bald das Geschäft. Eine Stimme, die noch nicht ausgebildet ist, gleicht einem nicht voll erblühten Busen. Ich war ein Täubchen. Unsere Kunst, unser Geschäft ist wie ein junger Vogel, der hoch hinaus will. Die Blicke der Signori ruhten auf mir wie auf einem Versprechen. Ein Busentuch habe ich nie getragen, man hatte mich mit dem Kleidungsstück, das die Schicklichkeit schon den jungen Mädchen gebietet, nicht vertraut gemacht. Ich sang und war mir nur halb bewusst, dass ich nicht nur eine silberne Stimme war, sondern zugleich eine Nymphe, ein Hetärchen, das die Signori verzehrte wie die neue leidenschaftliche Musik, die ich häufig solo und auch a cappella darbot.

Mein Vater war ehrgeizig. Er besaß eine Tochter – als solche wurde ich allseits angesehen –, die das Talent hatte, mit dem er zu wuchern gedachte. Er kannte die Spielregeln und formte mich nach ihnen. In der Tat bin ich als Sängerin ein Produkt meines Vaters, auch wenn andere meine stimmliche Ausbildung übernahmen. Aber ein guter Wucherer war er nicht. Ich erinnere mich an einen Vorfall, ich war noch ein halbes Kind und ahnte doch bereits vieles. Es mag zu Beginn der dreißiger Jahre gewesen sein, wir waren, es wurde ein Fest zu Ehren eines der Dichter der mächtigen Accademia degli Incogniti gegeben, ebenfalls auf einer Insel. Vielleicht war es Murano. Die Jahreszeit war später, es mag Juni gewesen sein, man fror im Freien auch noch zu vorgerückter Abendstunde nicht. Die Kastanien hatten die Blüten schon abgeworfen, es roch nach Meer und nach Sommer. Mit einem Mal strömte alles zum Hauptportal der Villa. Die Renzi, so hieß es, war soeben einem Boot entstiegen und würde singen.

Und dann erschien sie. Vor dem Portal zwischen zwei Säulen auf dem obersten Treppenabsatz. Ganz in Weiß, Anna Renzi. Sie war eine Frau, die die vierzig überschritten hatte, was ich damals nicht abzuschätzen vermochte. Mich überwältigte sie wie eine Erscheinung. Mit gelocktem Haar, tief dekolletiert und stark geschminkt brachte sie dem Hausherrn, es war vielleicht sein Geburtstag, ein Ständchen mit einer Arie, dann einer zweiten und zum Schluss, zu dem sie sich vielmals bitten ließ, mit einer Arietta. Die Anwesenden waren von ihrem überraschenden Erscheinen ebenso beeindruckt wie enthusiasmiert von ihrem jubilierenden Gesang in der Frühsommernacht.

Nachdem sie geendet hatte, erschien ein ebenfalls weiß gekleideter Cavaliere, was zu jener Zeit wie zügellose Kühnheit wirkte, ihr Cavaliere offensichtlich, auf der zweitobersten Treppenstufe, der sich des Ansturms der Damen und auch der Herren kaum erwehren konnte. Broschen wurden ihm gereicht, schwere Münzen, Ringe, Perlenketten, solche mit kostbaren Steinen, die sich die Damen vom Hals knüpften, und Gold. Alles verschwand im Innern seiner Weste und den weiten

Taschen seiner Pluderhosen, die einzig zu diesem Zweck geschneidert schienen. Schließlich nahm er noch ein weißes Seidentuch zu Hilfe, das er so sorgfältig entfaltete, als sei es ebenso wertvoll wie die Gegenstände, die er hineingleiten ließ. Und überall im Park bemerkte ich junge Männer in weißen Hosen und Westen, die es ihrem Herrn gleichtaten. Die Renzi muss durch ihren sorgfältig geplanten Auftritt an diesem Abend ein kleines Vermögen, nein, ein ansehnliches Kapital verdient haben.

Meinem Vater wäre nie in den Sinn gekommen, durch eine derart gekonnte Inszenierung aus den Talenten seiner Tochter Profit zu schlagen. Er hätte sich artig verbeugt und noch einmal verbeugt, sich einen seit den Tagen des Ariost üblich gewordenen Lorbeerkranz aufs Haupt stecken lassen – das sogar wäre vorbereitet gewesen. Er hätte ihn mir, dem Komponisten, dem Hausherrn, einem Gönner weitergereicht. Er hätte mein Talent über die Wolken und in den Himmel gelobt, sich abermals verbeugt, sein Verdienst geschmälert und somit betont, wäre aus dem Licht in den Schatten seiner Tochter getreten und damit aus ihrem Licht zurück in das seine. Aber nie wäre er, leider, auf die Idee verfallen, aus einem solchen Auftritt bare Münze zu ziehen. Das hatten wir nicht nötig, pah! Es war unter unserer Würde. Er hoffte, in den Tagen, den Wochen, die dem Auftritt folgten, träfen Patronagen ein, Aufträge, Einladungen, Zuwendungen und Anerkennungen in pekuniärer Form und nicht nur gesiegelte Billette und Danksagungen auf teurem Bütten, die, geziert von prunkvollen Wappen, ein Bote brachte. Immer umsonst. Nichts von alldem traf jemals ein. Also begann er wie stets von neuem, den nächsten Auftritt zu planen, die Mitglieder der *Accademia degli Unisoni* zu ihren Versammlungen zu laden. Mein Vater war altmodisch, war Florentiner, von sich und uns absolut überzeugt, Cavaliere, Habenichts, Librettist,

Poet, Mann der geschlossenen Gesellschaften und der Akademien. Eine unsägliche Mischung.

Martino war davon überzeugt, dass das goldene Zeitalter angebrochen sei. Nach vielen dunklen Jahrhunderten und dem wunderbaren Ratschluss des Allmächtigen, der das heidnische Altertum, das uns so gewaltige Zeugnisse menschlicher Größe vererbt habe, mit unserem christlichen Zeitalter versöhne, dem in den Künsten kühne Entwürfe so selten beschieden gewesen seien. Wir sind ausersehen, nach zweitausend Jahren solcher Krönung der Zeiten beizuwohnen. Nach dem Plan des ewigen Gottes, den Aberdutzende von Generationen zu ergründen gesucht, auf den alle Geschlechter seit Abraham, seit der Gründung unseres Staats Venedig, den Rittern vom Heiligen Kreuz und dem großen Dante gewartet haben. Uns wird er enthüllt, der Plan, die Versöhnung der alten mit der neuen Welt. Uns ist es vorbehalten, die menschliche Größe mit dem christlichen Glauben, die Gesänge des Aischylos mit unserer wunderbaren Musik zu verbinden.

Martino lebte stets überhöht, er floss über. Er gab sich gänzlich der neuen Zeit, die die konservativen Handelsherren als unnatürlich verwarfen, konvulsiv in der Musik, trunken in ihren Bildern, übersteigert im Lebensgefühl. Er ließ Lorbeer- und Blütenblätter auf Gondeln streuen, die unter den Brücken durchfuhren und aus denen Musik, auch meine Musik erklang. Wir trugen silbern gewirkte Gewänder. Ich sang, a cappella oder indem ich mich selber auf der Laute begleitete, die Madrigale, die später in meinem ersten Buch erschienen. An den Hauptbrücken hatte er Mädchen, Knaben und Lakaien, die weiß oder purpurn gekleidet waren, postiert. Alteingesessene Familien, die bei repräsentativen Festen oder Feiertagen der Republik nicht eben mit der Darstellung der Verdienste ihrer Geschlechter geizten, warfen ihm Unangemessenheit, Vergeudung und Selbstüberhebung vor.

Die Vidmans stammten nicht von hier. So wenig wie meine Familie zu den eingeborenen Geschlechtern gehörte. Der Vater und seine Söhne hatten den Wohlstand, den sie mitgebracht hatten, zu mehren gewusst, empfanden und handelten als überzeugte Bürger der Republik. Sie gehörten zum Stand der Kaufleute und hatten ihren Familiensitz im Pfarrsprengel von San Canciano. Aber während mein Vater aus dem hochangesehenen und mitunter gegnerischen Florenz nach Venedig gekommen war, stammten sie im Ursprung aus dem süddeutschen Augsburg, wo sie dem städtischen Patriziat angehört hatten, und waren hierher aus Kärnten zugewandert. Sie hatten ursprünglich Weidmann oder Weidenman geheißen, trugen jedenfalls noch immer einen germanisch klingenden Familiennamen, hatten in ihrem Stammbaum, das war den Scherzen der Brüder abgelauscht, wohl auch den einen und anderen Hebräer verzeichnet.

Martino war von seiner Herkunft und seinem Status überzeugt, er war seiner selbst sicher. Meine Familie hat dem einzigen Kaiser des Römischen Reichs Kredit gegeben, der diesen Namen verdient, Karl V. Wir haben der Republik Venedig Geld geliehen. Wir hängen dem Glauben an den fortschreitenden Gang der Völker an. Wir sind Kosmopoliten, Bewohner der neuen, von Christus, unserem Herrn und seinem Vater verkündeten Welt. Einem neuen Arkadien.

Die alten Familien indes machten feine Unterschiede. Die Republik bürgerte wohl gerne wohlhabende Fremde ein und bat sie für ihre zahlreichen kriegerischen Unternehmungen zur Kasse. Venedig führte seit nun fünfzig Jahren mit wechselndem, häufiger aber ungünstigem Geschick Krieg gegen die Türken. Zypern war verloren gegangen, weite Teile von Morea,

Stadt und Feste Nauplia und andere Orte, deren Namen ich nicht behalten habe, auf Kreta wurde gekämpft. Und wenn die Vidmans auch Patrioten und unerschrockene Kaufleute waren, gewöhnt, ihr Fortkommen in die eigenen Hände zu nehmen, so stieß Martino an Grenzen, wo er dem Stand der Handelsherren in seinem Gluteifer ernsthaft anriet, die Heraufkunft eines nie gesehenen Zeitalters zu feiern, das es durch Kunst und Musik zu begrüßen gelte, während die Steuerabgaben stiegen und alle bis zum einfachen Untertanen niederdrückten.

Wir leben eine neue Zeit, wiederholte Martino. Die Schöpfungsgeschichte erfüllt sich auf gänzlich unvorhergesehene und glanzvolle Weise. Nur die Menschen sind blind.

Der Duft der blühenden Kastanien gewann die Oberhand über den Geruch des Meers. Der Wind hatte gedreht.

Die Menschen waren blind. Und auch Martino wollte es sein. Er hieß mich, mein Mieder zu öffnen, meinen Rock auszuziehen, gegen das Mondlicht in meinem Unterkleid zu stehen. Er küsste der Muse innig die Füße, verlangte, ich solle ganz nackt sein. Ich stand im Gras auf der Insel im Mondlicht. Er drang von hinten in mich und bejubelte dabei sein kreatürliches Glück. Manchmal empfand ich Lust. Manchmal ließ ich es einfach geschehen. Im Park der Villa auf der Terra ferma ließ er mich als Nymphe für sich alleine auftreten und einmal zur Laute, ein anderes Mal zur Viola da Braccio, immer aber leicht und beinahe durchsichtig bekleidet singen. Die Arien und Madrigale, die er für meine Darbietungen aussuchte, trieben, sagte er, sein Begehren an. Meine Musik und mein Körper würden ihm eins. Er packte mich, streifte mein hauchdünnes Gewand ab, riss mir ein edel gewirktes Elfenhemdchen vom Leib, fiel in den Wiesen über mich her. Wo ich schon nur noch Begierde war, Wunsch, er möge mich niederbrennen, stimmte er auf dem falschen Ton eine Arie an, die er falsch fortsang, während er mich nahm. Oder er gebot mir, während ich noch sang, mich rittlings auf ein Treppengeländer zu schwingen, so dass er, im Gras kniend, gleichzeitig mein über den weißen nächtlichen Wiesen entblößtes Hinterteil und meine die Töne aufhaltende Stimme bewundern könne, die, da ich mich halb liegend auf der hochführenden Brüstung des Geländers hielt, gepresst klang und mir beinahe erstickte und entglitt.

Mitunter fühlte ich mich als Künstlerin und Frau begehrt. Manchmal trieben seine Hingabe und sein Begehren meine Stimme an und erregten meinen Körper. Meist aber war ich nach den Darbietungen meines Gesangs, die, wenn wir alleine waren, in endlose Liebesspiele mündeten, restlos erschöpft. Hin und wieder kam er mir in seiner ekstatischen Übersteigerung lächerlich, kam ich mir selber lächerlich vor. Martino war stets zu sinnlichem und körperlichem Genuss bereit. Er belegte mich wochenlang mit Beschlag, wollte mich ganz nur für sich, ganz nur die Musik und das Weib, bevor er sich dann wieder seiner Geschäfte besann. Ich hingegen hatte mich nach dem Kodex der Unisoni auch um andere Musensöhne und Liebhaber unserer Kunst zu sorgen.

3. Kapitel

Bisweilen, wenn im Herbst der Wind über die Inseln streicht, auffährt, herabfällt, der Sturm über die Lagune geht, wenn ich sehe, wie die Sträucher, die Halme des Grases an die Erde gepreßt werden, wenn ich auf den verlassenen Plätzen, den Hinterhöfen der Stadt oder in den Hügeln des Festlands, wo ich mich jetzt öfter aufhalte, der Verfärbung des Laubs, dem Fallen der Blätter zuschaue, denke ich wieder über unsere Musik nach. Alles scheint mir voller Melancholie, die Zeichen der Vergänglichkeit springen allenthalben vor die Augen, selbst im Vorfrühling, der, noch von rauen Winden heimgesucht, aufblühen wird in den Mai, um im November genau auf jener Piazetta zu enden, auf der ich das Fallen der Blätter zweier junger Bäume beobachtet habe, einer Kastanie und einer Platane. Es wird am mit einem Mal spürbar voranschreitenden Alter liegen, dass ich solchen Zeichen mehr Anteilnahme schenke als früher. Jedenfalls ist mir auf diese Art aufgegangen, wie sehr unser Ohr, unser Handwerk in unserer neuen Musik auf die triumphierenden, die jubilierenden Seiten der menschlichen und kreatürlichen Existenz abgestellt sind. Oder auf das Schwarz des Unglücks, kaum je aber auf das allmähliche Vergehen, auf die Übergänge und das Ineinander von Trauer und Glück.

Was wohl würden die Mitglieder der Unisoni, der Incogniti sagen, wie würden sie reagieren, wenn ich das in Musik zu setzen versuchte, dessen ich vor einigen Monaten während eines nachmittäglichen Gangs auf der Giudecca teilhaftig geworden bin? Eine unerwartet gespenstische Szenerie tat sich mir auf.

Der große Hof, in den mich eine fremde Musik, fremder Klang von Stimmen lockten, war bis auf seine Mitte vollständig leer. Aus den rechteckig um ihn herum stehenden Häusern drang kein Laut. Es war, als seien alle Bewohner zu dieser Stunde anderswo beschäftigt oder hätten ihre Behausungen aus einem unbekannten Grund verlassen.

In der Mitte des Hofs lagerte eine Gruppe Fremder in bunten Gewändern und Tüchern, wie wir sie nicht zu sehen gewohnt sind, Frauen, Kinder, Halbwüchsige. Sie hatten in dem grauen Nachmittag ein Feuer entzündet, und drei, vier Frauen sangen abwechselnd oder miteinander seltsam klagende raukehlige Weisen und begleiteten ihren Gesang auf Flöten und Gitarren, deren Saiten sie in den ganz hohen Tönen und den metallisch ächzenden Bässen alles abverlangten. Ich hielt mich im Halbdunkel des überbauten Hofzugangs und lauschte. Ich sagte mir, nach allem, was mir aus Anblick und nach Gehör zu entschlüsseln möglich war, müsse es sich um Zigeuner aus Ungarn oder den Gegenden des Balkans handeln. Aber die Szene war insofern selbst in einer an exotische Aufzüge gewöhnten Stadt wie Venedig befremdlich, als ich mir weder ihre Musik zu erklären wusste noch den Grund ihrer Anwesenheit oder den der Abwesenheit der Männer.

Sie haben mich nicht bemerkt in dieser vielleicht halben Stunde, die ich ihnen zuhörte und ihrem Treiben zusah. Die Musik ging unaufhörlich weiter, wobei eine Frau eine andere ablöste, eine Alte sich eine Pfeife entzündete, Kinder gesäugt, eine Ziege gemolken, das Feuer geschürt, Haare gekämmt und geflochten wurden. Die Häuser ringsum blieben stumm, der Himmel über uns war steingrau.

Die Musik aus dem Hof der fremden Frauen hat mich lange begleitet. Ich habe versucht, sie mir zu übersetzen, sie mit unserem musikalischen Instrumentarium zu deuten versucht. Es ist mir nicht zu meiner Zufriedenheit gelungen. Weder die Suche nach einem Basso Continuo, einem chorischen Gefüge oder gesetzten Instrumenten noch der Versuch, die Stimmen individuell zuzuordnen, haben mir letztlich geholfen, die genaue Bedeutung ihres Spiels und Gesangs zu entschlüsseln. Sie hatten, wenn überhaupt, andere Partituren, andere Referenzen in der Musik und im Leben. Alles ist Übergang, von Minute zu Minute, das spürte ich in diesen Augenblicken und zumindest für diese kurze Zeitspanne. Beinahe alles ist in allem. Das Licht des Feuers in dem verhangenen Grau, die Trauer der Melodie und die Klage des Gesangs in der verzückten Hingabe an das Spiel und die Weisen der Lieder wie beinahe in einer anderen Welt, der unsichtbaren in der sichtbaren, der anderen Wirklichkeit in der hiesigen auf dem grauen Stein dieses Hofs, umgeben von den stummen Häusern. Die Spielerinnen und Sängerinnen in ihrer Vergessenheit waren, schien mir, Gott näher als die Besucher der Heiligen Messe an einem strahlenden Sommersonntag.

Mir bleiben das Bild ihres männerlosen Clans, die grellen und dunklen Farben, ihr wie selbstverständlich klagender Gesang, diese Monochromie der Welt, der gegenüber ich mich entwaffnet und seltsam hilflos fühlte. So füllt sich mein Leben mit dunklen Tönen und gesättigten Tönen und hat doch so hell begonnen.

4. Kapitel

Als ich ein Kind war, ein kleiner Mensch, konnte ich Wasser nicht recht von Land unterscheiden, Schnake von Biene. Das Wasserland und das feste Land. Für mich gab es nur Wasser, Brücken, steinerne Wege und steinerne Häuser. Hin und wieder ein paar Bäume. Die Stadt, die unter dem grauen Himmel so bizarr, so weiß, so golden ist, und die grüne Terra ferma fanden in meiner Vorstellung nicht zueinander. Ich erinnere, da war ich vielleicht sechs oder sieben Jahre alt, dass ich staunend in hüfthohem Gras stand und am Horizont hohe blaue Mauern erblickte und nicht begriff, dass ich auf festem Land in einer gelb, weiß, rot und blau übersprühten Wiese stand und auf die Silhouette der Alpen im Mai blickte. Ich verstand die Logik des Landes nicht. Vielleicht genieße ich deshalb seit einigen Jahren das Festland so sehr.

Ich griff die Lurche auf Mauern, vor denen mir zu Anfang ein wenig schauderte, haschte in die Mückenschwärme, trat springend aus der eingefassten Treppe zum Wasser des Kanals. Immer die Ermahnungen meiner Mutter vor dem Wasser in meinem Rücken. Treppen, Hauseingänge, Wasser, schmale gepflasterte Gehwege, Seitenkanäle, Abkürzungen und Fluchtwege, die nur wir kannten. Natürlich waren da auch ein paar kleine Plätze mit Bäumen darauf. Aber schon die Gärten kannten wir nur von den Inseln im Sommer. Ansammlungen vieler Bäume, Hecken und Sträucher, die bis ins Schilf oder zu den flachen Sandbänken reichten.

Wenn man aus dem Haus sprang, ging es ans Wasser. Die hundert Stege und Kanäle unseres Sprengels, die vom grauen, im Sommer vom blauen Himmel überzogen, im Herbst und im Winter in dichten Nebel gepackt waren. Unser Haus war geräumig. Es schaute nach vorne, wo wir nicht wohnten, wo die Eingangshalle war, auf den Kanal. Dort, wo wir wohnten, auf einen kleinen ummauerten Innenhof, an den andere Höfe, andere Häuser angrenzten. Wo meine Mutter mich sehr viel lieber spielen sah, da sie ihn aus ihrer Küche, aus unserem Zimmer überblicken konnte. Die Küche und unser geräumiges Zimmer lagen ebenerdig. Jenseits des Hofs mochten andere Kanäle fließen, andere Wasser sein. Sie lagen außerhalb meiner Welt. Die Welt lag vor der großen Eingangstür, in die eine kleinere eingelassen war, durch die man über eine hölzerne Schwelle und die Steintreppe hinunter auf den gepflasterten Gehweg gelangte. Auf dem festen Land mit seinen unüberschaubar weiten Wiesen und Feldern waren die Wege nicht befestigt. Nach dem Regen versank man in ihnen. Die Wege auf dem Land mochte ich nicht. Sie schienen nirgendwohin zu führen. Nach hinten war nicht die Welt, sondern Mutter, der Hof, gefahrloses Spiel, eingezäuntes Glück.

Im ersten Stock residierte mein Vater. Ich habe ihn als Kind nie wirklich anders wahrgenommen als wie er dort oben residierte, zugewandt, gütig, wann immer ich als Kind die breite Steintreppe zu ihm hinaufstieg. Wenn er mich rufen ließ, um sich zu erkundigen, wie es mir erging, was ich trieb, um zu mahnen, zu erklären, später dann, um den Gang meiner Ausbildung zu überwachen. Die Dinge der Welt waren oben bei meinem Vater angesiedelt, in seiner Bibliothek, dem großen Lehnstuhl beim Feuer, auf seinem schweren Arbeitstisch mit den Löwenfüßen, der überladen war mit Stapeln von Büchern, Manuskripten, Papieren, Briefschaften, Schreibgerät, Schatullen, kleinen Figuren. Nur das Schlafzimmer meines Vaters, das hinter der Bibliothek lag, habe ich nie betreten. Die große

Feuerstelle in Mutters Küche leuchtete unvergleichlich heller, war siedend heiß, sie hieß mich, Abstand von ihr zu halten. Ich habe gerne ins Feuer geschaut, oben bei meinem Vater und unten in der Küche.

Die Dinge des Lebens waren alle unten um meine Mutter versammelt. Der massive hölzerne Tisch, auf dem meine Mutter die Speisen vorbereitete und an dem wir zumeist unsere Mahlzeiten verzehrten, meine Mutter und ich, das geräumige Bett in unserem Zimmer, die Spiele auf dem Hof, die hohe Tür auf den Kanal, der Ausgang zur wirklichen Welt. Ich lebte unten bei meiner Mutter und bewegte mich doch selbstverständlich zwischen und in den beiden Abteilungen des Hauses, dem ebenerdigen und dem oberen Stockwerk. Darüber lagen noch zwei Stockwerke, ein Festsaal, der selten geöffnet wurde, Speicher- und Gästeräume, in die ich kaum je gelangt bin. Mein Vater kam selten zu uns herunter, manchmal, bevor er das Haus für kürzere oder längere Zeit verließ. Er war häufig abwesend, bisweilen mehrere Wochen oder Monate. Mitunter, aber nicht häufig stieg meine Mutter hinauf in den oberen Stock und ließ mich mit meinen Spielen und Träumereien zurück.

Ich war, haben mir meine Eltern gesagt, ein verträumtes Kind. Ich weiß davon nichts. Kinder können sich nicht von außen betrachten, kaum können es Erwachsene. Und wenn man erwachsen geworden ist, hat man die Verbindung zu seiner Kindheit verloren. Sie ist unversehens abgeschnitten, und der Blick zurück ist versperrt, bis auf wenige Lichtblicke getrübt. Ich schaute gerne ins Feuer, und ich schaute gerne ins Wasser der Kanäle. Zum Feuer zogen mich die tanzenden, züngelnden, prasselnden Flammen, die hochschnellten und sich wieder in sich zusammenzogen. An den Rändern gingen sie vom hellen Rot in andere Farben über: blau, grün, schwarz und violett. An den Rändern kämpften die Flammen mit der Luft, die sie zu verbrennen suchten. Wenn ich lange genug ins Feuer schaute, sah ich Bilder, an die ich keine genaue Erinnerung habe. Alles war in Bewegung. Auch das Wasser, in das ich hinabsah, blieb nie unbewegt, kräuselte sich zu kleinen weißen Hauben und Kämmen, zischte, gluckste gegen die Mauern, schaukelte und mit ihm die Mücken, die sich auf ihm niederließen. Es gab verzerrt wieder, was sich auf seiner Oberfläche spiegelte: Kirchen bogen sich wie Regenwürmer, Häuser knickten ein, Brücken brachen auseinander. Meine Mutter besaß an der Wand neben unserem Bett einen hohen rechteckigen Spiegel, in den sie manchmal blickte und der sie nur ebenmäßig, so wie sie mir entgegentrat, erscheinen ließ. Der Spiegel gehorchte den Menschen, das Wasser nicht.

Das Wasser war grün, war steingrau, blau manchmal, manchmal schwarz. Die Sonne tanzte in blendenden, hüpfenden Punkten auf ihm. Das Wasser war ein ununterbrochenes Schauspiel mit weißer Gischt, irrlichternden goldenen Punkten, die explodierten, mit den verzerrten, verschwommenen Bildern der Stadt, mit dem Himmel, den es bisweilen mit tanzenden Wolken abbildete, als wolle es ihm seine Vorherrschaft über die Welt bestreiten. Ich dachte mir große rotgoldene Fische aus, Prinzen und Prinzessinnen, die dort unten auf ihnen ritten. Das Wasser trug die Gerüche von Salz, von Fisch, den Abfällen der Stadt und den Speiseresten ihrer Bewohner, vom Meer weit draußen, das von ganz tief unten zu uns herzukommen schien. Es trug die Geräusche, die Stimmen und Rufe, die Musik, die durch die Wassergassen zogen wie Meldungen aus einer fernen Welt, die in die unsere aufgenommen war, deren Ausgangspunkte man entdecken würde, liefe man über schmale Wege, über Brücken, in einem Karree zum anderen Ende des Kanals.

Ich muss wieder an die fremden Frauen in jenem Hof vor

einigen Monaten denken. Ich blieb unentdeckt unter dem Torbogen, aber hatte gleichwohl ein paar Augenblicke lang das Gefühl, eine der Sängerinnen in mittleren Jahren mit grauen Strähnen im Haar und einer Gitarre auf ihren Schenkeln blicke mich starr an, indem sie gleichzeitig durch mich hindurchschaue, als gebe es mich nicht, als gebe es auch sie nicht. Schau und höre, schien sie mir bedeuten zu wollen, du bist gar nichts, dich und deine Welt gibt es nicht, sie ist Schein, eine Täuschung. Vielleicht gibt es die meine ebenso wenig, aber diese Musik existiert. Hör ihr zu. Wir verschwinden, aber da ist diese Musik, die allein davon zeugt, dass wir da waren und dass es uns immer geben wird, wenngleich wir als Einzelne Staub sind und die Zeiten über uns hinweggehen werden mit Wind und mit Wettern.

Das war auch die Botschaft, die ich als Kind dem Wasser abgelauscht hatte: Denk nicht, du seist etwas Besonderes. Du bist jetzt, aber ich bin ewig. Ich habe Geheimnisse, die du nie erfahren wirst, nur erahnen kannst. Der Himmel erzählt Wolken, ich erzähle Untergründiges. Ich künde von einer andern Welt, an der du nur durch mich teilhaben kannst. Der unbewegliche, wie zurückgenommene Blick der Zigeunerin schien beinahe das Gleiche zu sagen. Und in ihren Augenwinkeln blitzte ein winziges, kaum wahrnehmbares Zwinkern des Einverständnisses. Aber vielleicht hatte ich mich getäuscht.

Selten, ganz selten nur hatte ich ein ähnliches Empfinden, wenn mein Vater zu mir sprach, wenn seine Stimme mit einmal von weither zu kommen schien.

– Hörst du mir zu, Mariana?

– Ja, Vater.

– Wenn du tust, was ich dir sage, dem nachkommst, was ich veranlasse, und dich geschickt dabei anstellst, wirst du in eine ganz andere Welt eintreten.

– Ja, Vater.
– Verstehst du mich auch, mein Kind?

Er behandelte mich als Erwachsene, als kleinen Mensch. Ich hielt es für selbstverständlich, dass irgendwann Lehrer ins Haus kamen, um mir das Lesen und Schreiben, das Rechnen und das Spielen verschiedener Instrumente beizubringen. Ich hielt es für selbstverständlich, weil es geschah. Erst später bekam ich zu hören, dass diese Ausbildung menschlicher Gaben und Talente bei einem weiblichen Menschen keineswegs die Regel, vielmehr eine große Ausnahme war, und liebte meinen Vater dafür, dass er sie mir angedeihen ließ, auch wenn ich die Fertigkeiten mitunter hasste, die die Erwachsenen einem abverlangten, die Aufgaben, vor die sie einen stellten wie vor eine unüberwindliche Mauer. Ich lernte lesen und schreiben mit dem Ariost, las mit meinem Lehrer den Dante und, wobei ich das Lateinische lernte, aus dem Vergil, erlernte bei einem anderen das Spiel auf der Laute, der Gitarre, der Viola, der Flöte, dem Klavichord. Der Lehrer hieß mich ein Instrument nach dem anderen probieren und prüfte dann immer wieder meine Begabung für jedes einzelne. Es war eine Qual, ich musste meine Finger und meine Ohren stets nach neuen Tönen auf Saiten und Löchern strecken, nach halben und Viertelnoten greifen. Ich liebte die Musik, aber wo ich sie nicht zustandebrachte, vergoss ich des öfteren Ströme von Tränen.

Der Lehrer, ein junger und stiller, aber hartnäckiger Mensch, begann sodann, meine Fertigkeiten auf den Instrumenten zu vervollständigen, die mir zu liegen schienen. Keine Flöten mehr, für die meine Finger zu klein waren. Stattdessen Klavichord, Laute und die Viola, die mit Bogen und Fingern zu beherrschen mich am meisten Mühe und Tränen kostete.

Ich lernte die Geometrie des Euklid, Astronomie nach Ptolemäus, dass die Erde rund sei – die Erde ist rund? Was für ein Abersinn! Bei uns in Venedig ist sie im Gegenteil ganz ausgedehnt, flach die Lagune. Im Norden steigt sie außerhalb unserer Sichtweite zwar an, wird aber niemals rund, andernfalls müssten die Berge mit ihren Spitzen doch vor unserer Haustüre ankommen –, Algebra aus dem *liber abaci* des Leonardo Pisano. Du musst anfangen, sagte mein Vater, das zu denken, was du nicht sehen kannst. Ich las Platon und sogar den *Principe* des Machiavel, der mir viel über das nachzudenken gab, was ich nicht sehen und fühlen konnte.

Vieles von dem, was ich las und lernte, begriff ich nicht. Aber das Gelesene, Gehörte, von den Lehrern auf meine Nachfragen Erklärte setzten mich Jahre später zu meinem Erstaunen in die Lage zuzuordnen, zu vergleichen, unter verschiedenen Möglichkeiten zu wählen, ein Gespräch unter gebildeten Männern zu bestehen. Was für eine Musikantin und Tonsetzerin nicht selbstverständlich ist, wie ich unterdessen nur zu gut weiß, und mir zu großem Vorteil gereicht hat. Allein mit dem Kapital meines, wenn auch lückenhaften Wissens in den Dingen des Geistes, der Kunst und der Wissenschaften habe ich mir und meinen Kindern noch beinahe immer ein Auskommen zu schaffen vermocht. Bildung beeindruckt die Financiers.

Meinem Vater – der Allgütige nehme sich seiner Seele gnädig an – schulde ich im Nachhinein größeren Dank als ich ihm zu Lebzeiten abzustatten gewusst habe. Meinem chaotischen Vater, der als mein Halbgott, Stellvertreter des Allwissenden und Allmächtigen, im oberen Stockwerk residierte, seiner illegitimen Tochter eine Ausbildung angedeihen ließ, die den männlichen Nachkommen des Patriziats vorbehalten war, und mehr als nur einmal nicht wusste, wie er die Miete für unser Haus würde aufbringen können.

Als Kind wusste ich nichts davon, und er hätte es nie zugegeben. Wir lebten von der Hand in den Mund, waren bisweilen vogelfrei für die Steuer- und Pfandbeamten der Republik, repräsentierten aber wie die Aristokraten – oder beinahe. Es gab, was meine Mutter zur Verzweiflung trieb, kein Brot mehr im Haus und kein Geld, welches zu kaufen, aber Seezungen und Bottiglien burgundischen oder Piemonteser Weins auf Pump, wenn es sein musste. Und es musste sein, wo der gestrenge Herr befahl. Meine Mutter jammerte und zauberte aus nichts einen Prunk, den ich für den verschwenderischsten des Erdrunds hielt. Die Kelche, Gläser und Teller waren aus dem assortiert, was sich von vergangenen Festivitäten in den Schränken und Spinden noch wiederfand. Der Wein war mit Wasser verdünnt. Für mich funkelte er in dem geschliffenen Glas beinahe so wie die goldenen Sonnenpunkte, die draußen auf dem Wasser der Kanäle und der Lagune zerstieben. Mein Vater zelebrierte immer wieder aufs Neue sein Geschlecht, Verkörperung von Dichtung und Musik und, wie er hoffte, seine Wiederkunft in mir, seiner Tochter.

Ich habe mich niemals nicht als seine Tochter gefühlt – und bisweilen darunter wie unter einem Zwang gelitten. Damit, dass er mich in diese Welt gezeugt hatte, hatte es wenig zu tun. Dass er im oberen Stockwerk wohnte und ich unten bei meiner Mutter, war ganz normal. Dass Leute, die ich nicht kannte, hinter unserem Rücken bisweilen die Köpfe zusammensteckten, ärgerte mich nur ein bisschen und niemals lange. Und es spielte auch keine Rolle, dass ich bis zu meinem siebzehnten Lebensjahr, als ich bereits im Kreis der Unisoni auftrat, den Namen meiner Mutter trug. Meine Mutter war gebürtige Griechin, und ich war stolz, Griechin und Römerin zugleich zu sein. Als mir mein Vater den seinen verlieh, war das nicht mehr als die Bestätigung einer unumstößlichen Tatsache.

Der stille junge Mann wurde durch einen anderen Lehrer ersetzt, der meine Stimme auszubilden begann. Und erst ab diesem Moment zog mich die Musik wirklich in ihren Bann. Indem ich allmählich die ungeahnten Möglichkeiten erkundete, mir selber immer neue wunderbare Töne zu entlocken, jubilierende und klagende, sanfte und dramatische, begeisterte mich die Musik mehr als alles andere auf der Welt. Ich selbst war mein Instrument, meine Kehle, mein Brustkorb, mein ganzer Körper waren Gehäuse und Resonanzboden. Nachdem der Gesangslehrer mich in den Grundkenntnissen von Atemtechnik und Körperhaltung unterwiesen hatte, spürte ich einen Ton, wenn ich ihn formte, das Gefühl, das er verströmte, bis hinunter in meine Eingeweide, ja mitunter bis in die Fußspitzen. Mein Körper vibrierte und spannte sich ganz auf die Töne zu, die ich hervorbrachte.

Die Gesangslektionen waren anstrengend, aber ich spürte die Anstrengung erst, wenn ich am Abend ins Bett sank. Ich konnte vom Unterricht gar nicht genug bekommen und wollte stets mehr als mir für den Moment zustand. Der Lehrer war damit beschäftigt, meinen Eifer zu bremsen, auf die Notwendigkeit der stetigen Repetition des Einstudierten zu verweisen, der ich mich keineswegs verweigerte, ohne mich dadurch indessen in meinem Drängen nach immer neuen Liedern und weiteren Lektionen bremsen zu lassen. Er wird, stelle ich mir vor, ein wenig erschöpft, aber zufrieden in regelmäßigen Abständen aus dem Erdgeschoss, wo mittlerweile an der Eingangstreppe ein kleines Zimmer aufgeschlossen und als mein Studierzimmer eingerichtet worden war, ins obere Stockwerk gestiegen sein, um meinem Vater Bericht zu geben.

Der war sichtlich erfreut über den Gang der Dinge und muss sich durch meine Anstelligkeit in seinen Hoffnungen und in seiner Überzeugung bestätigt gefühlt haben, in einer Familie von Künstlern blühe das Talent weiter. Nur meine Mutter hatte Bedenken, das normale Leben eines jungen Mädchens könne unter der intensiven Gesangsausbildung leiden: der Besuch der Messe, auf den mein Vater keinen besonderen Wert legte, der Gang zu Verwandten, das Beisammensein mit Freunden und die häusliche Erziehung.

– Sie wird Künstlerin, Isabella, hörte ich meinen Vater eines Abends in der Küche zu ihr sagen, in die er sich so selten verirrte. Sie wird ein anderes Leben führen als du.

– Ob das wirklich ein Vorzug ist? Ich wünschte ihr, sie könnte das zurückgezogene Leben einer anständigen Frau führen.

– *Ignoto Deo!* heißt unser Motto. Und dieser Gott ist die Kunst selbst, die wir immer wieder aufs Neue erstehen lassen. Gott und die Kunst sind eins.

– Du solltest dich hüten, Gott zu lästern, Giulio.

Mein Leben schien zwischen meinen Eltern ein ernsthaftes Thema zu sein. Das machte mir Eindruck.

Ich erinnere mich, damals war ich noch keine fünfzehn Jahre alt, dass mein Vater mir eröffnete, er habe von heute gerechnet in einem Monat ein kleines Konzert für Freunde arrangiert, bei dem ich zum ersten Mal vorführen sollte, was ich gelernt hatte. Mein Lehrer würde mit mir die Stücke einüben. Ein Monat kam mir ungeheuer lang vor; ich hätte meine Kunst am liebsten gleich morgen gezeigt. Nach drei Tagen, nachdem mein Lehrer mich mit dem Programm vertraut gemacht und die Lektionen und Repetitionen auf einem großen Bogen Papier, den er in die verbleibenden Tage unterteilte, verzeichnet hatte, erschien mir der kaum verbleibende Monat viel zu kurz. Ich fand, es sei nötig, dass ich alles wiederholte, was ich je einstudiert hatte, und alles noch Unbekannte dazulernte.

Der große Tag kam, und ich fragte mich, warum die Erwachsenen solche Ereignisse immer bis zum Abend hinausschoben, wenn alle schon ermüdet waren, während man morgens um acht doch ganz frisch an seine Aufgabe gehen konnte. Musik sei zur Entspannung da, sagte meine Mutter, die genieße man des Abends. Das konnte ich nicht begreifen, mit Entspannung hatte, was ich darbieten würde, nun wirklich nichts zu tun. Zuerst trat ein Signore in altmodischer Kleidung auf, danach eine Sängerin. Beider Namen habe ich längst vergessen. Sie kamen mir lächerlich, die Gefühle, die sie prätendierten, aufgesetzt vor. Ihr Gesang war monoton, der Affekt, der sich mit der Melodie nie vereinigte, blieb rhetorische Behauptung. Vielleicht, dachte ich, sind die beiden aus dem Kloster entlaufen.

Dann endlich war es so weit. Ich spielte zwei instrumentale Stücke auf der Laute und dem Klavichord. Danach sang ich zwei einfache Lieder zur Laute. Mein Spiel, so vermute ich, hat mechanisch geklungen, meine Stimme trug weit und war anrührend wohl nur in meinem Wunschdenken. Zum Schluss wurde mir ein Applaus zuteil, der freundlich gewesen sein mag, in meinen Ohren klang er enthusiastisch. Ich glühte vor Stolz. Ich ganz allein, zugegeben mit der Hilfe meiner Lehrer, hatte bewiesen, dass ich es in der Musik mit einer gestandenen Cantatrice, mit anerkannten Sängern aufnehmen konnte. Ich konnte singen. Ich konnte spielen, die Damen und Herren begeistern.

Ich lief, meiner Mutter voraus, nach Hause, in mein Studierzimmer, fand darin zu meiner Überraschung einen Spiegel, den mein Vater an eben diesem Abend als Geschenk hatte aufstellen lassen, stellte mich vor ihn hin und sprach: Ich habe es geschafft. Ich bin Musikantin und Künstlerin. Ich bin eine Caldi. Meine Mutter seufzte, als sie ins Zimmer trat und mir beim Aufknöpfen und Versorgen meiner Garderobe half.

5. Kapitel

Als ich sechzehn wurde, fand es mein Vater an der Zeit, mich in der Kunst des Redens unterweisen zu lassen. Der Lehrer, eine Kapazität auf seinem Gebiet, kam nicht zu uns nach Hause. Ich musste die halbe Stadt zu seinem Haus durchqueren, das im Norden lag. In einem großen Raum zu ebener Erde gleich neben der Eingangshalle, der immer im Dämmerlicht lag, beugte ich mich noch einmal über lateinische Syntax, Appositionen, Paraphrasen, Ablativ, die Prägnanz des Akkusativs mit infinitivem Auxiliarum. Die Autoren wechselten, statt Vergil nun Cicero und das Lehrbuch des Quintilian. Wir lernten einzeln und in Gruppen, die wohlgesetzte freie Rede über ein vorgegebenes Thema in unserer Sprache, der italienischen, die es, so der Lehrer, in Eleganz und Treffsicherheit längst mit der Sprache der Alten aufnehmen konnte, so man sie gründlich studierte, ohne sie nachbeterisch zu kopieren.

Das war die Absicht meines Vaters: Ich sollte mich graziös und ausdruckssicher auszudrücken lernen, ohne in einer Versammlung gebildeter und freier Geister in peinliche Bedrängnis zu geraten. Ich sollte das Wort handhaben lernen wie ein Lächeln, eine Geste, eine Wohltat, die von meiner Person ausging. Aus den Incogniti werde er, eröffnete er mir, eine besondere, ganz auf die Musik gerichtete Gesellschaft abzweigen, die Accademia degli Unisoni, wie er sie bereits getauft hatte, die sich zu galantem gelehrten Disput und zum Genuss neuer Musik versammeln und in deren Mittelpunkt ich als Domina und Muse alsbald aufsteigen würde. Mir wurde angst und bange. Aber bei den ersten Zusammenkünften der Signori, die der Aristokratie und dem Stand der Handelsherren sowie der hohen Beamtenschaft der Republik angehörten, sang ich vorerst nur und begleitete meinen Gesang oder wurde durch andere Musikanten begleitet, die ebenfalls vokal und instrumental konzertierten, wobei mein Vater mich dadurch in den Mittelpunkt rückte, dass ich zumeist die einzige Solostimme sang.

Die konzertanten Anlässe wurden stets gut besucht, die Herren gaben sich entzückt, enthusiasmiert, wie sie sagten, Frauen waren nur ausnahmsweise und zu besonderen Anlässen zugegen, bei denen sich die Signori zurückhaltender zeigten und meine Stücke mit großem Bedacht ausgewählt waren. Natürlich spürte ich, dass sie nicht allein der Kunst zugetan waren, der sie applaudierten und deren schmachtende Getragenheit und Worte sie in Aufruhr versetzten. Ich war kindliche Domina, Nymphe, Hürchen. Das trieb sie zu begeistert wallender Weißglut. Auf heißblütige Komplimente und kaum verblümte Zoten antwortete ich mit unschuldiger Artigkeit. Jemand stellte mir ein Bein, damit sie mich leichtbekleidet straucheln sähen. Einer verstellte mir mit dem Arm gegen die Wand den Ausweg. Ein anderer betastete meinen Körper in einem dunklen Gang, den zwei Spießgesellen sicherten, griff mir an den Busen, den Hintern und, da ich ihn mit höflichen Bitten nicht fernzuhalten vermochte, zwischen die Beine. Ich schrie auf, die Spießgesellen verwandelten sich auf den Schlag in nonchalant plaudernde Cavalieri, der Übeltäter tat erstaunt. Ich rannte heim zu meiner Mutter und heulte los. Ein paar Monate lang fand kein Konzert statt. Ich konnte am Wasser träumen und über die frei gesprochenen Elogen römischer Redner nachsinnen, die mir unter den Augen verschwammen.

Ich war siebzehn, als ich zum ersten Mal ohne jede fremde Unterstützung meines Amts als Muse, als arbiter elegantiarum der Unisoni waltete. Ich war nicht mehr aufgeregt bis in die Wangen wie Monate zuvor, ein wenig unruhig immerhin. Das Thema des Disputs, in den ich einführen, welchen ich so leiten sollte, dass die Argumente, gelehrt und geistreich, zwar getauscht würden, Höflichkeit und Grazie indes gewahrt blieben, lautete: Ein Vergleich zwischen Tränen und Gesang. Nachdem ich dargelegt hatte, was allen geläufig war, daß die Tränen nämlich als eine Metapher für die von Gott geschaffene Natur genommen werden können, der Gesang hingegen für den Genius der Musik, die Künste schlechthin, ergriff Cavadin das Wort, eines der älteren und angesehensten Mitglieder, der stets für das Überkommene, Althergebrachte eintrat.

Tränen, sprach er, sind ein Ausfluss der Natur, sie kommen uns von unserem Schöpfer. Gesang jenseits des Lobpreises der Schöpfung ist ein Produkt der Künstlichkeit. Kein Tremolo, das nicht künstlich organisiert wäre, kein Seufzer, der echt ist. Gesang simuliert Gefühle, Leidenschaften und Leiden, dass man sich fragen muss, ob damit natürlicher Sitte und Anstand gedient sein kann. Die Sänger stehlen der Natur ihr Stöhnen, ihr Schmachten, ihre Tränen, ihre Synkopen ab. Er erntete beipflichtende Ahs und Oh ja! und Wahr, wahr! von einer Minderheit der Anwesenden.

Nach ihm sprach Correr, ein in den Künsten und Wissenschaften umfassend gebildeter Bankier aus einer alten Familie. Er behauptete nichts weniger als die Überlegenheit der Kunst über die Natur, zitierte Plato und nahm seinen Gegnern geschickt den Wind aus den Segeln: Kunst ist aufgebaut auf den Gesetzen der Natur. In der Musik verbinden Natur und Kunst all ihre Stärken. Natürlicher Affekt ist stark, doch willkürlich, spontan, unkontrolliert. Der Gesang wird vom göttlichen Ingenium gelenkt, kennt die Harmonien des Universums und das Bedürfnis der Seele nach Schönheit. Und diese menschliche Sehnsucht nach Schönheit und Harmonie, materialisiert, verwirklicht im durch das künstlerische Ingenium erschaffenen Gesang, ist fähig, das Höchste in uns zu wecken, die Liebe. Er wurde überschüttet von Beifallsstürmen, Vivat-Rufen, Bravo, Viva la Musica, Musica, Musica und nahm vollendet, ohne dass ihm irgendjemand auch nur den geringsten Anflug, sich persönlich herausstreichen zu wollen, hätte ankreiden können, eitel bescheiden auf seinem Stuhl in der zweiten Reihe Platz.

Ich musste, bevor die Herren zu Zitronen- und Himbeerlimonade und gespritztem Wein entlassen wurden, nur noch galant resümieren: Ich stelle, Signori, Ihre Entscheidung zugunsten des Gesangs mit keinem Wort in Frage. Ich weiß sehr wohl, die Ehre Ihrer Anwesenheit würde mir kaum zuteil, hätte ich Sie geladen, um mich Tränen vergießen zu sehen, statt mich singen zu hören. Und dann sang ich. Die Signori waren nach dem langen theoretischen Disput, der sie ermüdet hatte, entzückt. Ich las es auf ihren Gesichtern, deren Augen sich schlossen. Sie begeisterten sich, ermattet, wie sie waren, indessen nur brüderlich, schwesterlich, im Geist, wie Plato es sie an diesem Abend gelehrt hatte. Traten nachher auf die Balkone mit Ah und Oh, tranken kleine Schlucke Weißwein aus schweren Gläsern und legten einander die Hand auf die Schultern. Viva la Musica. Die Sonne versank endgültig hinter den Häusern im Meer. Mein Vater war glücklich und hochzufrieden.

Die These des Bankiers und Freunds der Künste, die Musik, der Gesang seien fähig, Liebe zu wecken, bewies ich zu ungefähr eben jener Zeit an meiner eigenen Person. Allerdings nicht in der Art, die seine Worte intendiert, der Richtung, die sie unterstellt hatten. Seit einigen Monaten besuchte ein Jüngling mit ebenmäßigen, weichen Gesichtszügen, einen Flaum um die schmaldunklen Wangen, das zurückhaltend entschlossene Kinn, den Blick ein wenig umschleiert und stets sehr elegant gekleidet, unsere musikalischen Soireen und gelehrten Disputationen, für den ich, sobald ich seiner ansichtig wurde, hoffnungslos entflammte. Er hingegen machte in keiner Weise auf sich aufmerksam, noch suchte er je meinen Blick und ließ doch keine unserer Veranstaltungen aus, was mich, wo möglich, noch stärker zu ihm hinzog. Ich sang nur für ihn und sagte mir, dass er dies unmöglich nicht bemerken könne. Ich sang zu ihm hin, richtete an ihn meine Worte, hüllte ihn mit meinen Empfindungen ein, strahlte ihn an, dass ich mit einem Mal spürte, wie mir die Schamröte ins Gesicht schoss. Doch nichts geschah. Er richtete nicht ein einziges Mal vor oder nach den Aufführungen oder in einer Pause das Wort an mich, suchte nicht einmal den Kontakt zu mir. Ich hatte das Gefühl, ich hätte mich ihm zu Füßen werfen können, ohne dass er es wahrgenommen hätte. Ich war ziemlich verzweifelt zu dieser Zeit und zweifelte auch an der Fähigkeit des Gesangs, die Liebe in einem Menschen zu entzünden.

Erst sehr viel später, als meine Gefühle schon in die Resignation verkümmert waren, kam mir der Gedanke, dass er hierher, an diesen Ort, an dem die Musik, die göttliche Inspiration und die Liebe zelebriert wurden, pflichtschuldig und ohne eigenes Interesse seinem Vater folgte, einem hageren, stets unauffällig gekleideten Handelsherrn, der den einzigen Sohn, sein Ein und Alles, vielleicht in die Sphären der Kunst und der Sinne einführen wollte. Ich stellte keine Nachforschungen an, weil ich mich schämte und meine Bemühungen ja so offensichtlich fruchtlos geblieben waren. Der junge, wie abwesende Schöne, seiner Anziehung wohl gar nicht bewusst, war in Gedanken vielleicht bei Bilanzen oder auf einem Schiff in weit entfernten

Gewässern. Eines Tages, ich bemerkte es nicht einmal sogleich, blieb er fort und dann auch sein Vater. Die Liebe in unserem Herzen, das habe ich damals gelernt, ist ein armselig einsames Geschäft.

Er hat mich, der junge Cavaliere, ohne sein Wissen und Zutun viel gelehrt: die Haltung, die Disposition der Sängerin gegenüber ihren Zuhörern habe ich, so scheint mir aus der Erinnerung, meinem Seelenzustand zu jener Zeit abgeschaut und mit den Jahren künstlich verfeinert und mechanisiert. Nicht ihn, das stumpfe Ziel meiner Kunst, hatte mein Gesang, mein Spiel betört, sondern die Signori. Nie hätte ich hingebungsvoller musiziert, sagte mein Vater, sagte die Stadt, nie die These des Signor Correr schlagkräftiger bewiesen, der sich, Freund der Künste und Ehrenmann, daraufhin im Übrigen meinem Vater, vor dem ich mein Geheimnis wohlweislich hütete, eine Weile lang förderlich erwies.

Ich vermag nicht zu sagen, wann mein Vater bei sich beschlossen hatte, mich in der Tonsetzerei ausbilden zu lassen. Ich war noch keine achtzehn, als er mir seine Absicht eröffnete.

– Mir scheint, du könntest ein Talent zum Komponieren haben. Wir wollen schauen, ob ich Recht habe und wie weit deine Begabung reicht, und werden es sicher bald wissen.

Ich weiß nicht, wie er darauf verfallen ist, ich könnte eine Begabung für die Komposition besitzen. Projizierte er seinen Ehrgeiz auf mich, die die Tradition seines florentinischen Geschlechts in Venedig und also zur Gänze in der Musik fortführen sollte? In meinen Anfängen als Komponistin litt ich unter dem Schatten, ihm nicht zu genügen. Hatte er registriert, es konnte ihm nicht entgangen sein, dass und auch wie ich die Stücke, die er oder mein Lehrer mir zum Einstudieren gaben, für meinen Vortrag arrangierte und manchmal bearbeitete?

Vielleicht war es so, dass ihm meine Veränderungen und Umarbeitungen aufgefallen waren und er seine Ambition auf sie pflanzte. Fest steht, dass ich ohne seinen Ehrgeiz wohl niemals ein einziges Stück Musik geschrieben hätte.

Der Name Francesco Cavalli, zu dem mein Vater mich schickte, sagte mir nicht viel und bedeutete mir nichts. Er war wohl hin und wieder in einer Unterhaltung gefallen. Ich wusste, dass er Opern komponierte, dass mein Vater Libretti für ihn schrieb, war mit meinem Vater in den neuen Theaterhäusern gewesen, in denen Opern aufgeführt wurden, in die das Publikum drängte. Dass er neben Monteverdi, für den mein Vater ebenfalls Textbücher verfasst hatte und der nicht mehr lebte, der gefeiertste Maestro dieser noch neuen Kunst war, die sich ungemeiner Beliebtheit erfreute, war bis zu meiner behüteten Naivität nicht vorgedrungen, war mir, seit kurzem die Muse der Unisoni, unbekannt! Claudio, Monteverdi eben, war, zugegeben, ein sehr viel häufigerer Gast in den Erzählungen meines Vaters. Er hatte seine Sonette vertont. Sie hatten mit einer Oper, die Monteverdi in Töne, mein Vater in Worte gesetzt hatte, ein Opernhaus, wie diese Theater jetzt genannt wurden, eingeweiht. Aber Cavalli? Mein Vater hatte auch für andere Komponisten, Manelli etwa oder Sacrati, Libretti verfasst.

Wenn ich an jene Zeit zurückdenke, wird mir bewusst, dass die Jugend der Lebensabschnitt der verstreuten und zufälligen Kenntnisse ist, des nebulösen Wissens ohne ein System von Koordinaten, des Hinaustastens aus dem Kokon der Kindheit, wo wir klare Horizonte sehen und im nächsten Augenblick Nebelbänke, wo wir auf Fels zu stehen meinen und uns in Wahrheit auf dem schwankenden Horizont der Lagune bewegen.

Cavalli jedenfalls, besser: sein Haus, seine Bediensteten, sein eigenes Auftreten wischten jeden Zweifel, jeden Nebel beiseite, aus unsicherem Grund wurde sogleich harter Boden. Mein Rhetoriklehrer mochte eine Kapazität sein, Cavalli war eine Berühmtheit. Ich war die Tochter eines geschätzten Kollegen, gut. Ich wollte die Kunst des Tonsetzens erlernen? Gut. Ich war die Muse der Unisoni? Brava. Ich hatte noch nie eine eigene Melodie zu Papier gebracht? Aha. Werden ja sehen. Ich begriff, dass ich mich mit dem Notenwerk, den Aufführungen der Opere des Signor Cavalli sehr rasch würde vertraut machen müssen.

6. Kapitel

Mariana ist begabt. Sie ist schon jetzt eine Virtuosin, die in Venedig Furore macht. Man nennt sie *la virtuosissima cantatrice*. Als Sängerin, darin bin ich sicher und erleichtert, wird sie ihren Weg gehen und, hoffentlich auch, ihr Auskommen finden. Sicher können wir uns in der Musik und der Literatur da nie sein. Wir verdienen viel Geld oder nur ein paar beschämende Dukaten für die nämliche Arbeit. Wir sind nichtswürdig und die Träger des Ingeniums, die den Mächtigen über die bald vergessenen, allem Sinn der Untertanen entgegenstehenden Schlachten hinaus die Aussicht auf Unsterblichkeit eröffnen. Wir sind Hausierer, Bettler und Halbgötter in einem. Der törichtste Fürst kann auf uns nicht verzichten, der kleinste Baron uns wie Gesinde behandeln.

Nun zeigt sie auch Anstelligkeit im Handwerk der Tonsetzerei. Vielleicht Eigenheit, eine Kunst. Das muss noch warten, wie Francesco sagt, der mit ihrem Verständnis, ihrer musikalischen Klugheit durchaus zufrieden ist. Ob sie indes Eigenes hat, ein Ingenium, lasse sich vorab nicht sagen. Zuerst müsse sie ins Handwerk. Danach erst werde man sehen, ob durch das überlieferte und erlernte Regelwerk das Eigene hervorscheine, eine musikalische Sprache, die sich unterscheide und also lohne, gefördert zu werden. Er hat ja Recht, Cavalli. Wie ungeduldig sind wir, wie sehr wohl auch bereit, unsere Unbestechlichkeit preiszugeben, wo es sich um das eigene Fleisch und Blut handelt. Wie froh wäre ich, wenn ich schon Nachricht hätte, Bescheid wüsste.

Cavalli mag meine Ungeduld gespürt haben, als er vor kurzem mit einem Seitenblick hinzufügte, er hoffe, ich ginge mit ihm einig, dass eine vertiefte Ausbildung meiner Tochter – Deiner an Kindes statt angenommenen Tochter, sagte er – in der Komposition nur zu rechtfertigen sei, so sich bei ihr wirkliches Schöpfertum zeige.

Das werden wir untrüglich spüren, und ich hoffe, du bist bereit, dich dem Urteil der Götter, nicht meinem, zu stellen. Über der Kunst darf nichts stehen. Darüber sollte zwischen Männern, die, jeder für sich und in erfolgreicher Zusammenarbeit, immer um Qualität, jenen Zuspruch der höheren Welt gekämpft haben, kein Zweifel sein.

Derselbe, der für einen blendenden Lohn einem neuen Operntheater zwischendurch ein schnelles Werklein mit einem minderen Librettisten zusammengeschustert hat. Aber er hat ja, du hast ja Recht, Francesco.

Mit Marianas Mutter kann ich über diese Dinge, von denen sie nichts versteht und gegen die sie sich innerlich sträubt, nicht sprechen. Ich bitte dich daher, mir nachzusehen, lieber Bruder, dass ich jemand anderem, der mir nahe steht, anvertraue, was mich im Inneren mehr beschäftigt als meine eigene Arbeit.

Wir haben hier in Venedig, wie ihr in Florenz, noch immer mit Vorurteilen zu kämpfen. Dass Frauen die Bühne der Kunst am ehesten in der Musik betreten, ist, in den Regeln, allerdings auch den Fesseln der Schicklichkeit beinahe unbestritten. Ich behaupte, und nicht alleine, weil Mariana mein einziges Kind ist, dass Frauen sogar zu Leistungen des Ingeniums fähig sind, zur Schöpfung, nicht alleine zur Darbietung von Werken der Kunst. Und dies ist keineswegs gängige Überzeugung, obgleich das uns voraufgegangene Jahrhundert bereits hier in Venedig, aber auch an ausländischen Fürstenhöfen einige bemerkenswerte italienische Malerinnen bezeugt. Oder man denke an die wundervolle Francesca Caccini, die Tonsetzerin, die ich insgeheim immer als ein Vorbild für Mariana angeschaut habe, während sie selber eine Zeit lang die Renzi verehrte, diese leicht ordinäre Person mit der betörenden Stimme, die nicht imstande wäre, auch nur einen einzigen der Töne, die ihr so anmutig entströmen, selbst zu ersinnen.

An die Dichtung, die Literatur, die Philosophie wagen sie sich kaum heran. Das mag mit ihrer Natur zu tun haben, die eher den Sinnen, einem umfassenden Empfinden zuneigt als dem kühl abwägenden Kopf, eher Tönen und Farben als der nüchternen Schrift.

Mariana hat von ihrer Mutter diesen krämerischen Zug, den Zwang zu den Zahlen geerbt. Unentwegt rechnen sie in der Küche Ausgaben gegen Einkünfte bis zu den Stellen hinter dem Komma. Damit vereinbart sich keine große Kunst. Sicher, auch ich muss Kontrakte schließen, auf denen Zahlen stehen, die im Übrigen leider meist zu gering ausfallen. Aber sie rechnen ständig alles durch und gegeneinander auf wie die Fischhändler bei der Rialto-Brücke. Mein einziger Trost dabei ist, dass ich mir sage, auf diese Art wird sie Haushalt und Alltag nicht so hilflos ausgeliefert sein, wie ich selber es ohne die beiden wäre. Wenn es nur nicht auf Kosten der Schöpfungskraft geht!

Was uns aus der Geschichte der Menschheit wirklich zurückbleibt, haben wir, die Künstler und haben die Wissenschaftler erschaffen. Wie lange wirken ein militärischer Sieg, ein politischer Schachzug nach, wie lange sind die Überlebenden im Verhältnis zu den Menschenopfern, die Land- und Seekriege kosten, wirklich von ihnen betroffen? Was bedeutet uns Hannibals Sieg am Trasimenischen See? Was hat Gaius Flaminius, sein Gegner, hinterlassen außer dem Datum seiner Niederlage und einer Heerstraße, von der niemand mehr weiß? Aber dann ein Praxiteles! Wo betrifft mich der dunkle Streit zwischen Guelfen und Ghibellinen? Aber doch ein Bild des Giotto, ein Fresko des Piero della Francesca. Wohin sind Rimini, die Malatesta versunken? Aber der Tempel des Alberti?

Immerzu hat die Kunst seit der Wiedergeburt der Alten auf den Menschen verwiesen – in all seiner Unzulänglichkeit Gottes Abglanz –, mit stetig wachsendem Erfolg. Nur in der Musik bleibt seltsamerweise so vieles nachzuholen. Und einen Teil dieser Last will ich, der ich doch Poet, Dramatiker, Librettist bin, auf die schwachen Schultern meiner Tochter laden? Ja, weil die Kunst letztlich unteilbar und ihr Fortschritt auch jener der Menschheit ist.

Ich habe mich nie darüber beklagt, wie das in Adelskreisen und der Aristokratie der Künstler Sitte ist, dass ich keinen Stammhalter, sondern eine Tochter habe. Eine verständige Tochter ist mir lieber als ein Sohn, der zu den Soldaten will und bei den Banditen endet. Das Menschengeschlecht ist eines, ein einziges. Wir sollten zu unseren Töchtern schauen wie zu unseren Söhnen. Aber natürlich zeigt Mariana alle Zeichen ihres Geschlechts und ihrer Erziehung: große Gewissenhaftigkeit, den Zug zur Häuslichkeit, Sittsamkeit, dem überschaubaren Geviert, den kleinen Dingen. Unser Metier verwischt die Grenzen zwischen Kunst und sittlichem Lebenswandel, zumal für die Frauen. Ich spüre und fühle mit ihr, wie schwer es ihr fällt, die Mauern zwischen ihrem Leben und der Musik abzubrechen und vielleicht durch eine neue Sittsamkeit zu ersetzen, die wir noch nicht kennen und in der die Sinne ihren Platz haben. Auch das kommt von den Alten, deren Welt wir in unseren Zeiten neu aufrichten wollen. Die Musik betört unsere Seele und erweckt die Liebe, ohne die es unsere Musik nicht gäbe.

Die Alten hatten Glück, ihre Frauen kannten nur die Götter, unter denen sie ihre eigenen Fürsprecherinnen besaßen. Keine Heilige Kirche – diese Bemerkung schwärze lieber ein, so du meinen Brief nicht vernichtest –, die in den verschiedenen Ständen jeweils verschieden über die Einhaltung der Sitten wacht. Der Himmel der Götter war nachsichtiger, den Menschen ähnlicher.

Aber, ja, auch ich schlösse gern einen Schwiegersohn in die Arme und meine Enkelkinder und kennte ihren Erzeuger. Der Kunst indessen, ihr allein, gebührt Vorrang. Mit diesen Parenthesen zu meinen privaten Befindlichkeiten, die sich hoffentlich nicht zu verwirrend und widersprüchlich lesen, sei, lieber Bruder, umarmt.

7. Kapitel

Beim Frühstück im Hotel über der Stadt, die noch vom Nebel zugedeckt war, fiel ihm sein Gedanke vom Vorabend ein, als er Zeitung gelesen und dazu den Fernseher eingeschaltet hatte: bei mir kommen alle Nachrichten an. War dieser Gedanke nicht überheblich und zugleich larmoyant? Ging es nicht allen so? Trafen nicht bei allen alle Nachrichten ein? Tag für Tag? Bei denen, denen er gestern unten im Hafen wie Schwemmgut begegnet war? Deren Zusammensetzung Auskunft gab über die augenblicklichen politischen Konstellationen, die befahrbaren und offenen Reisewege, über die Verteilung von Armut und Reichtum, die Wege des Gelds und der Güter. Die hier an ihrem vorläufigen Ende die anonymen Ameisenstraßen verließen und wie unter dem Mikroskop ankamen: scheinbar fern aller Nachrichten und ohne Parteilichkeit oder Teilhabe zu verlangen.

Und noch ein anderer Gedanke kehrte zurück, dass nämlich vieles aus dem Gehen kommt. Beim caffè lungo, den die Italiener ohne Milch noch immer nicht als normalen Morgenkaffee zuzubereiten wussten, nahm er sich vor zu gehen, ohne zu wissen, wie er es anstellen würde. Vielleicht am Strand. Eine Uferpromenade dem Meer entlang. In den Hügeln. Auf Passhöhen. Wer wusste, welche Möglichkeiten, sich gehend fortzubewegen, Griechenland im Winter bereithielt.

Er hatte einiges abzugehen, zu Ende zu bringen. Nicht zuletzt diese Geschichte, die ihm, er wusste kaum noch, wie und wann, zugefallen war. Sie war wie ein Anker, den er versenken musste. Ihretwegen, vor allem ihretwegen war er aufgebrochen. Über Nacht hatte er das dringende Bedürfnis verspürt, den halb vergessenen, schon halb verlorenen Faden wieder aufzunehmen und sie zu beenden. Warum, darüber wollte er sich noch klar werden. Am besten im Gehen.

Er beglich seine Rechnung und fuhr hinunter zum Hafen, in dichten Nebel. Im Hafenbüro erledigte er die Formalitäten, erhielt die Einschiffungskarte und machte sich auf die Suche nach Zeitungen, die es nicht gab. Der Hafen war um diese Jahreszeit auf griechische und kroatische Fernfahrer eingerichtet, die Zigaretten und Wurstbrote kauften, nicht auf Reisende wie ihn, Zeitungen wurden keine verlangt, sie hatten Radio in ihren Kabinen, waren zu jeder Zeit an die Nachrichten aus der Heimat angeschlossen.

Die Fähre würde verspätet eintreffen und später als vorgesehen auslaufen. Schwere See hatte sie verspätet, dichter Nebel, der nicht weichen wollte, würde die Einfahrt ins Hafenbecken verzögern. Er stellte sich wie alle anderen bei dem Pier auf, an dem das Schiff anlegen sollte: wenige Personenwagen, Einzelgänger aus nördlicheren Staaten, die verloren wirkten zwischen und neben Last-, Container- und brummenden Kühlzügen. Kaum Italiener, die sich wahrscheinlich weiter südlich einschifften. Keine Türken, die dem Weg durch Italien und Nordgriechenland offenbar die Balkanroute vorzogen. Ein paar verwegene Engländer, Belgier und Franzosen. Das Gros der Lastzüge aber verkündete bereits durch die herabgelassenen Fahrerfenster und offenstehenden Seitentüren lauthals musikalisch christlichen Balkan. Man fühlte sich eher in einem griechischen denn in einem italienischen Hafen, auch wenn die umherwandernden Carabinieri und die nun aus dem Nebel über der Stadt in den blauen Himmel ragende Feste italienische Gestade und Hoheit zu markieren versuchten.

Aus dem Warten erwuchsen Träumereien und Denkereien, derer er sich, der Zeit enthoben, kaum bewusst war, während denen er im Auto saß, an den Kais entlangschlenderte oder zurück zu den Hafengebäuden, den Imbissstuben wanderte, wo er sich eine Wegzehrung kaufte. Eine Wegzehrung, dachte er kurz, das alte Wort schickte ihn jetzt wirklich auf die Reise. Der Nebel zog sich nach und nach von der gesamten Hafenanlage zurück, die nun in die scharfe Wintermittagssonne unter einem fernen Blau getaucht war. Doch der Nebel kroch auch vom Meer unmerklich wieder heran und hatte das Becken, aus dem schemenhaft noch ein, zwei Schiffsenden ragten, wieder eingehüllt, als zum ersten Mal Schiffssirenen grollend aus dem Nirgendwo ertönten.

Sie trompeteten noch mehrere Male, bis sich, der Nebel löste sich auf und kehrte in kürzester Frist dicksuppig zurück, nach nochmals geraumer Zeit ein riesig verschlossenes Heck am Kai zeigte. Der Nebel riss auf, die Klappen wurden heruntergelassen, dem Inneren entfuhr Lastzug um Lastzug, die wie Spielzeuge wirkten.

Auf dem vierten, dem fünften Oberdeck fühlte er sich im Angesicht der Feste wieder sicher, nachdem er aus seinem Auto unten im Bauch hoch gekrochen und gestiegen war zu dem Ort, wo man ihm den Schlüssel zu seiner Kabine aushändigte, die drei Stockwerke über dem Wasser lag. Die Fähre lief in den dunstig vergoldeten Nachmittag aus. Das sollte sich erst spät am Abend vor der gegenüberliegenden Küste ändern, Stunden bevor sie den nordgriechischen Hafen Igoumeniza anliefen, als der mächtige Schiffsleib trotz der Stabilisatoren durch die aufgewühlten Tiefen und hochgetürmten Wellen stampfte und Bars, Salons und Decks sich merklich leerten. Er wanderte über die leeren Außen- und höher gelegenen Promenadendecks, durch die spärlich gefüllten Aufenthaltsräume und wiederholte seinen Rundgang später, nach dem Essen, jetzt waren auch die Läden geöffnet, noch einmal. Wem hätte er, auf offener See mit der Möglichkeit einzukaufen, konfrontiert, ein Schmuckstück, ein Andenken, eine Flasche kaufen sollen? Das Essen im Selbstbedienungsrestaurant war einfach und schnell. Am Nebentisch sprachen griechische Fernfahrer von Dingen, die er nicht verstand, aber sehr wohl begriff. Für die kurze Dauer der Nahrungsaufnahme wünschte er sich durchaus in ihren Beruf, ihre Haut.

Da waren die verschiedenen Bars mit den Namen griechischer Götter, die grelllaute Diskothek, das Casino mit den einarmigen Banditen, während die Spieltische auf der winterlichen Überfahrt geschlossen blieben, die Softpornos auf der Videoleinwand. Diese schwimmende Transport- und Unterhaltungsmaschine bewegte sich also auf Hellas zu, das Land der Griechen, das man einem alten Vers zufolge mit der Seele suchen musste. Was für ein Anachronismus, welcher Irrtum, dem indessen zum Glück schon lange niemand mehr aufsaß.

Er setzte sich in den leeren Salon mit dem Bartresen am fernen Ende, bestellte Kaffee metrio und dann weißen Wein. Unvermittelt bei den ersten Schlucken des griechischen Weißweins, der ihm erstaunlich trocken, erstaunlich sauber schmeckte, kamen ihm drei Porträts von Cézanne wieder in den Sinn, die er kürzlich in einer Ausstellung gesehen hatte. Warum gerade jetzt? Das erste war ein Selbstporträt und machte den von sich selbst Abgebildeten und den ihn umgebenden Innenraum zum Gegenstand seiner sozusagen übergeordneten Malweise, in die das Selbstbildnis beinahe aufzugehen schien. Die Gestalt und ihr Hintergrund traten zueinander in eine rhythmische und farbliche Beziehung. Er versuchte, sich in seine Erinnerung zu versenken und aus ihr das zweite Porträt aufsteigen zu lassen. Cézanne hatte es für gescheitert gehalten. Es bestand aus lauter Tupfern oder Farbklecksen, die sich verdichteten, lichteten und wieder zusammenzogen und den Dargestellten überfluteten, der zum Gegenstand einer ihn völlig vernachlässigenden abstrakten farblichen Organisation wurde. Das dritte Bildnis, eines Gärtners, ein Spätwerk, stieg ihm in seiner Flächigkeit einigermaßen abstrakt, aber rasch zurück in die Vorstellung. Der Abgebildete und sein Abbild hatten sich versöhnt, der alte Gärtner war in das Bildnis übergetreten, hatte sich von seiner, von der Renaissance bis zur Fotografie weiterentwickelten Individualität und persönlichen Aura verabschiedet, war zurückgekehrt in die Sprache der Bilder. Eine Ikonographie allerdings, die von keiner religiösen, keiner politischen, überhaupt keiner Ordnung außerhalb des Bildes und jenseits der ästhetischen Organisation des Künstlers von Fläche, Farbe und Raum mehr bestimmt wurde. Eine solche Ordnung, ein solches System, wie subjektiv bestechend, künstlerisch zwingend auch immer, musste labil sein, konnte auf Dauer nicht hoffen.

Warum kamen ihm jetzt diese Bilder wieder vor Augen? Die Ikonographie früherer Jahrhunderte war, als Rausch und Ordnung der Sinne, Farbe und Form, zu sich selbst zurückgekehrt und ließ uns mit der Wirklichkeit oder ihren Erscheinungen, die sie nur noch im Traum sagte, aber nicht mehr gliederte, allein zurück. War es das, was seine unvermittelte Erinnerung ihm überhändigen, ihm übermitteln wollte? Dass sein Leben, sein tätiges Sein und Tun sich getrennt hatten von seinem Schreiben? Sein irgendwann wieder einsetzendes Schreiben sich lösen musste von der Erinnerung, vom Gelebten, auf das es sich als etwas Neues aufpflanzte, etwas Eigenes, von dem untergepflügten und undeutlichen Wissen aus Jahrzehnten Getragenes. Dass keine Hoffnung war, sein Leben mit seinem Schreiben aufzufangen. Dass das Schreiben sich in die eine Richtung wenden, das Leben eine andere einschlagen musste?

Er erwachte früh, hatte den Eindruck, schnell und sehr konzentriert geschlafen zu haben. Er war an Leib und Seele gespannt, erlebte das Auslaufen aus dem unbedeutend wie ans Ufer geklebten Igoumeniza, blickte auf albanisches Grenzgebiet, später auf Korfu, danach Ithaka, grün, des Odysseus und danach die übrigen ionischen Inseln. Fühlte sich, kurz nur, von der Vorstellung verführt, sich die Bronzezeit vorzustellen zwischen den grünen Inseln.

Sie erreichten Patras am Nachmittag. Er stand auf dem obersten Deck und sah auf die Hafenanlagen hinunter und über die Stadt mit ihren flachen Dächern, die auch in ihren oberen Stockwerken unterhalb seiner Augenlinie und einem halb bewölkten, halb sonnigen Himmel lag. Die Ausschiffung verlief rasch. Bald schon war er auf der Straße und dann auf der Schnellstraße und gewöhnte sich, da der Verkehr nur mäßig war, rasch an die griechische Fahrweise: die Lastwagen benutzten die Standspur, wo die Straße nur zweispurig verlief. Irgendwann vor Korinth nahm er die ihm genannte Ausfahrt, fuhr auf der Landstraße und durch mehrere Ortschaften weiter der Küste entlang, bis er das langgestreckte Straßendorf erreichte, das in den nächsten Wochen sein Aufenthaltsort und Orientierungspunkt sein würde. Er parkte, wie ihm gesagt worden war, in der Nähe des einzigen Kaffeehauses, verschloss den Wagen, ging über die Straße ins Kafenion und ließ sich wort- und gestenreich den kurzen Weg zu dem Geschäft in einer Seitenstraße erklären, von wo ihn jemand zum Haus geleiten würde.

Als er dem alten Lieferwagen des ebenso wort- und gestenreichen Ladenbesitzers folgte, wurde ihm klar, dass er den

Weg zu dem Grundstück in einer ziemlich unübersichtlichen Siedelei zwischen Dorf und Strand alleine so schnell nicht wiederfände. Das Öffnen und Schließen des Tors wurde ihm erklärt, eine Telefonnummer ausgehändigt, eine Einladung zum sonntäglichen Mittagessen, das begriff er schließlich, ausgesprochen. Dann war er allein.

Er packte aus, richtete sich ein wenig ein, wollte sich nicht ausbreiten, vorläufig bleiben. Es war ihm unangenehm, Besitz zu nehmen, auf Gegenstände zu stoßen, die nicht die seinen waren und ihm widerstanden. Nach einer Weile verließ er das Haus, probierte, nachdem er den Lichtschalter gefunden hatte, die Schlösser und fuhr zu dem von wenigen Laternen erhellten Strand hinunter. Er fand und betrat die einzige geöffnete Taverne, bestellte nicht den Fisch, der ihm genannt worden, sondern Octopus, einen Krug weißen Nemea-Wein, wie ihm geraten worden war, aß rasch, kehrte heim, wobei er sich verfuhr, las abwesend ein wenig in einer ein paar Tage alten Zeitung und ging früh zu Bett. Nun war er da, ausgeliefert. Dem fremden Land. Seinen Papieren.

8. Kapitel

Man kann keine vergangenen Geschichten erzählen, hast du gesagt, als ich dir von meiner Idee erzählte. Von meinem Projekt, das noch gar keines war, das ich aber in der Laune des Spätsommerabends ausgeplaudert hatte.

– Warum nicht? habe ich gefragt.

– Weil du nicht wissen kannst, wie es wirklich gewesen ist.

– Aber ich kann doch versuchen, mir vorzustellen, wie es war, und ich kann recherchieren.

– Du machst dir sicher falsche Vorstellungen.

– Warum bist du davon so überzeugt?

– Weil man nichts, rein gar nichts von dem wiederherstellen oder auch nur wiedergeben kann, was einmal gewesen ist.

– Die Geschichte der Menschheit wäre auf diese Weise undenkbar. Was macht dich so sicher?

– Alles ist einmalig und unwiederholbar. Was vergangen ist, ist aus und vorbei. Für immer.

Ich war verwirrt und erschrocken über die plötzliche Entschiedenheit in deiner Stimme und deinen Worten. Wir kannten uns erst seit kurzem, trafen uns zu einer Tasse Kaffee in deiner Pause, auf ein Glas nach der Arbeit. Ich war auf Zeit in eurem Verlag beschäftigt, und du hattest erfahren haben wollen, ich sei Experte für alles Italienische. So hatte ich es leicht, dich am Kaffeeautomaten anzusprechen. Nein, nicht für alles Italienische. Für italienische Politik des 19. und 20. Jahrhunderts. Und ein wenig für Kunstgeschichte.

Wir verabredeten uns in einem unscheinbaren Café, das deine Kollegen kaum frequentierten. Du warst unbestimmt in deinen Äußerungen, sprachst ein bisschen spöttisch über den Betrieb, warst weich oder gurrend in der Stimmlage. Deine Kleidung war zumeist weiß in diesem Sommer, dein Haar dunkelblond, deine Augen waren von einem changierenden Grau, das bisweilen blau schimmerte.

Deine Arbeitskollegen hast du vor mir versteckt, als würdest du dich meiner Bekanntschaft schämen, nicht als wolltest du sie für dich behalten. So jedenfalls habe ich es damals empfunden. Später lernte ich sie kennen, im *Goldenen Apfel*, in der *Cantina*. Später wimmelte es derart von deinen Bekannten und Kollegen, dass ich überzeugt war, du verstecktest dich hinter ihnen, damit ich über ihrem Büroklatsch, ihren Urlaubsgeschichten deine Fährte verlöre.

Wenn wir uns ab morgen nicht mehr wiedersehen würden, könnte ich die zugegebenermaßen kurze Geschichte unserer Begegnungen also niemals weitererzählen, aufschreiben oder mir auch nur in Erinnerung rufen, ohne sie zu verfälschen?

Jawohl, hast du geantwortet. Genau so ist es. Man kann die Vergangenheit nicht zurückholen. Aber ich wusste nicht, dass du zu denen gehörst, die sich Dinge merken, um sie weiterzuerzählen.

Du bist aufgestanden, hast deine Tasche genommen, »Mach's gut« gesagt und das Café verlassen. Ich bin im Nebel deiner Sätze und meiner Gefühle betäubt sitzen geblieben. Du hattest mir vorgeworfen, eine Geschichte erzählen zu wollen, die sich in der noch gar nicht erzählten Weise nicht abgespielt hatte. Ich war fassungslos.

Nach einer Weile erhob ich mich ebenfalls und verließ das Café, nachdem der Kellner mit der Bemerkung »La Signorina ha già pagato« nur das Geld für mein eigenes Getränk kassiert hatte. In meinem Rücken hörte ich ihn halblaut »le donne« rufen. Le donne.

Der Herbst und der Winter verschluckten den Rest. An einem Vorfrühlingstag betrat ich aus alter Gewohnheit das Café, in dem ihr nicht verkehrtet. Du standst inmitten einer kleinen Gruppe von Leuten angeregt plaudernd am Tresen.

Du hast mich sofort erkannt, mir zugelächelt und gewinkt, ich solle mich zu euch gesellen. Ich kam zögernd näher und wurde allseits vorgestellt als guter Bekannter, dem du schon lange nicht mehr begegnet warst. Du schienst dich in der Gesellschaft, in der du dich befandst, wohlzufühlen und zeigtest ein strahlendes Lächeln, als freutest du dich aufrichtig, mich wiederzusehen.

Was hast du gemacht? Wie geht es dir? Was hast du vor? Nichts? Oh, wie schön, wir könnten den Abend gemeinsam verbringen. Du wandtest mir deine ganze Aufmerksamkeit zu, deine Freunde störte das offenbar nicht, sie hatten dich freigegeben und schienen sich auch ohne dich gut zu unterhalten.

Ach, Kollegen, hast du gesagt. Bekannte.

– Sag schon, wo hast du die ganze Zeit gesteckt? Ich wette, du hast nur an deine Arbeit gedacht. Oder warst du verreist? Und bist nicht einmal auf die Idee gekommen, mich anzurufen.

– Aber, wandte ich ein …

Einen kleinen Moment lang verzogst du gekränkt deinen Mund.

– Oh, bitte nicht. Lassen wir das, ja? Aus und vorbei. Du hast wieder gelächelt und deine weißen Zähne gezeigt.

– Du hast einen schönen Mund.

– Danke, hast du gesagt.

Wir aßen spät in einem italienischen Restaurant, tranken noch Wein, weil keiner von uns aufbrechen wollte, und schließlich botst du mir einen Kaffee bei dir zu Hause an. Es ist nicht weit, hast du gesagt, als hätte mir die Entfernung etwas ausgemacht.

Du erfandest Kuhlen, Nischen und Schatten. Das Bett vor den wehenden weißen Gardinen wurde zum Mondgebirge. Deine Bewegungen waren weich und fordernd zugleich.

Mit den Tagen, den Wochen entstand ein Einverständnis, das wir nicht aussprachen, wie wir es auch vermieden, je über die Vergangenheit oder die Zukunft zu sprechen. Du legtest eine Zuvorkommenheit und Zugewandtheit an den Tag, die mich rührten und meinerseits zu Gesten zärtlicher Zuwendung bewegten. Aus einer Laune habe ich, als wir uns drei Tage nicht sehen konnten, ein einfaches silbernes Armband gekauft und mich ein wenig vor dem Moment gefürchtet, wo ich es dir geben würde. Du überfielst mich bisweilen mit Gunstbeweisen aus heiterem – oder doch nicht so heiterem Himmel, Freundlichkeiten, die ich dir erwies, schienst du als Fesseln zu empfinden. Du hast es zu meiner Erleichterung gemocht, freudig in Besitz genommen und mit meiner Hilfe angelegt. Ich ging nicht an jedem Abend zu dir, ein Rest von Argwohn oder doch Vorsicht blieb, die du mit ungebrochener Herzlichkeit und nächtlicher Hingabe wachhieltst.

So ging das neue Leben. Dann musstest du für dein Weiberblatt, wie du es nanntest, nach Italien reisen. Eine Frühjahrsreportage über italienisches Wohnen.

Er erhob sich, nachdem er dreißig Sekunden, eine Minute vielleicht nicht gewusst, nicht gespürt, sich zu erinnern versucht hatte, wo er sich befand. Geräusche im Garten oder auf der Straße hatten ihn geweckt. Er zog die gefütterte Jacke, die am Haken beim Eingang hing, über und ging hinaus bis zum Tor am Ende der Einfahrt. Ein fahler Mond stand über den Silhouetten der Gebäude und Bäume. Es schrie noch immer unerträglich, fauchte, Steine und Holz prasselten. Er kam zum Tor. Auf dem Dach des Schuppens oder Stalls auf der gegenüberliegenden Seite der schmalen Straße schienen sich zwei unsichtbare Revierkater zu bekämpfen oder ein Kater eine Begattung zu erzwingen. Er begann, Steine, die er vom Boden klaubte, in Richtung des scharf gegen den Himmel stehenden Dachs zu werfen. Eine lächerliche Intervention in die brutal intakte Natur, die indessen Erfolg zu haben schien. Die Schreie wurden schwächer und verstummten dann ganz. Die Katzen hatten das Weite gesucht. Aus der Entfernung meinte er noch, sie zu hören. Aber er kannte sich mit den Geräuschen hier draußen nicht aus. Er ging zurück ins Haus, setzte sich an den Tisch im Wohnzimmer, stützte den Kopf in die Handflächen, richtete sich nach einer Weile auf, zündete sich eine Zigarette an und saß gedankenverloren, bevor er zurück in das abgedunkelte Schlafzimmer ging und sich ins Bett legte.

Palladios Villen, Dorfsanierungen in den Abruzzen, Ferien auf dem Bauernhof in Umbrien, Landhäuser in der Lombardei, die Verschwisterung von alter Substanz und neuem Bauen in der Toskana. Oder in anderer Zuordnung.

Du riefst an, aus Mantua und Florenz. Die Arbeit lief gut. Du freutest dich auf die Rückkehr. Ich glitt inzwischen in den Sommer hinüber. Die Türen der Cafés waren weit geöffnet, die Terrassen besetzt. Ich las Zeitungen und bestellte sommerliche Getränke. Auf dem Balkan hatte ein Krieg begonnen, ich schrieb meinen Freunden in Sarajewo. Nach zehn Tagen warst du wieder da.

Am zweiten Tag nach deiner Rückkehr glaubte ich, unmerkliche Veränderungen an dir festzustellen, feine Verwerfungen, für das bloße Auge nicht sichtbar. Die Schatten waren, so schien mir, weniger dunkel, die Nischen alltäglicher, die Gesten eine

Spur knapper, die Worte hingesagter. Am Morgen warst du verschwunden, am Abend katzenhaft samtig und unerreichbar, des Nachts weich wie etwas, das vergeht. Du musstest Überstunden machen, hattest Stress in der Redaktion. Und vielleicht bildete ich mir alles bloß ein. Hirngespinste. Nach einer Woche war alles wie zuvor. Deine Zugewandtheit und Zärtlichkeit waren zurückgekehrt. Du bist endgültig heimgekehrt, dachte ich, deine Seele ist zu dir zurückgekommen, du hast deine Ausgeglichenheit wiedergefunden.

Mein Freund aus Sarajewo schrieb, nun hätten die Serben endgültig die Maske fallengelassen und zeigten ihre hässliche Fratze. Aber dort unten bei ihnen befürchtete man nichts. Die Kräfte der Serben seien im Norden gebunden.

Eines Abends bemerktest du beiläufig, nachdem du den Kaffee gebracht hattest: Ich habe dir doch gesagt, dass Gianni am Samstag kommt, oder?

– Gianni?

– Na, du weißt schon, der Architekt, der die Bauprojekte durchführt, über die ich berichte. Es ergab sich. Er hat hier geschäftlich zu tun.

– Am Wochenende?

– Und Anfang der kommenden Woche.

– Er führt all diese Vorhaben alleine durch?

– Hab ich auch erst erfahren, als ich unten war.

– Hat er etwa mit Immobilien zu tun?

– Natürlich hat er. Heutzutage kannst du deine Ideen nur verwirklichen, wenn du dein eigener Herr bist und disponieren kannst. Also, sei lieb und komm am Samstag um acht zum Abendessen.

Ich war pünktlich. Du öffnetest und führtest mich ins Wohnzimmer, wo sich Gianni Palladio bereits vom Sofa erhoben hatte: groß, dunkelhaarig, wohlriechend. Vor ihm auf dem Tisch ein prächtiges Blumenbouquet.

Ich sah dich zum ersten Mal bewusst neben einem Mann stehen, schmal, wohlgeformt, sommerlich gekleidet, mit offenem schulterlangen Haar und deinen grauen Augen. Er überragte dich um anderthalb Kopflängen.

– Ich freue mich, Ihre Bekanntschaft zu machen. Er hatte eine angenehm sonore Stimme.

– Sie sprechen ausgezeichnet Deutsch.

– Eine Tradition in unserer Familie. Wir stammen aus Istrien. Ich spreche auch ein wenig Serbokroatisch.

Ihr hattet schon einen Aperitif getrunken, wie ich erst jetzt an den beiden fast leeren Gläsern auf der Glasplatte vor mir bemerkte, und so gingen wir zu Tisch.

Ihr spracht über die Villen, Siedlungen und Azienden, die ihr gemeinsam besucht hattet, übereinstimmende Beobachtungen, die ihr erneut auszutauschen schient. Über bauliche Fortschritte des einen oder anderen Projekts, neue Vorhaben, klassische Proportionen, die Schwierigkeiten, in der zeitgenössischen Architektur gleichermaßen schnörkellose, funktionale und ästhetische Formen zu finden.

Es blieb Palladio überlassen, mich hin und wieder in euer Gespräch einzubeziehen. Sehen Sie, mit der Architektur ist es wie mit der Sprache.

– Aha?

– Am schwierigsten ist es, den einfachen Ausdruck zu finden, der einen Sachverhalt unzweifelhaft im Kern trifft. Und dann noch die Leute davon zu überzeugen, ihn einer weitschweifigen Rhetorik vorzuziehen, die verschwommen bleibt. Was meinen Sie? Er schien sich auszukennen. Ich benutzte deine Abwesenheiten in der Küche, um ihn über seine Kenntnisse in jugoslawischen Angelegenheiten und seine Meinung zum Krieg zwischen Serbien und Kroatien zu befragen, zum Auseinanderbrechen des Staats, das mir noch immer unerklärlich erschien. Palladio zeigte sich auf der Höhe der Hintergründe der derzeitigen Ereignisse und wies mich darauf hin, dass ich ausschließlich rational auf sie reagiere, was ihnen indessen nicht gerecht werde. Meine Absage einer offiziellen Einladung aus Belgrad fand er hingegen verständlich.

Für die Zukunft befürchtete er nichts Gutes, während er sich hinter den Wolken einer großen Zigarre einrichtete. Dir schien, die du zum Dessert deinen Platz wieder eingenommen hattest, der Verlauf der Unterhaltung, nicht nur der Wolken wegen, nicht zu gefallen.

Seine Familie und auch er selbst hatten stets Beziehungen an der dalmatinischen Küste, aber auch im Landesinnern gepflegt. Ja, selbst in Belgrad, obschon die immer besonders schwierig und zumeist unergiebig gewesen waren. Jetzt waren alle diese Verbindungen, bis auf ein paar private Kontakte, unterbrochen, und auch letztere drohten abzubrechen. Stets wurde einem vorgehalten, Beziehungen zur Gegenseite unterhalten zu haben, auch wenn sich dieser Vorwurf nur in Distanz und Schweigen ausdrückte. Auf einmal gab es nur noch Feinde. Vielleicht, sagte er und lachte kurz, brauchen sie uns eines Tages für den Wiederaufbau. Aber das kann dauern. Er glaubte nicht, dass sich der Konflikt eingrenzen lasse. Zu groß waren die Verflechtungen und die wechselseitige territoriale Durchdringung der ethnischen Gruppen, die in der Vergangenheit nur für Eingeweihte erkennbar gewesen seien. Kroaten in Serbien, Serben in Bosnien, die alle gleichzeitig als Geiseln und Faustpfand herhalten konnten.

Du gähntest. Du habest versprochen, Gianni morgen etwas von der Umgebung zu zeigen. Da wolle man nicht zu spät aufbrechen. Und am Dienstag würdest du ihn zu einem geschäftlichen Termin begleiten. Bis mindestens Mittwoch, dachte ich plötzlich, wärst du mich los.

Chalets in den Alpen, Villen im Veneto, Feriensiedlungen am Meer, toskanische Poderi, Appartementhotels in sizilianischen Buchten.

Hall. Georg Friedrich. Ich weiß, ein schrecklicher Name, der furchtbar altväterlich klingt. Aus dem letzten Jahrhundert. Oder noch älter. Er hat mir die halbe Kindheit vergällt. Zum Glück hat man mich, seit ich ins Gymnasium gekommen bin, also etwa seit meinem elften Lebensjahr, nur noch mit dem Nachnamen angesprochen.

9. Kapitel

Er wachte früh auf und musste sich erneut orientieren. Im Zimmer, an den Fenstern mit ihrem hellgrauen Winterlicht, den holzgetäfelten Wänden, an die seine Hände im Halbdunkel stießen, den Bücherregalen über seinem Kopf. Sich dann draußen im kalten Waschraum außerhalb des kleinen Hauses zurechtfinden und zum Schluss in der Küche. Er kochte Kaffee, trank Mineralwasser dazu und aß von dem Brot, das er gestern Abend in einem Laden an der verlassenen Uferpromenade gekauft hatte, der noch geöffnet war und einsam in der Dunkelheit leuchtete, als er zum Essen fuhr. Es schmeckte fad.

Zeitungen in einer ihm geläufigen Sprache gab es am Kiosk im Dorf nicht zu kaufen. Kórinthos, sagte die junge Frau im Innern des Stands und machte eine Handbewegung in Richtung Osten. So beschloss er, seinen Wagen zu besteigen und loszufahren. Nicht nach Korinth, nein, irgendwohin ins Hinterland. Ein Straßenschild, das zu entziffern ihm keine Mühe bereitete, wies den Weg in die Richtung der Stadt oder Ortschaft, aus deren Umgebung der Wein stammte, den er gestern Abend getrunken hatte: Nemea.

Er bog, ohne zu zögern, ab – und legte sich auch gleich eine Begründung für seine Flucht vor den Papieren zurecht: es galt, einen Weinvorrat für die nächste Zeit anzulegen. Und dort, wo der Wein produziert wurde, würde es eine Winzergenossenschaft oder einen Direktverkauf geben.

Nachdem er den flachen Küstenstreifen durchquert hatte, stieg die Straße an. Die Orangen- und Zitronenhaine der Ebene verschwanden allmählich, die Gegend wurde rau und zerklüftet, die Straße schlechter. Einmal musste er zehn Minuten warten, bis eine Schafherde die Fahrbahn überquert hatte. Er kam durch ein, zwei kleine Dörfer, durch die sich die Straße mühsam hindurchwand und die wie verlassen schienen. Ein einzelner Mann vor dem Kaffeehaus, eine Frau, die dem Auto ein paar Sekunden lang misstrauisch nachspähte. Und in der zweiten Aufwärtskehre nach dem Dorf der Müllplatz: den Hang hinuntergekippte Abfälle, Hausrat, zwei Fernseher, ein Ofen, ein Autowrack. Das würde sich in den kommenden Wochen am Rand aller Straßen und Pisten, die er befuhr, in der Nähe beinahe jeder Ansiedlung wiederholen. Ein System der Abfallentsorgung schien nicht zu existieren, oder die Griechen waren gleichgültig gegenüber der Verwüstung ihrer Umwelt, das eine mochte ja das andere bedingen. In dieser Überlegung wurde er bestärkt, als er weiter aufwärts der ersten abgebrannten Olivenbäume und verkohlten Zypressenhaine ansichtig wurde. Was auf den ersten Blick wie die Nachlese zu einem Inferno wirkte – man sah nur das Resultat, musste sich das Geschehene hinzudenken – und auf den zweiten eine kaum definierbare, unpersönliche Trauer in ihm auslöste, wurde bei erneuter Betrachtung – er hatte den Wagen am Straßenrand geparkt und war ausgestiegen – verstärkt durch jenes anwesende, abwesende Gefühl, das ihn selbst überraschte, hier sei ein Stück Erinnerung, kollektive Geschichte vernichtet und ausgelöscht worden. Dieses Gefühl war real und zugleich ein wenig absurd: Es waren ja keine klassischen Haine, keine unwiederbringlichen Kulturgüter zerstört worden, und es hätte an jedem beliebigen anderen Ort des östlichen und vielleicht auch westlichen Mittelmeers geschehen können. Auf jeden Fall versetzte ihn der Anblick der schwarz ragenden Äste und des verkohlten Bodens, der feuchten Ascheklumpen, die da und dort zwischen

Wurzeln, am Fuß eines Baumstamms hängen geblieben waren, in einen Zustand dumpfer Trauer, der vom grauen Fels der Berge ringsum und dräuenden Wolken über den Talkessel bestätigt und zurückgeworfen wurde, so als sei, wann genau, war nicht zu sagen, etwas, das mehr war als diese Bäume, unwiederbringlich ausgelöscht worden.

In Nemea stieß er mit dem Auto bald ins unansehnliche, allerorten improvisierte Zentrum vor, von dem er bei aller Betriebsamkeit nicht zu sagen vermocht hätte, ob seine Bewohner und Besucher gerade dabei waren, ihre Zelte und Behausungen hier aufzubauen oder sie abzubrechen. Die Genossenschaft der Winzer, erfuhr er nach einigen Erkundungen, sei am Stadtrand gelegen. Er fuhr zurück und fand sie schließlich in einer stillen, von dem in der Nacht gefallenen Regen noch feuchten Straße mit niedrigen Häusern, deren Bestimmungszweck nicht immer ersichtlich war. Die Straße war leer bis auf wenige kleine Gruppen jüngerer Männer auf den Gehsteigen oder was er dafür herhielt. Albaner, dachte er sofort und hatte zweifellos Recht. Und gleichzeitig irritierte ihn seine rasche Mutmaßung, die er aufgrund der nichtgriechischen, vielmehr slawischen Schädelform der Männer, wie ihm sogleich bewusst wurde, getroffen zu haben glaubte. Nachdem er im Inneren des Gebäudes, das hinter einem Zaun von einem Hof gesäumt wurde und ausgestorben schien, einen jüngeren Mann aufgetrieben hatte, bekam er seinen Wein, den ihm der Angestellte zum Kofferraum seines Autos karrte. Sich zu verständigen, war einfacher, als er erwartet hatte. Er nahm zwei Kartons vom Weißen, vom Roten einen und versuchte, sich die paar Brocken Griechisch zu merken, die er mitbekam. Als er losfuhr, blickten ihm die Albaner aus der Gruppe am Straßenrand hinterher, als hätten sie eine stumme Botschaft. Sie kamen nach Jahrhunderten zurück nach Morea, die Einheimischen fürchteten sie, benutzten sie als billige Arbeitskräfte, erklärten sie – der Blick des Manns von der Genossenschaft hinüber auf die andere Straßenseite war deutlich gewesen – zur Plage und konnten doch gar nichts gegen sie ausrichten. Die Wellen der Zeit, die gingen und wiederkamen, spülten die Fremden zurück und wieder her, und kein Gesetz, keine Polizei konnten gegen die leibhaftigen Schemen auf der Straße vor der Winzergenossenschaft von Nemea etwas ausrichten.

Er beschloss, in die Stadt zurückzufahren, um in einer Taverne, die ihm aufgefallen war, etwas zu essen, bevor er heimkehren würde, heim an den windumbrausten, wolkenbetürmten fremden Ort nahe dem Meer. In dem großen dunklen Raum, der von einem leise bullernden Ölofen mäßig erwärmt wurde und in dem sich außer ihm nur drei, vier weitere Gäste aufhielten, bekam er Nudeln mit Hackfleisch und eine Karaffe Rotwein. Essen und Trinken wärmten ihn nicht nur körperlich, er fühlte sich beinahe wohl. Der Mensch ist ein leicht zu besänftigendes, leicht zu täuschendes Tier, dachte er und bestellte einen Kaffee eleniko, der früher einmal, bevor die Junta der Obristen ihm den Garaus gemacht hatte, türkischer Kaffee geheißen hatte. Die sprachliche *Säuberung* war, so vermutete er, ungeachtet der politischen Veränderungen, gerne als endgültige Berichtigung beibehalten worden, während nun schon wieder, wie vor Jahrhunderten, die Fremden ins Land kamen und wer weiß welche fremden Gebräuche und Namen einschleppten.

Während er den Höhenzug entlangfuhr, der später zur Ebene hin abfallen würde, riss dort drüben – über dem Meer, wie er glaubte – der Himmel auf und gab sein Blau frei, das sich nach und nach durch immer heller werdende Wolken landeinwärts ausbreitete. Die drei Säulen, die linker Hand in einer Wiese oder einem Feld standen, erblickte er unvermittelt. Er bog von der Straße in einen Feldweg ab. Es musste sich um die Überreste des Zeus- oder Artemis-Heiligtums handeln, von dem er gelesen, das er aber nicht hier vermutet hatte. Wo der Feldweg endete, stieg er aus. Kein Zaun, kein Eingang, kein Hinweis. Er ging zu Fuß weiter. Der Wind legte die Halme des Grases und die Zweige der Büsche um. Er ging auf überwachsenen Steinen und über vermooste Fundamente. Zur Artemis im Feld, deren kahle Säulen in den Himmel über den ziehenden Wolken ragten. Das Feld war vor Zeiten vielleicht einmal freigelegt worden und seither wieder zugewachsen. Die Säulen standen aus unerfindlichen Gründen in den Himmel, entweder waren sie nie von einem Erdbeben gefällt oder dann vor schon geraumer Zeit wiederaufgerichtet worden. Ansonsten war die Vergangenheit hier nicht anwesend. Er setzte sich zu Füßen der Säulen auf einen Steinblock. Die Wintersonne schien, der Wind wehte, die Wolken zogen unter dem Himmel. Es war still. Alles, sogar die Säulen, schien in Bewegung, und nichts ereignete sich.

Ich sah dich nicht am folgenden Mittwoch wieder. Ich sah dich, ganz kurz, am Freitag. Kurz angebunden. Nur auf einen Sprung, wie du sagtest.

– Der Terminstress, du weißt.

– Nein. Weiß ich nicht.

– Komm schon. Tu nicht so.

– Haben Palladios Sondierungen mehr Zeit beansprucht als veranschlagt? Sind seine Finanzierungspläne etwa in schiefes Licht geraten? Oder hattet ihr euch unerwartet Neues zu erzählen?

– Erspar mir bitte deine Geschmacklosigkeiten.

– Wann sehe ich dich?

– Nicht an diesem Wochenende. Geschäftsessen. Verabredungen. Und dann muss ich, aber das sagtest du ein paar Tage später am Telefon, auch wieder einmal zu mir selbst kommen. Die Bemerkung glaubte ich in meiner Stimmung steigender Unzufriedenheit überhören zu können.

Wir schliefen eine Nacht miteinander, eine andere beieinander, die meisten übrigen jedes für sich. Alles wurde unentschieden, der Herbst kam mit den Nebeln in den Talsohlen und bis hinauf auf die Hügelkuppen. Das Leben verschattete sich und wurde zum Zweifel. Der Nebel stand um die Telefonkabinen als dritter Mann. Die Birnen und Äpfel plumpsten und wurden zu Asphaltmost zerfahren. Alles in mir zog Säure und gärte.

Du fuhrst wieder einmal auf und davon und überließt mich fallenden Blättern, tristen Tagen und dem schlierigen Himmel, der sich rasch verdunkelte und aus dem beinahe unablässig Regen rann, der unbemerkt in Rauschen überging, einen in Hauseingänge, unter Dachvorsprünge zwang, Hände und Herz immer klamm. Meine Augen suchten Halt bei den verwaschenen Lichtern jenseits des Flusses, den Lampen einer trostlosen Straßenflucht oder den unerwartet warmen Farben banaler Gegenstände unter den seltenen Sonnenstrahlen.

– Was ist los mit dir?

Ich hatte die Frage zu meiner eigenen Überraschung gestellt. Ich saß in deiner Wohnung an deinem Wohnzimmertisch und blätterte durch die Zeitung, die ich bei meiner Frage sinken ließ, während du an deinem Schreibtisch deine Post last und Papiere ordnetest. Du hattest mich ein paar Mal aus den Augenwinkeln und über das Papierne her angeschaut, als überlegtest du, wie mit mir zu verfahren sei. Und also stellte ich unvermittelt die Frage:

– Was ist eigentlich los mit dir?

Du legtest sogleich deine Briefschaften oder Schriftstücke vor dir nieder, die dich jetzt nicht mehr interessierten.

– Ich habe mich verliebt.

– Du hast dich verliebt?

– Ja.

– In Palladio?

– In Giovanni.

Es entstand eine kleine Pause, während der du dich, die Augen auf die Tischplatte geheftet, wieder an deinen Papieren zu schaffen machtest. Die Bombe war ganz leise geplatzt und explodierte in der Stille noch immer. Zwanzig Sekunden, eine halbe Minute, eine kurze Zeitspanne, in der man zu existieren aufhören möchte, die man nicht zu durchleben vermag, die man eigentlich nicht überlebt hat. Zu existieren beginnt man erst sehr viel später wieder und ganz allmählich. Und doch haben wir diesen kurzen Zeitraum, der mit voller Wucht auf uns niederfiel und uns die Kehle ausdörrte, während die Zeit wirklich im Raum anwesend war, ihn zum Bersten füllte, und doch haben wir diese kurze Spanne Zeit durchlebt und überlebt, und sie hat uns für alle Zeit entkräftet.

– Leider glaubt er, ich hinge aus irgendeinem Grund noch immer mehr an dir als an ihm. Und ich möchte ihm, so hart das für dich auch sein mag, gerne das Gegenteil beweisen.

Darum geh bitte.

Darum geh jetzt bitte, wiederholtest du.

Ach, für die neue verraten wir die alte, schon alte, schon schal gewordene Liebe. Für die neue Liebe verraten wir alle und alles, Freunde, Bekannte, Kollegen, liebgewonnene, bewährte Gewohnheiten, zu denen wir uns dereinst mühsam, zerknirscht, das Herz voll Trauer zurücktasten werden. Menschen werden ausnahmslos zu Statisten, alle Dinge zur Bühne, jede Gelegenheit zum Anlass für die Aufführung des Stücks von der neuen, der endlich gefundenen, der wirklichen Liebe. Vor allem aber verraten wir unsere gewesenen Lieben wie unser gewesenes Leben, die beide auf dem Müllhaufen der Vergangenheit landen. Wir fressen uns in die Zukunft und lassen Berge von Vergangenheit, nichts als Vergangenheit hinter uns. Die neue Zukunft aber leuchtet hell, und wir schneiden sie bedenkenlos an.

Ich mottete mich ein, verließ meine Wohnung nur noch, wenn es sich nicht vermeiden ließ. Und wo ich mich, beruflicher Verpflichtung wegen, außerhalb meiner vier Wände aufhielt, rieb, stieß ich mich an dem, was ich sah, Straßen, Baumreihen, Restaurants, die mich von früher anblinkten, dem Licht, das von früher schien, den Farben der Hauswände und noch den gewöhnlichsten Gegenständen. Alles trieb mich zurück, nach Hause. Zur Ruhe kam ich auch dort nicht. Das Telefon lockte, dich anzurufen, ich dachte mir unablässig unverfängliche Vorwände aus und verbrauchte mitunter meine ganze Kraft im täglichen Kampf gegen die Verführung, den Hörer aufzunehmen, die Nummer zu wählen. Bilder der Rache stiegen in mir auf. Ich malte mir aus, wie ich dich beleidigen, bloßstellen, nein, viel besser, dich demütigen könnte. Dir deine Treulosigkeit nachzuweisen in irgendeinem Zusammenhang von allgemeinem Interesse, ihr hättet journalistische mit ganz und gar unappetitlichen geschäftlichen Interessen verquickt, wäre mein größter Triumph. Tatsachen kämen in schön einsichtiger Abfolge ans helle, eindeutige Tageslicht. Die Bilder und meine Machinationen verfolgten mich in den Schlaf. Aber auch jene Bilder, die mich zum trostlosen Verlierer erklärten: Giovanni Palladio auf einer Yacht, an einem südlichen Strand mit gebräuntem gestähltem Körper, die Besitzerhand lässig um deine Hüfte gelegt, der du ihn ganz ergeben von der Seite anlächelst, während er selbst ein breites joviales Lächeln zur Schau stellt, die Zigarre zwischen Mittel- und Zeigefinger der anderen Hand. Auf den gesunden Menschenverstand kommt es an, mein Lieber, und auf das Timing. In geschäftlichen Dingen, in der Politik und nicht zuletzt in der Liebe.

Ein Brief vom Balkan erreichte mich, da stand der Winter vorm Fenster mit kalten Regengüssen, die den kürzlichen Schneefall abgelöst und weggespült hatten. Der Brief war diesmal in Großbritannien frankiert und in London aufgegeben worden. Das sei mittlerweile noch die einzig sichere Art, einen Adressaten wirklich zu erreichen, schrieben meine Freunde. Die Lage spitze sich zu. Man müsse auf jede Wendung der Dinge gefasst sein. Vorkehrungen, auch militärische, von Seiten Bosnien-Herzegowinas seien daher prinzipiell zu begrüßen. Auf Hilfe, moralische vorab, sei man angewiesen, ich hätte mit meinem Brief nach Belgrad, der eine wie immer auch begrenzte Öffentlichkeit natürlich nicht gefunden habe, durchaus das Richtige getan, da ihn die Zeitungen bei uns abgedruckt oder zur Kenntnis genommen hätten. Aber da kursierten auch Gerüchte. Von einem Italiener beispielsweise sei die Rede mit guten Vorkriegsbeziehungen in alle Republiken, der Waffen zu liefern anböte, Handfeuerwaffen, Granaten, leichtes Material. Aber welchen Stellen und wem noch? Ob ich wisse? Davon in Kenntnis zu sein, sei schließlich nicht unerheblich. Und der Offerte nach Sarajewo, die offenbar nicht an die offiziellen Stellen gerichtet sei, hinge, dem Vernehmen nach, unter anderen als Referenz auch mein Name an.

Ich war empört. Ich brauchte keinen Vorwand, um den Telefonhörer zu nehmen und die Nummer zu wählen.

Dass du mich, dass du unsere Liebe verrätst, ist eine Sache. Dass ihr für eure dubiosen Geschäfte meinen Namen benutzt, geht hingegen entschieden zu weit. Dafür werden sich vielleicht noch ein paar andere Leute interessieren.

Jetzt hatte ich meinen Triumph.

– Was redest du da?

– Dass ihr mit meinem Segen, den ihr keineswegs besitzt, Waffen verhökert. Das werde ich nicht dulden.

– Du armer Verrückter. Giovanni nutzt seine Kontakte, um ganz unterschiedliche Produkte und Dienstleistungen, jetzt da sie gebraucht werden, verschiedenen Firmen und Institutionen anzubieten. Um von Anfang an Transparenz und Vertrauen herzustellen, liegt immer eine Liste von Personen bei, von denen die einen oder anderen den Adressaten bekannt sein könnten. Wir werden deinen Namen streichen. Ich war von Anfang an dagegen.

Du hängtest ein.

Nun also war ich endgültig beim Dienstbotenausgang angekommen.

Beim Anblick der disparaten, jeglicher Proportion der Fassaden und Baumassen entbehrenden Vororte von Antwerpen aus dem Zugfenster, die so völlig der Urbanität, den Perspektiven, der Ausgewogenheit und Angemessenheit der Innenstädte (oder was von ihnen erhalten geblieben ist) widersprechen, die wir instinktiv und beinahe körperlich fühlen, und dann bei der Einfahrt des Zugs in Brüssel verspüre ich wieder dieses Gefühl von Auflösung, das mich in den letzten Monaten immer wieder begleitet. Provisorien, Fremdkörper, über die Erde verstreute Sinnlosigkeiten – Silos, Supermärkte, Siedlungen in unablässig wiederkehrenden Widerholungen und in barem Widerspruch zu solcher Tristesse Spruchbanner, die uns das Glück verheißen, wollen wir nur Autoreifen von »Pirelli« kaufen oder Katzenfutter. Diese Manifestationen des Ab-

scheidens und Absterbens offenbaren Tod und Leere letztlich viel eher als dass sie sie mühsam verbergen. Doch niemand scheint diese Fahnen der Aufgabe und des Abschieds wahrzunehmen.

Ab Brüssel fahren wir im TGV, haben Laptop und Handy, Instrumente der Abtrennung von unserer Umgebung, der Gleichgültigkeit, des großen Abschieds bei uns im Zug, der, ein Wunderwerk der Technik, durch diese aufgegebenen Landschaften, Silhouetten der Ödnis, halb gewollten, halb ungewollten Siedeleien gleitet, lautlos beinahe, während seine Geschwindigkeit zu erahnen ist, wenn man sich von seinem Platz erhebt, um zur Toilette oder zur Bar zu gelangen. Dort, hinter der Bar, benötigt eine junge Angestellte fünf Versuche auf ihrem Taschenrechner, um herauszufinden, wie viel sie einer deutschen Touristin für den Kauf von fünf Metro-Tickets zu je acht Francs berechnen muss.

Seit Monaten begleiten mich Gedanken und Gefühle von Auflösung und Tod. Auf dieser Reise zurück nach einem Vortrag und zwei Sitzungstagen erlebe, sehe ich ihre, vielleicht unter der Oberfläche unserer Sehgewohnheiten schlummernde, gleichwohl deutlich sichtbare, geradezu unübersehbare materielle Entsprechung. Nur das Unglück macht uns hellhörig und hellfühlig, lässt uns wirklich genau hinschauen.

Er steckte das gefaltete Blatt zurück in die Innentasche seiner Jacke, in die es aus irgendeinem Grund, der ihm entfallen war, geraten war. Es war kühl geworden. Die Sonne war hinter dem Foukas, dem Tafelberg verschwunden. Wenn er sich beeilte, würde er sie vielleicht weiter unten, in der *paradiesischen Ebene von Sikyon* noch einmal sehen oder sie von Westen her im Rücken spüren. Das Hochtal dämmerte ein, die Schatten, die Säulen, die Abhänge waren dabei, sich zu einem einzigen Grau zusammenzuziehen, das unbeweglich und abweisend wurde. Er erhob sich und ging den Weg zurück zu seinem Wagen, der auf dem ungefähren Schotterplatz, an dem der Feldweg endete, eindunkelte.

II.

10. Kapitel

Der nächtliche Lärm wiederholte sich. Er sprang aus dem Bett, schnappte sich die Jacke vom Haken, zog sie über das T-Shirt und lief, Steine und Steinchen aufklaubend, hinaus bis zum schmiedeeisernen Tor am Ende der Einfahrt. Es schrie furchterregend und fauchte, und auch der fahle Mond stand wieder hoch in der schwarzen Nacht. Er konnte den Lärm nicht genau lokalisieren, warf eine Handvoll Steine in Richtung des Schuppendachs auf der anderen Seite der Straße, dann eine zweite, ohne eine Wirkung zu erzielen. Nun musste er sich auf den kaum beleuchteten Boden nach neuen Wurfgeschossen bücken, die Schreie schienen sich, als er neu bewaffnet ans Tor zurückkehrte, vom Schuppen nach rechts fortbewegt zu haben. Er schleuderte seine Ladung in Richtung eines Baums, der dunkle Schatten über die Dunkelheit legte, und richtete abermals nichts aus. Die hohen Schreie, das Fauchen der Angst oder Wut hielten an. Er wandte sich erneut ab und dem zementierten Boden zu, als die Schreie ganz plötzlich verstummten. Er lauschte. Nichts mehr, nur noch Dunkelheit. Der Kampf schien entschieden. Irgendwie.

Mittlerweile war der Krieg in Kroatien zu Ende. Er hatte mit einem faktischen Sieg der Serben geendet, auch wenn er nicht bis zum bitteren Ende ausgefochten worden war. Sie hatten die Krajina und Teile Slawoniens erobert und Osijek mit ihrer Artillerie in Schutt und Asche gelegt. Durch Trümmer und Niemandsland kurvten nun ein paar UNO-Fahrzeuge, die eine Demarkationslinie bewachten und sich um die Aufrechterhaltung des Status quo sorgten.

Ich hatte mich, so scheint mir, in zwei Hälften aufgespalten. Mit der einen nahm ich am sozialen Leben teil, traf mich mit Kollegen, besuchte Bekannte, versuchte, Kontakt zu meinen Freunden in Sarajewo zu halten, unterstützte Projekte, die die Verbindung mit jenen Gruppen und die Hilfe für sie festigen sollten, von denen wir wussten, dass sie nicht in die verbalen und tatsächlichen Schützengräben abgetaucht waren. Mit der anderen hatte ich mich völlig auf mich selbst zurückgezogen, war, ohne es eigentlich zu bemerken, in mich zurückgefallen, focht meine Kämpfe mit dir mit mir selbst aus. Und wegen meiner von mir unbemerkten Isolierung und unsichtbaren Abkapselung, die keine Luftzufuhr, keine Erwägungen von außen zuließ, wuchsen sie ins Ungeheure.

Der Umstand, dass dein Name auf ihrer ominösen Referenzliste gestanden hat, zeigt doch nur, dass sie dich brauchen, dass sie, trotz gegenteiliger Beteuerung, auf dich setzt. Wie Schuppen fiel es mir von den Augen. Warum bist du nicht früher, warum bist du erst jetzt darauf gekommen, fragte ich mich. Es ist doch sonnenklar und liegt auf der Hand: Wenn du auf ihrer Liste gestanden bist, hatten sie vor, hätten sie ohne deine vorschnelle, deine unüberlegte Reaktion vorgehabt, auf die eine oder andere Weise mit dir in Verbindung zu bleiben. Und wer weiß, was sich aus solcher Verbindung hätte ergeben, was hätte passieren können. Alles wäre möglich gewesen. Frauen schwanken bisweilen wie Schilfrohr im Wind, brauchen Zeit, eine endgültige Entscheidung fällt ihnen nicht leicht, sie wollen auf ihre Art ganz sicher sein können, bevor sie ihr Nest bauen. Unbewusste, überkommene, ja archaische Triebfedern sind da mit im Spiel. Wenn sie dich für einen anderen verlassen hat, kann sie ihre Entscheidung, warum nicht, auch widerrufen, kann sich der Vorgang in umgekehrter Richtung wiederholen.

An anderen Tagen verwarf ich solche herbeigesponnenen,

sophistischen Gedankengänge, die mir grotesk erschienen, während die Situation glasklar war: Du warst seinem Charme, seinem überlegenen Auftreten auf den Leim gegangen, du hattest mir Palladio vorgezogen, der aber eben nicht nur mit Immobilien und Architektur handelte sondern mit Waffen, zumindest mit Dingen, die in dem irrwitzig anmutenden Konflikt der Gegenseite halfen, also jener, die über die nötigen Mittel verfügte, sie sich zu beschaffen. Dieser Situation und keiner anderen hatte ich mich zu stellen, auch wenn ich noch nicht wusste, wie ich es fertig bringen sollte. Ich war, wie gesagt, ziemlich fertig, von mir selbst unbemerkt mit den Nerven am Ende, verstört und zu keiner endgültigen Meinung fähig, keinem entscheidenden Schritt in die eine oder die andere Richtung.

Korinth war, abgesehen von der Festung Akrokorinth und den Ausgrabungen der klassischen Stadt, dem Blick über den Golf, die winterliche Ebene und zum fernen Foukas, eine herbe Enttäuschung, auch wenn er wusste, dass er von griechischen Städten keine urbane Harmonie, keine Wärme und kein südländisches Flair erwarten durfte. Gleichwohl war er vom Einerlei der unansehnlichen, abgetakelten Schuhschachtelhäuser, dem langweilig leeren Hafen enttäuscht. Gegen Städte wie Patras oder Nauplia fiel sie klar ab. Er fuhr hinaus zum Übergang über den Kanal, fand die im Reiseführer angezeigten antiken Spuren der Schienen und Rollen, mit denen vor dem Durchstich des Isthmus die Schiffe an Seilen über Land geschleppt worden waren. Er fand auch eine Taverne just neben der Straße über den Kanal, die als Brücke hochgezogen wurde, wenn ein Schiff sich anschickte, in den Kanal einzufahren. Er saß im Freien an der winterlichen Mittagssonne, verspeiste kleine Fische, trank Weißwein aus Nemea, wartete, dass wieder ein Schiff den Verkehr für eine Weile zum reglosen Verharren zwingen würde. Schaute Wimpeln und Flaggen zu, die vorüberglitten wie in der Sommerfrische. Floh seine Gedanken. War dem weißen Papier entflohen.

– Ich muss dich sprechen.

Im ersten Moment hatte ich deine Stimme nicht erkannt, dann fiel sie mir ins Ohr und die Brust wie siedendes Pech.

– Ich muss dich sprechen. Du hattest die Kommandogewalt und zweifeltest keinen Augenblick lang daran.

– Warum solltest du mich sprechen müssen?

– Es ist – ich habe mit Gianni gesprochen.

– Ah.

– Es gab da wohl ein paar Missverständnisse.

– Dann sprich.

– Nein. Wir sollten uns sehen. Das kann man schlecht am Telefon besprechen.

– Um was geht es denn?

– Nicht jetzt. Das erklär ich dir, wenn wir uns sehen. Also?

– Also was?

– Sei doch nicht so schwer von Begriff. Mach einen Vorschlag. Oder willst du, dass ich einen mache?

– Also gut.

Wir trafen uns um acht in dem unscheinbaren Café, in dem ihr kaum einmal unter Kollegen verkehrtet. Du sahst hinreißend aus wie ein böser Stern oder eine dieser wunderbaren Blumen, von denen man weiß, dass sie giftig sind. Ein wenig verändert gegenüber meiner Erinnerung, wobei ich nicht hätte sagen können, ob es an deiner Frisur, der Kleidung, die mir extravaganter erschien, oder an der langen Zeit der Trennung lag.

– Also?

– Gianni meint, ich hätte dich zu hart angefasst und ungerecht behandelt. Ich habe nur deine Eifersucht, deine Missgunst gespürt. Er findet, du seist wichtig für das, was wir tun und noch vorhaben.
– Waffen verschieben.
– Keine Waffen. Jetzt bist du ungerecht. Du verträgst nicht, dass Gianni dabei ist, wirklich etwas zu bewegen. Dass ich ihm helfe.

Und dann erzähltest du von den Hilfslieferungen im großen Stil, die ihr dabei wart, in die Wege zu leiten und gegen die das bisschen Geld, das unseren Freunden zukommen zu lassen uns hin und wieder gelang, ein Pappenstiel war: Medikamente, Verbandszeug, Babynahrung, Mäntel und Decken, Materialien für den Wiederaufbau.
– Die Grundstücke auch gleich?
– Du bist wirklich, wirklich ungerecht.

Woher deine Bekannten ihre angeblichen Informationen haben, Giovanni kaufe und verkaufe Waffen, weiss ich nicht. Aber ich weiß, dass entweder eine Verwechslung vorliegt oder jemand wider besseres Wissen eine Verleumdung verbreitet. An deiner Stelle würde ich einmal die Quellen deiner Informanten prüfen.

Du warst schon wieder ganz die Alte.
– Natürlich kann Gianni es sich nicht leisten, ausschließlich Geschenke zu machen. Aber er engagiert sich in dieser Sache ganz ohne Zweifel in erster Linie wegen seiner Familie und ihrer Geschichte, seinen vielen Bekannten und Geschäftsfreunden da unten. Und verdient im Übrigen keinen Centesimo mehr als bei ganz normalen Geschäften. Im Gegenteil.

Deine letzten Sätze kamen direkt aus Palladios Mund. Hatte er mir nicht vor einiger Zeit, wie lange es her war, mochte ich nicht mehr zu sagen, selbst gesagt, alle seine Verbindungen im auseinander fallenden Jugoslawien seien bis auf wenige private Kontakte gekappt und auch letztere drohten abzubrechen? Hatte er sie dank neuer Geschäfte, neuer Produkte, die den veränderten Bedürfnissen entsprachen, wieder aufgenommen?

– Und was erwartet ihr nun von mir?

– Dass du deine Vorwürfe überprüfst oder überprüfen lässt und danach, so hoffen wir, zurücknehmen wirst. Und dass dein Name auch weiterhin als Referenz dem Brief beiliegt, den wir an Leute mit Einfluss verschicken mit der Bitte, unsere Projekte zu unterstützen. Gianni meint, dein Name mache sich bei Leuten mit Verbindungen zur Kultur und in gewissen intellektuellen Kreisen hier wie dort unten gut und sei daher wichtig.

Gianni meint. Gianni findet. Gianni sagt. Mein Name mache sich gut.

Und ich hatte also mit meinen fiebrigen Spekulationen Recht behalten. Das hätte mir zu denken geben sollen. Aber ich kam nicht dazu nachzudenken, ich war vollauf damit beschäftigt, überlegene Gelassenheit zu geben. Du leertest dein Glas und schautest auf deine Uhr.

– Möchtest du noch auf einen Kaffee zu mir kommen? fragtest du und lächeltest.

Ob ich mochte? Meine Gelassenheit unterlag und war auf der Stelle verflogen, ich hoffte inständig, meine Antwort möge es nicht verraten.

Als du mit dem Kaffee aus der Küche ins Wohnzimmer zurückkehrtest, sahst du, darf ich mich auf die Gefahr wiederholen, es könne abgeschmackt klingen?, noch hinreißender aus. Es riss mich hin. Du hattest deine Jacke abgelegt und trugst unter der weiß schimmernden Bluse weiter nichts. Wir tranken schweigend Kaffee. Du stelltest eine Flasche toskanischen Grappa und ein sehr schmales Glas auf den Tisch. Ich rührte ihn nicht an. Palladio stellte hier also auch die alkoholischen Getränke.

– Hasst du mich? Ich schwieg.

Ich könnte dich ja verstehen. Ich schwieg.

Begehrst du mich noch?

Was für eine Frage. Natürlich begehrte ich dich. Ich hatte dich begehrt, als ich dich tief verachtete, als du mir persönlich, moralisch, als Mensch in der Welt zur Feindin geworden warst. Die Bibliothek der Körper liest sich, das Alphabet des Fleischs buchstabiert sich anders. Das wenigstens hatte ich begriffen. Ein anderes Leben, das selten gelebt wird.

Mit deinem Körper musste ich keine Kompromisse schließen. Er war rittlings über mir, ich mochte ihn riechen, schmecken, ich konnte ihn zu mir nehmen, zu mir biegen, ohne dass er mir widerstanden hätte, seine Höhlungen und Öffnungen erkunden wie mein anderes Fleisch. Da war kein Vorbehalt, keine Rücksicht, kein Schutz. Ich konnte dich greifen, du standst wie dein Standbild, eine Öffnung, eine Säule, die ich schmolz. Du warst Busen, Bauch, Schenkel, Po ohne irgendeinen Zwischenhalt des Gedankens. Du gabst mir Lust ohne Einstimmung und die Freude der Lust. Du warst nicht abwartend, du warst nicht zögerlich, du warst wie noch einmal in deinem Körper. Du warst stumm, du warst laut, voll heller Blicke und ganz nah. Die Erde bewegte sich unter unseren Füßen, unseren Körpern, und ich erinnerte mich, sagen gehört zu haben, wenn sich die Erde unter den Füßen bewege, dann, nur dann sei es wirklich geschehen. Du hattest mich nicht überzeugt, weder von eurer Unschuld noch von euren Plänen. Du hast mich, buchstäblich, hautnah, mit deinem Körper davon überzeugt, dass ich euch glaubte, dass ich euch vertrauen wollte. Einstweilen.

Da waren keine Kuhlen, keine Nischen und Schatten, da

waren keine wehenden Gardinen mehr und keine Mondgebirge. Wir hatten es auf die gnadenloseste, verrufenste, auf die göttliche Art miteinander gehabt, die die beiden Menschen, die sie nun wieder sind, für kurze Zeit beinahe zur Aufgabe ihrer selbst gedrängt hat.

– Machst du das mit anderen Frauen auch so? Ich schwieg. Du musstest sehr gut wissen, dass da keine andere war.

– Und du mit Palladio? Schweigen.

Das Schweigen ließ die wehenden Gardinen wieder vor die Fenster treten und die Mondgebirge zurückwachsen. Dein Kopf lag an meiner Brust.

– Gianni ist ein großzügiger Mensch, weißt du. Er kann teilen.

Er hatte sich in seine Papiere und Fotokopien versenkt, ein schweres großes Buch und dann noch ein weiteres hervorgeholt, seine Notizen neu geordnet, sie miteinander verglichen und begonnen, nach so vielen Monaten wieder in ihnen zu lesen. Er war in die Tiefen der Zeit abgestiegen mit ihren so wunderlichen, so weit entfernten Gebräuchen und Gepflogenheiten. Und dabei hatte er gleichzeitig das Gefühl, er müsse nur aus dem Haus gehen und um die nächste Ecke biegen, um sie wiederzufinden, diese längst verblichene Epoche. Die ferne, längst abgefallene Zeit und die Gestalten, die sie bevölkerten, versetzte ihn, wie schon so oft, in Unruhe.

Er trat vors Haus, nahm den Weg hinunter zum Meer und folgte dann der Straße, die dem Ufer entlang führte. In die Dämmerung leuchtete schwach das Licht des niedrigen Ladens beim Wasser. Im grauen Himmel stand schon die fahle Hälfte des Monds. Die gegenüberliegenden Bergzüge setzten sich allein noch durch ihre dunkleren Silhouetten ungefähr vom Himmel ab. Die Wasserfläche war bleiern grau, an manchen

Stellen schwarz. Die spärliche, trübgelbe Beleuchtung war entzündet und ließ die Uferpromenade noch trister erscheinen. Er war der einzige Passant, so weit er blicken konnte. Auf dem Rückweg würde alles eingenachtet sein.

Der Wind vom Golf blies ihm jetzt ins Gesicht. Er schloss seine Jacke bis zum Kragen und klappte ihn hoch. Durch die Berichte und Dokumente, seine alten Notizen, in denen er wieder gelesen hatte, wurde vieles andere mit zurück in die Erinnerung geschwemmt. Das Gehen tat ein Übriges. Eine Vergangenheit, die, weil sie Jahre zurück lag und nicht mehr benutzt worden, vielmehr abgebrochen war, abgelebt schien. Und es doch nicht war. Durch das Gehen wollte er seine Unruhe vertreiben, sie müde laufen und merkte, dass es ihm nicht gelang. Und gleichwohl war es, als hätte die Vergangenheit nie existiert. Es hatte sie nicht gegeben. Kaum jemand, möglicherweise gar niemand wüsste sie zu erzählen oder würde sie zur Sprache bringen wollen. Die beteiligten Personen waren verschwunden, verstoben, gealtert, wären zweifelsfrei vielleicht nicht einmal wiederzuerkennen. Nur in den Erinnerungen, den Träumen existierte sie noch, quälten die Bilder, hielten einen davon ab, an Morgen nicht als Gestern zu denken, und sperrten die Gegenwart, die sowieso vor kaum einer unserer Lebensregungen Bestand hat, gänzlich aus.

11. Kapitel

An einem frühen Morgen, die Nebel standen noch undurchdringlich in der Ebene, fuhr er los. Natürlich hatte ihn das Wort allein schon gereizt, war der Name der Gegend, in die ihn sein Ausflug führen sollte, Anreiz seines Entschlusses gewesen. Arkadien. *Et in Arcadia ego.* Wer hatte diese Zeile geschrieben, die ihm nicht mehr aus dem Kopf wollte, seit er beschlossen hatte, den Landstrich, dem er mit einmal so nah war, aufzusuchen? Goethe? Virgil hatte, wenn er es richtig erinnerte, den bukolischen Mythos begründet. Pan schneidet sich seine Flöte aus dem Rohr und spielt darauf, er sublimiert, weil ihm die Nymphen unerreichbar bleiben. So entsteht die Kunst. Und hatte das Ganze in einer unbekannten, hinterwäldlerischen Landschaft namens Arkadien angesiedelt. Zu der ihm der Zugang durch Nebelwände versperrt schien, während er sich auf der leeren Autobahn, deren Zufahrt er schließlich gefunden hatte, kurvenreich höher und höher schraubte. Als die Nebel dann aufrissen, befand er sich im Gebirge, in einem still verlassenen Hochtal.

Vom Ende des Tals wallte erneut eine Nebelbank auf ihn zu und ließ ihn neuerlich erblinden, so dass er einige Mühe hatte, die gesuchte Ausfahrt zu finden. Er hielt auf dem Pannenstreifen, konsultierte die Straßenkarte und machte über den Mittelstreifen hinweg kehrt. Kein Fahrzeug weit und breit. Als er schließlich durch mehrere, aufeinanderfolgende Straßenschilder überzeugt war, auf dem richtigen Weg zu sein, ging es durch sehr flaches Gelände, in das der wabernde Nebel ihm hin und wieder einen Blick gewährte. Auf dem großen verlassenen

Parkplatz vor dem Feld mit den Ausgrabungen der antiken Stadt stellte er das Auto ab. Der Nebel verschwand wie von Geisterhand, eine mächtige Bergwand mit einem über sie hinausragenden Gipfel tauchte aus ihm hervor. Im hohen Blau ein einsamer Rabe und nur Stille. Die Sonne stach überraschend heftig, als er über die Fundamente wanderte. Auf der gegenüberliegenden Seite der Strasse stand eine bizarre Kirche, auf die sein Reiseführer ihn vorbereitet hatte, ein wildes Gemisch aus antiken, byzantinischen und modernen Stilelementen sowie solchen der schieren Fantasie ihres Erbauers. Zwischen Parkplatz und Ausgrabungsfeld eine verschlossene Taverne und unter einem Vordach ein paar verschobene Tische und umgekippte Stühle. Als seien die Götter hastig aufgebrochen und seither nicht wieder zurückgekehrt.

Auf der Fahrt abwärts zwischen felsig zerklüftetem Gebirge zur Linken und zur Rechten kreisten im blauen Himmel Adler über ihm. Die Sonne hatte endgültig die Oberhand errungen. Und als er, auf der anderen Seite der Berge nun, wieder die Ebene erreichte, standen in den Gärten und auf den Feldern in dichten Reihen auch wieder die übervollen Orangen- und Zitronenbäume, die reif für die Ernte waren. In der Luft, die durch das geöffnete Seitenfenster ins Wageninnere strömte, war der so gar nicht winterliche Geruch von Pinien, Orangen und Kräutern.

In der Gegend um Tripoli verfuhr er sich neuerlich, diesmal hingegen hoffnungslos, denn auch der Vergleich der griechischen Straßenschilder mit den Ortsnamen seiner Karte verschaffte ihm keinen Durchblick. Als er neben der Straße ein paar Müllmänner mit ihrem grossen orangefarbenen Müllwagen erblickte, bog er ein, hielt an, stieg aus und war darauf gefasst, den Weg mit Hilfe griechischer Ortsnamen, Wortbrocken und der Zeichensprache zu erfragen. Nachdem er seine

Bitte um Auskunft stockend und radebrechend vorgetragen hatte, blickten ihn die Müllwerker zweifelnd und zunächst stumm an.

– Comprende el castillano?

Ob er Spanisch verstehe? Mitten auf der Peloponnes, wo Fuchs und Hase sich auf Griechisch Gute Nacht sagten? Das kam ihm spanisch vor, sagte er sich. War aber mit Sicherheit besser als Neugriechisch.

– Comprendo un poquito.

– Porque nosotros somos Argentinos.

Argentinische Müllabfuhrleute in Arkadien? Das war sie dann ja wohl, die Globalisierung.

– El Museo, hob der Sprecher der Gruppe wieder an und erklärte ihm in gut verständlichen Worten den Weg zu Museum und Tempelfeld. Argentinische Müllwerker bei Tripoli auf der Peloponnes. Er staunte noch immer. Und warum eigentlich nicht? Sicher hatte es hier früher albanische Bauern, Kaufleute aus der Levante und venezianische Seefahrer und Soldaten gegeben. Nachdem er sein kleines Besichtigungsprogramm absolviert hatte, aß er auf der leeren Terrasse einer Taverne unter der wärmenden Sonne ein paar kleine gegrillte Fische und trank dazu ein großes Bier. Er fühlte sich im Wintersonnenschein verlassen wohlig weit von sich fort und wurde ein wenig schläfrig. Also fuhr er ein kurzes Stück Weg, bis er wieder zum Wasser kam, entdeckte unter Pinien eine verwittert wacklige Bank, breitete seine gefütterte Jacke drüber und schlief ein.

Doch, schrieben meine Freunde aus Sarajewo, sie seien ganz sicher, dass es das Angebot eines italienischen Geschäftsmannes oder Zwischenhändlers an die Kriegsparteien in Bosnien gebe, Serben, Kroaten und Bosniaken, leichte Waffen zu Vorkriegspreisen zu beschaffen. Mit Typenbezeichnungen, Herkunft und Stückzahlen. Für den Transport ab einem bestimmten Ort müssten die Käufer besorgt sein. Und, jawohl, mein Name sei auf einer Liste mit Personen gestanden, die als Referenz für die Seriosität des italienischen Geschäftsmanns der Offerte beigefügt war. Nein, schrieben sie auf meine Rückfrage, ursprünglich sei das Angebot nur der bosnischen Seite unterbreitet worden, dann aber auch an ihre Gegner weitergereicht worden. Nein, fuhren sie fort, mit eigenen Augen gesehen hätten sie die Schriftstücke selbstverständlich nicht, was ich mir auch vorstellte. Aber ihre Gewährsleute seien absolut zuverlässig. Sie waren ob meiner Nachfragen ein wenig irritiert, schließlich kennten und vertrauten wir einander doch seit den seligen Zeiten der, ich wisse schon, Internationalen Brigaden der Literatur, wenn sie sich solch unernste Reminiszenz in unselig ernster Zeit erlauben dürften. Aber schließlich gehe es, nicht wahr, ja auch darum zu verhindern, dass dieser Krieg absolut alles beherrsche und die Aggressoren schon über unsere Erinnerungen geböten.

– Siehst du, sagtest du, sie bestätigen es ja selbst. Sie haben, was sie uns vorwerfen, nicht einmal mit eigenen Augen gesehen. Das ist lächerlich. Eine Hetzkampagne.

– Warum sollten sie hetzen?

– Auf dem Balkan sind sie so seit eh und je. Gianni sagt es auch. Sie sind rachsüchtig und undankbar.

– Okay. Sie sind also undankbar. Undankbar wofür?

Und ich war dankbar. Dankbar für deinen Körper, den ich ja mit Palladio teilte.

Meine Freunde schrieben auch, sie verstünden den Zweck meiner Nachfragen und Bitten um Nachforschungen nicht recht. Wie sollten sie sie auch verstehen, da ich ihnen den gesamten Sachverhalt natürlich nicht dargelegt hatte. Ob besagter Italiener denn existiere? Ob ich ihn kennte? Und wenn, welcher Art meine Beziehung zu ihm sei?

Ich antwortete, er sei lediglich der Freund einer Freundin, mir persönlich nur flüchtig bekannt, Architekt von Beruf, tätig wohl auch im Handel mit Immobilien, keinesfalls hingegen mit Waffen, meines Wissens. Auf eine offensichtlich existierende Referenzliste mit den Namen zahlreicher Personen sei ich ohne mein Wissen und Einverständnis geraten, von einem mit ihr verbundenen Verkaufsangebot von Waffen sei mir, wie bereits schon einmal erwähnt, selbstverständlich nichts bekannt, seine Existenz auch von besagter Freundin, meiner Bekannten, entschieden verneint worden. Und nur aufgrund dieses quasi ehrenwörtlichen Dementis hätte ich eingewilligt, dass mein Name, den ich zwischenzeitlich schon zurückgezogen hatte, auch weiterhin auf jener Liste mit Personen stehe, die verschiedene humanitäre Projekte, die dieser italienische Geschäftsmann in den Gebieten des ehemaligen Jugoslawien zu lancieren sich vorgenommen habe, der wohlwollenden Prüfung einflussreicher Personen anempfehle. Und so fort. Unser brieflicher Austausch, durch äußere Umstände zunehmend erschwert, bekam eine mitunter makabre Färbung, woran der Gang des Kriegsgeschehens, die besonderen Umstände, in die ich mich gebracht hatte, und die räumliche Distanz, die mehr und mehr zu einer persönlichen zu werden drohte, ihr Teil hatten.

Die Verbindung aufrechtzuerhalten, wurde postalisch immer schwieriger. Zwischen den einzelnen Briefen hin und zurück lagen nun Wochen. Der Krieg war mittlerweile auch in den östlichen Landesteilen des zerfallenen Staats in vollem Gang. Meine Freunde antworteten nach einer Zeit des Schweigens, sie seien, bei allem Respekt, besorgt und befremdet über den

Umstand, dass da jemand offenbar mit meiner Billigung, zurückgezogen oder nicht, erkauft oder bemäntelt mit humanitärer Hilfe, Waffen auf dem vermeintlich freien Markt anbiete, von dem ich mir selbst leicht ausmalen könne, wie frei der in Wahrheit sei. Die Angegriffenen jedenfalls hätten keine Möglichkeit, sie sich zu beschaffen, seien vielmehr nach wie vor von dem internationalen Waffenembargo überzogen, während die serbischen Angreifer mit allem von Belgrad versorgt würden und die Kroaten, Hätschelkinder, Stellvertreter des Westens seit jeher, sich zahlloser offiziöser wie illegaler Kanäle und Schlupflöcher bedienen könnten, um sich zu munitionieren.

Ich hätte, schrieb ich zurück, mit Waffengeschäften nun wirklich und ein für allemal nichts zu tun, sei vielmehr stets für eine politische, notfalls vom Westen zu erzwingende Lösung eingestanden, aber in meiner Weltgegend – so abgeschnitten komme man sich unterdessen vor – auch nur Teil einer politischen, zunehmend dissidenten, mithin isolierten Minderheit.

Mein psychischer Zustand in diesen Wochen blieb dir nicht verborgen. Du solltest dir, sagtest du eines Tages unvermittelt, einmal anschauen, wie weit alles gediehen ist, es in Augenschein nehmen.

– Wie weit alles gediehen ist?

– Gianni hat Lagerraum angemietet. Von dort gehen die Transporte per Bahn oder Lastwagen. Sag mir, wann es dir passt. Ich werde mit der Sekretärin einen Termin vereinbaren.

Ich wurde in ein Industriequartier unweit des Flughafens einbestellt, in dem man sich ohne weiteres hätte verirren können, zumal die Hausnummern auf den monoton einander folgenden Industriebauten und Lagerhallen selten nur auf den ersten Blick zu entdecken waren.

Aber ihn erblickte ich auf der zu dieser späten Morgenstunde beinahe leeren Straße schon von weitem, Palladio, groß, dunkelhaarig, in schwarzem Mantel. Tadellos gekleidet. Tadellose Manieren.

– Schön, sagte er, als ich aus dem Auto gestiegen war, und hielt mir die Hand hin, dass Sie sich persönlich herbemüht haben, um unsere Arbeit in Augenschein zu nehmen. Kommen Sie.

Deinen Namen erwähnte er nicht.

Ich folgte ihm über eine äußere Treppe durch einen seitlichen Eingang, neben dem ein dezentes Messingschild hing, des zweistöckigen, fast fensterlosen Gebäudes in einen Korridor, von dem ein paar Türen abgingen.

– Frau Müller ist unsere Kontoristin und Buchhalterin, sagte er und wies auf die offene Tür eines kleinen Büros. Eine unscheinbare blonde Frau mittleren Alters kam hinter ihrem Computer hervor und gab mir artig die Hand.

– Folgen Sie mir bitte.

Er war schon am Ende des kurzen Flurs und schloss eine Tür auf, hinter der eine Treppe hinunter in eine Halle führte, die er am Lichtschalter neben der Treppe sogleich taghell erleuchtete.

Auf Regalen peinlich geordnet lagen und standen Decken, winterfestes Schuhwerk, Medikamente, Schachteln mit Verbandszeug und solche mit Milchpulver und Vitamintabletten, Leitungskabel, Steckdosen, Leitern und Stahlrohre, wie man sie zum Aufbau von Gerüsten verwendet. Ich ging langsam an den Regalen entlang. Am Ende des Gangs entdeckte ich sogar mit Draht gebundene Stapel säuberlich auf gleiche Länge geschnittenen Holzes.

– Sogar Brennholz? fragte ich.

– An manchen Orten gibt es keines mehr. Weil alles zusammengeschossen worden ist, oder weil bereits alles abgeholzt wurde, oder die Menschen sich nicht dorthin trauen, wo es welches gibt.

– Sie arbeiten im großen Stil, sagte ich, um die Unterhaltung nicht gleich wieder versiegen zu lassen.

– Anders geht es nicht.

– Und die Abnehmer?

– Nichtstaatliche Hilfsorganisationen, aber auch offizielle Stellen in Kroatien, wenn die Finanzierung gesichert ist. Bisweilen sogar in Slowenien, die die Lieferungen dann weitergeben.

Das klang recht ungefähr, schien aber für einen wie mich zu genügen, einen der seinen Namen hergibt und sich die Frau mit einem teilt.

– Ich hoffe, Sie haben sich einen Überblick verschaffen können. Palladio war jetzt wortkarg. Wenn Sie noch Fragen haben …

– Nein. Ich danke Ihnen.

Dein Name fiel auch beim Abschied nicht.

Und? fragtest du am Abend des nächsten Tages, an dem ich dich nach unserer Vereinbarung besuchte, die vorsah, dass du in der Regel zwei Abende oder Nächte in der Woche für mich Zeit hattest.

– Er hat nicht einmal deinen Namen erwähnt.

– Warum sollte er? Alles ist geregelt. Nur du willst es ständig komplizieren. Hast du gesehen, was du sehen wolltest?

– Was ich sehen wollte? Ich habe gesehen, was sich in der Halle befand.

– Na also. Zufrieden?

Du trafst die abschließende Feststellung fast schon an meiner Stelle.

– Wohl oder übel.

– Na, komm schon.

Du warst nah an mich herangerückt und machtest dir an mir zu schaffen.

– Willst du mich nicht?
– Willst du denn?
– Du kennst mich doch.

Deine Stimme verwandelte sich in ein wohliges Gurren, als ich mich dir zuwendete. Nichts konnte deiner Bereitschaft zur Lust etwas anhaben und wenn doch, dann warst du die talentierteste Schauspielerin, der ich begegnet bin. Ich spürte, wie ich mit meiner mühsam erwachenden Lust gegen meine Zweifel ankämpfen musste. Denn selbst mir war natürlich bewusst, dass man Waffen oder ähnliches Gerät nicht in einer mehr oder weniger frei zugänglichen Halle stapeln würde.

Trotzig schrieb ich meinen Freunden, ich hätte das Lager des italienischen Geschäftsmanns inspiziert. Dort lagerten ausschließlich zivile Güter. Die Briefe kamen und gingen mittlerweile über Botschaftskuriere, UNO-Dienste in Genf – sofern sie sich, um ihre Neutralität wie sonst nichts besorgt, herbeiließen –, mit Feldpost via Frankreich und England oder über rumänische und ukrainische Umwege.

Bestimmte Erörterungen, schrieben meine Freunde, seien ganz und gar hinfällig geworden. Sarajewo werde von serbischen Granaten beschossen, liege bisweilen unter Dauerfeuer, Holz werde knapp, im Stadtzentrum würden die Bäume gefällt, Medikamente seien kaum vorhanden, die Spitäler überfüllt, die Kleinkinder ohne Milch. Der Artilleriebeschuss aber und den Scharfschützen von den Höhen selbst in der eigenen Straße hilflos ausgesetzt zu sein, seien, was fast nicht, was am schwersten zu ertragen sei. Vom Westen sei wohl nichts zu erwarten, er schaue tatenlos zu, wie die Serben Tausende abschlachteten und Sarajewo erwürgt werde. Sie seien nicht sicher, ob sie mit dem

Leben davonkommen würden, nicht einmal mehr sicher, ob dies angesichts all dessen, was geschehen sei und sicher noch geschehen werde, letztlich noch ein erstrebenswertes Ziel sein könne. Und zum Schluss schrieben sie noch, ich möge ihnen verzeihen, wenn sie, wohl infolge des Kriegs und dessen, was er mit sich bringe an psychischer Belastung, mitunter dazu neigten, vorschnell und ungerecht zu urteilen. Man müsse sich, wo nicht zur Entschuldigung, so doch zum Verständnis, ihre Situation vergegenwärtigen, die ständige Angst, die Kriegspsychose, das ohnmächtige Gefühl, den Serben auf den Bergen ringsum als Geiseln ausgeliefert zu sein. Es möge für mich vielleicht paradox klingen, aber gerade nach dem, was sie in den vergangenen Tagen und Wochen durchgestanden hätten, müssten sie sich für die angedeutete Unterstellung entschuldigen, kennten sie mich zu lange und gut, sei unsere Freundschaft zu unverbrüchlich, als dass sie sich ernsthaft mit dem Gedanken befassten, ich könnte etwas mit Waffenschiebern zu tun haben.

Mich überkam Ekel, und ich fühlte mich nicht mehr wohl in meiner Haut ob der nun verdoppelten Exkulpation. Beide, Palladio und meine Freunde, waren, aus ganz unterschiedlichem Antrieb, zu der Ansicht gelangt, sie hätten mich ungerecht behandelt oder behandeln lassen.

Nun meldeten sich nicht mehr meine Freunde, nun meldeten sich dafür andere zu Wort, gelangten an mich und an uns, diktiert von der Not des Gewissens, mit dringenden Bitten, dem Ernst der Stunde entsprechenden Appellen, als seien wir eine Jugoslawien – Kommission der Vereinten Nationen, und unmissverständlichen Aufrufen, die zu unterzeichnen wir ebenso unmissverständlich aufgefordert wurden und deren Diktion den Schluss nahe legten, wir hätten höchstpersönlich Bosnien den Krieg erklärt. Der Vorsitzende des Schriftstellerverbands, der, wie ich wusste, daheim nie ohne Pistole auftrat und kürzlich das Studium des Korans aufgenommen hatte, der Präsident des Verbands der bildenden Künstler, ein unscheinbarer Mann, der sich auffällig im Hintergrund hielt, traten zusammen mit dem jüngst akkreditierten Botschafter, einem hilflosen Professor Emeritus sozialistischer Denkungsart, auf einer Versammlung in unserer Stadt auf.

Sie forderten uns ganz energisch zu Verschiedenem auf. Zum einen, die Regierung und das Volk von Serbien als faschistisch zu verurteilen, wozu sich unsere Regierung noch immer nicht habe bequemen können. Als nächstes, die Verantwortung für das Volk von Bosnien und Herzegowina zu übernehmen – wie wohl hätten wir ein ganzes Volk, das sich als solches vielleicht nicht einmal verstand, als Mündel annehmen sollen – und es entschieden in seinem militärischen Abwehrkampf gegen die Tschetnik-Schergen zu unterstützen. Schließlich, dafür zu sorgen, dass unsere Presse nicht länger in gänzlich unverantwortlicher Art und Weise den serbischen Standpunkt vertrete. Als jemand im Saal dazu die Bemerkung von sich gab, wir seien hier immerhin noch nicht die Mullahs im Gottesstaat, musste die Veranstaltung im folgenden Tumult um ein Haar abgebrochen werden.

Du sprachst nie von deiner Beziehung zu Palladio. Und ich fragte nicht. Palladio war tabu, vielmehr eure Beziehung war es. Aber diese seltsame und auf Dauer kaum tragfähige Dreiecksbeziehung, die wir lebten, die vor allem du lebtest und von der ich nur die Hälfte kannte, schien anzufangen, sich zu bewegen.

Meine ursprüngliche Faszination, die der schwer zu beschreibenden, aber unverwechselbaren Aura deiner Person entsprang, war, da ich keine andere Verbindung, keinen anderen Zugang mehr zu dir hatte, reiner Körperlichkeit gewichen. Einer gesättigten, immer aufs Neue befriedigten Körperlichkeit, die in allem anderen keine Entsprechung besaß. Wir fanden uns in deiner Wohnung, in meiner Wohnung oder bisweilen an einem anderen Ort, genossen uns ohne Hemmung und gingen wieder auseinander. Deine Aura hatte sich ganz auf deinen Körper gelegt, der mich erregte, sobald ich ein Stück deiner Haut erblickte. Wir praktizierten ein nicht verabredetes Ritual, das in beinah gleicher Strenge auch dann Anwendung fand, wenn Palladio, was häufig vorkam, in Geschäften unterwegs oder in Italien war.

Wandte sich das Ritual nun gegen uns? Ich weiß es nicht. Ich weiß nur, dass ich Trauer empfinde, wenn ich an diese Zeit zurückdenke. Geblieben ist schließlich Trauer, nun da alle anderen Empfindungen, Eifersucht, Hass, Liebe oder Begehren, von der Zeit abgewaschen und fortgespült worden sind.

Unsere Beziehung, die auf schrankenloser Fleischlichkeit beruhte, ja aus kaum mehr als ihr bestand, begann, sich zu verändern. Von einem bestimmten Moment an spürte ich diese Veränderung, und ich wusste, dass du sie ebenfalls spürtest, zur etwa gleichen Zeit wie ich gespürt haben musst. Ich konnte nichts dagegen unternehmen und du offenbar ebenso wenig. Wir benötigten zunehmend heftigere Reize und Sinneskitzel, liebten uns an Orten, an denen wir es zuvor nicht gewagt hätten, hätten wir sie uns denn je erkoren, und verfielen auf beinahe schon verzweifelte Inszenierungen. Du holtest mich am Zug ab, und wir verschwanden in der Damentoilette des Bahnhofs, oder wir machten es am späten Nachmittag in deinem Redaktionsbüro. Und wenn du fragtest: Willst du mich?, klang es nicht länger wie eine kokette Provokation, in der alles Lustgefühl schon aufgehoben war, sondern wie eine Beschwörung des einzigen, das uns jetzt noch verband, obschon uns mehr kaum verbunden hatte.

Du entglittst mir, obgleich wir kein Leben miteinander führten. Ich konnte deine Handlungen und Reaktionen immer seltener richtig voraussehen. Einmal sagtest du: Komm, lass uns ein Wochenende ins Tessin fahren. So etwas war, seit du mit Palladio zusammen warst, nie vorgekommen. Meine Einwände, dass es schon Freitagmittag sei, ich am Sonntagabend dringend zurück sein müsse und auf eine solche Fahrt gar nicht vorbereitet sei, ließt du nicht gelten. Dort unten warst du wie abwesend, wolltest den Spaziergang nicht fortsetzen, das Essen im Restaurant nicht beenden. Nach anderthalb Tagen fuhren wir zurück, ohne dass ich den Sinn und Zweck dieser Reise eingesehen hätte.

Ein anderes Mal warst du unangemeldet zu mir nach Hause gekommen, auch das hattest du zuvor nie getan. Ich war im Keller und hörte dich oben in der Wohnung meinen Namen rufen, während du durch die Zimmer gingst.

– Hall. Wo steckst du, Hall?

Als ich mit drei Flaschen im Korb oben anlangte, fielst du mir in die Arme.

– Da bist du ja endlich. Ich dachte, du seist auf Nimmermehr verschwunden.

– Was hast du denn?

– Nichts. Es ist nichts. Einen anstrengenden Tag hab ich gehabt. Das ist es.

Ich machte dir etwas zu essen. Wir tranken Wein.

Die Gardinen wehten hinein in die offenen Fenster wie lange nicht, so schien mir. Die Mondgebirge waren hoch und doch sanft getürmt.

– Was ist es, das du dir wünschst?

– Den Frieden der Seele.

– Ach, du immer, sagtest du und schliefst schon ein.

An einem der verabredeten Tage warst du nicht daheim. Dein Telefon und der Beantworter blieben stumm. Ebenso am folgenden Tag. In der Redaktion konnte ich dich nicht erreichen. Niemand dort wusste, ob du vielleicht für Recherchen unterwegs oder wegen einer Reportage abwesend warst. Die Chefin war selbst auf Reisen, ihr Stellvertreter nicht im Bilde, wie er sich ausdrückte. Ich fuhr gegen die Absprache zu deiner Wohnung und klingelte, schon nicht mehr zu meiner Überraschung, ohne Erfolg. Eine Herausgeläutete war ungehalten und wusste von nichts.

In mir stieg ein Verdacht auf. Um ihn zu widerlegen oder zu bestätigen, fuhr ich hinaus zu Palladios Lagerhaus. Die Halle machte einen wie für lange Zeit verschlossenen Eindruck. An den wenigen Fenstern waren die Rollladen herabgelassen. Das abgeschraubte Messingschild, auf dem, ich erinnerte mich wieder, *Pro Ex-Jugoslavia S.A.* gestanden war, hatte ein helles Viereck neben der Eingangstür hinterlassen. Keine Frau Müller weit und breit, die sich um Konti und Buchführung kümmerte. Die Gegensprechanlage oder der Türsummer, den die Aufschrift *Bitte läuten* verhieß, blieben stumm. Der Hauswart im blauen Kittel, den ich nach mühsamer Suche schließlich in der Einöde der Blechhallen auftat, beschied mich, das Lager der Firma sei aufgelöst, der Betrieb, zumindest an diesem Ort, eingestellt. Viel, gab er bedeutungsvoll zu verstehen, ist hier sowieso nie passiert.

Nun hattet ihr euer seitheriges Leben also aufgegeben, eure humanitären Projekte im Stich, hattest du mich endgültig im Stich gelassen. War das lange vorausgeplant gewesen? Oder hattet ihr euch kurzfristig dazu entschlossen? Vielleicht entschließen müssen? Hatte der große Palladio gar sein finales Ass ausgespielt? Die äußeren Umstände deuteten jedenfalls darauf hin, dass ich so bald nicht wieder von euch hören würde. Ich spürte in diesem Moment jene Trauer, die mich seither zumeist begleitet hat.

12. Kapitel

Cavalli hatte, als ich zum ersten Mal sein Haus betrat, noch nicht einmal seine erste Oper auf die Bühne gebracht und war doch schon eine Berühmtheit. Wohnte in einem Palazzo, gegen den unser Haus, das mir bislang stets geräumig und wohnlich erschienen war, ärmlich und beinahe heruntergekommen wirkte. Prachtvoll geraffte Fensterbündel, die von Rosetten gekrönt oder von schlanken Säulen aus weißem Marmor flankiert wurden wie von feinster Spitze, schmückten die backsteinerne Fassade. Im Innern waren alle Räume, die ich im Lauf der Zeit zu sehen bekam, erlesen möbliert und nach der allerletzten Mode ausgestattet und schienen selbstbewusst nur eines zu verkünden, dass nämlich ihr Besitzer, der Mann, der sich täglich in ihnen aufhielt und ihren Glanz auf sich abfärben ließ, ganz hoch nach oben wollte in der Welt der Musik und auf der gesellschaftlichen Stufenleiter der Stadt. Wo mein Vater in einem wollenen Wams sich bewegte oder seine Schüler, Söhne von Freunden und Bekannten, die er bisweilen in Rhetorik und Latein unterrichtete, in einer abgewetzten Jacke empfing, war Cavalli stets elegant gewandet. Als ich sein Haus zum ersten Mal betrat, ihm zum ersten Mal gegenübertrat, dachte ich unwillkürlich: mit diesem Mann also arbeitet mein Vater zusammen. Und dabei empfand ich gleichzeitig ein Gefühl von Stolz und ein Gefühl der Scham.

Cavalli war, ich habe es schon berichtet, unempfindlich für fremde Referenzen und die einschmeichelnden Empfehlungen Dritter, wie sie bei uns sonst gepflegt werden. Unempfänglich war er auch, wie ich später erfuhr, für vergangenen Ruhm, den jemand sich anlegen mochte wie einen Harnisch, für alles, das ein für alle Mal abgetan und beendet war. Lebensabschnitte ebenso wie vollbrachte Taten, Irrtümer der Vergangenheit genauso wie Werke der Musik. Er war also darin ganz ein Mann der neuen Zeit, wie geschaffen für die Stimmung von Aufbruch in unserer Musik. Und er schien dies zu wissen.

Wenige Jahre vor meiner Geburt war er nach Venedig gekommen, war also kein Venezianer, bewegte sich indessen nach zwanzig Jahren auch in den einflussreichsten und mächtigsten Kreisen mit der gleichen Selbstverständlichkeit wie mein Vater, der ein Sohn der Stadt und in ihr aufgewachsen war. Seines Könnens, das seine ganze Wirkung ja noch gar nicht erzielt hatte, und der Wertschätzung, die man ihm entgegenbrachte, war er sich sehr wohl bewusst. Er war als Tenor in den Chor von San Marco eingetreten und Schüler von Monteverdi gewesen, der als Kappellmeister von Sankt Markus auf den jungen Mann aufmerksam geworden sein musste. Schüler von Monteverdi! Es war, als begriffe ich erst jetzt, im Glanze Cavallis, welch bedeutender Mensch dieser Monteverdi gewesen war, der, als ich ein Kind war, in unserer Küche Suppe geschlürft und sich droben mit meinem Vater während langer Stunden in sein Arbeitszimmer zurückgezogen hatte, so dass ich nach einer Weile vergaß, dass die beiden überhaupt im Haus waren. Cavalli war aber nicht nur als Sänger überaus geschätzt und begehrt, sondern hatte sich einen beinahe noch größeren Ruf als Arienkomponist erworben, der ihm die Taschen füllte. In den Häusern der Adligen und Kaufleute bestand eine rege Nachfrage und ein nie erlahmender Wettstreit in der Aufführung neuer Singstücke aller Art, aber besonders von Arien, die er gerade so weit zu befriedigen wusste, dass der Hunger stets nur halb gestillt wurde und also erhalten blieb.

Ich schätzte den eleganten, leicht untersetzten Mann mit der hohen Stirn, der mir in dem großen hellen Salon gegenüberstand, auf vielleicht fünfunddreißig Jahre. Zunächst stellte er mir nur eine Frage:

– Ich nehme an, Sie wissen, wie eine Ariette gebaut ist, Signorina?

– Ja, Signore.

– Gut. Dort drüben in dem kleinen Arbeitsraum, er wies mit seiner rechten Hand über seine linke Schulter, steht ein Schreibsekretär. Auf ihm finden Sie, was Sie benötigen, Papier und Schreibwerkzeug und auf dem Stuhl eine Laute. Hier, und er nahm einen bedruckten Bogen Papier von dem Tisch auf, neben dem er stand, ist das Poem, das Sie mir bitte vertonen wollen.

Und noch eine Frage:

– Ich nehme an, Sie sind es als Sängerin gewohnt, Ihre Texte aufmerksam zu studieren?

– Durchaus, Signore.

– Tun Sie desgleichen, bevor Sie die Noten schreiben. Töne wollen mit Bedacht gesetzt sein. Und lassen Sie mich rufen, wenn Sie Ihre Arbeit beendet haben. Neben der Tür befindet sich eine Glocke.

Da saß ich also in dem kleinen Schreibzimmer, durch dessen hohes Fenster die Frühlingssonne das vom Wasser des Kanals gebrochene Licht kräuselte, und starrte auf das Papier vor mir. Das war der Beginn meiner Laufbahn als Komponistin: ein weißes Blatt Papier, auf das ich Notenlinien gezogen hatte und keine einzige Note zu setzen wusste. Ich hatte schon mehrfach den mir unbekannten Text eines nicht genannten Autors gelesen und tat es wieder und wieder, hatte ihn in seine Teile zerlegt – Hoffnung und keimende Liebe, Verrat, Verzweiflung und Anklage –, versucht, mich von der Laute und den übrigen Instrumenten, die beim Schreibpult standen, endlich auf die richtige Spur führen zu lassen. Ich sinnierte über Akkorde, Tempi und Modulationen. Nichts verfing. Die Noten zu dem Text, zu den Melodien, die ich in meinem Kopf herunterklapperte, wollten nicht aufs Papier. Schließlich begann ich in meiner Verzweiflung und in Angst, ich möchte das ganze Haus zusammenrufen, zu singen. Singen, jawohl. Singen, das ging. Nun kamen die Noten, wenn zu Beginn auch noch zögerlich, es war mir alles ganz ungewohnt, auf das Papier. Und so habe ich fortan stets meine Kompositionen gemacht. Die Musik sollte dem Text Ton und Sentiment verleihen. Ich musste, um die Töne zu setzen, meiner Stimme folgen können. Natürlich muss ich mich lange schon nicht mehr hinstellen und laut Töne singen, schon seit vielen Jahren genügt meine Vorstellung hiervon, ein Summen im Sitzen bisweilen, ein kurzes Anstimmen, um auf meinem Instrument, der Stimme, die Töne zu probieren, bevor sie Noten werden. Gleichwohl war die aus der Not geborene Eingebung dieses Nachmittags mein eigentlicher Beginn als Tonsetzerin, hat sich seither von der Methode nicht viel, dafür in der Technik manches verändert. Ich muss noch immer die Sängerin, a cappella oder zur Laute, zu Hilfe bitten, um zu komponieren. Ich war glücklich und stolz. Ich setzte die Noten auf die Linien wie Vögel, das Licht vom Himmel und vom Wasser perlte ins Zimmer, ich hatte die Zeit vergessen.

– Signorina?

Ich saß über das Papier gebeugt, wahrscheinlich glühten meine Wangen. Ich hörte die Stimme wie durch einen Nebel.

– Signorina?

– Ja?

Ich fuhr herum. Cavalli stand in der Tür.

– Sie sitzen jetzt seit sechs Stunden über den Notenblättern für diese kleine Arietta.

Ich schaute zum Fenster, das in der Tat matter leuchtete. Ich hatte vielleicht zwei, vielleicht auch schon vier Stunden lang Noten geschrieben. Ich wusste es nicht.

– Sind Sie fertig?

– Gleich, Signore, nur noch ein paar Takte.

– Ich habe Ihnen ja immerhin keine Oper abverlangt. Nur eine Arietta als einen allerersten Versuch.

Ich mühte mich hastig, zu Ende zu bringen, was für mich gar nicht fertig war. Ich war unglücklich.

– Na dann, sagte Cavalli und hatte im Fauteuil des Salons die Beine übereinander geschlagen, wollen wir einmal schauen.

Schweigen.

Dann ein Räuspern. Das hier, er hielt mir den Bogen mit den von meinen Noten besprenkelten Akkoladen vor die Augen, würden Sie als Sängerin wohl nicht so gerne in Angriff nehmen, junge Dame.

Ich muss ihn wohl mit großen, nichtsahnenden Augen angeschaut haben.

– Da haben Sie doch tatsächlich eine Quintparallele gesetzt. Hier haben Sie den Ambitus Ihrer Stimme deutlich über- und dort unterschritten. Ihre Stimme müsste sich als Akrobatin betätigen und brächte unweigerlich schiefe oder gequetschte Töne hervor. War das etwa Ihre Intention?

– Nein, Signore.

– Und unterlegen Sie Ihren Stimmen den Bass. Sie haben ihn vielleicht gehört, aber nicht aufgeschrieben. Schauen Sie, Sie haben die Notenlinien zwar gezogen, aber den Bass vergessen.

– Dio mio.

– Und nicht so hölzern. Nicht so schematisch. Man sieht ja in den Noten durchaus Ihren guten Willen. Aber doch nicht so sprunghaft, nicht so abrupt von der höchsten Verzückung geradewegs in die tiefste Verzweiflung. Sie müssen modulieren, die Übergänge herstellen. Es muss hörbar werden, wie eine Stimmung umschlägt. Nicht peng, peng in den Himmel wie ein venezianisches Feuerwerk, das ist was fürs Volk. Ich möchte, dass Sie sich den höchsten Überschwang der Seele und ihre tiefste Traurigkeit zum Gegenstand nehmen, doch wie einen Auf- und Abstieg, den Sie darstellen und den Sie kolorieren müssen.

Ich kam mir vor wie schon vernichtet.

– Sie müssen die Töne, die Akkorde hinauf- und wieder hinabsteigen lassen und wenn schon abrupt, dann doch gleichwohl vorbereitet. Sie müssen noch die geringste seelische Schwankung vorherbedenken und kompositorisch vorbereiten. Wir verleihen dem Text, der uns sprachlich leitet, durch unsere Musik seinen wahren Gehalt. Die Natur und das Leben sind die eine, unsere musikalische Transposition ist die andere Seite.

Mir schwirrte der Kopf.

– Sie müssen lernen, der darbietenden Künstlerin den Genius des erschaffenden Künstlers beizugesellen und mehr noch, voranzustellen. Das ist der entscheidende Schritt, der muss sich nun in Ihrem Kopf einstellen, Signorina.

Schreiben Sie mir diese Arietta also noch einmal. Nicht heute. Morgen oder übermorgen. Kommen Sie in, sagen wir, vier Tagen wieder.

Ich kam, ohne mich zu erinnern, wie ich aus dem Haus gekommen war und meinen Rückweg zurückgelegt hatte, völlig erschöpft und zerschlagen bei meiner Mutter an. Ich war auf kindliche Art verzweifelt, meine Mutter vermochte keine tröstenden Worte für mich zu finden. Ich werde nie, nie, nie eine Komponistin. Ich mochte nichts essen und fand trotz meiner Müdigkeit keinen Schlaf, immer wieder hallten Cavallis Worte in meinem Kopf: kein venezianisches Feuerwerk, Signorina, Ihre Stimme brächte schiefe und gequetschte Töne hervor, wollen Sie das?

Aber am Morgen des übernächsten Tages war ich bereit, mich wieder über meine Notenblätter zu beugen. Mein Ehrgeiz war aufgestachelt und nagte an mir, nachdem die Welle des Schocks, der mich an jenem Nachmittag getroffen hatte, durch mich hindurchgegangen war. Manchmal vermute ich heute, dass Cavalli mich damals der Wucht des Aufpralls, den er angesichts meiner völligen Unwissenheit in der Tonsetzerei vorauswissen musste, mit voller Absicht ausgesetzt hat, um herauszufinden, was wirklich daran war an meiner Absicht zu komponieren, die ja einem Wunsch meines Vaters entsprang. Zu anderer Gelegenheit glaube ich eher, dass er, für den allein das Werk, die zu bewältigende Aufgabe zählte, derartige Überlegungen überhaupt nicht angestellt hat, dass sein Verhalten, das eine solch brutale Wirkung auf mich hatte, ganz einfach seinem Wesen entsprach.

Konnte ich nun Komponistin werden, oder konnte ich nicht? Sobald ich die Stellen betrachtete, auf die Cavalli gewiesen hatte, seine Kritik mir wieder in Erinnerung rief und meine Fehler sah, spürte ich, wie sich meine Nackenhaare sträubten. Aber ich bezwang mich und stand die Ariette mit zusammengekniffenen Lippen ein zweites Mal durch. Und am Freitag nach der Mittagszeit stand ich erneut vor dem hohen Eingangsportal. Nach kurzer Zeit betrat der Hausherr den hellen Salon mit den Fenstern zum Kanal, in dem er mich schon vor vier Tagen empfangen hatte.
– Ich hatte sie keine Stunde früher erwartet. Er lächelte. Setzen Sie sich, Signorina. Wir wollen uns Ihren zweiten Versuch gemeinsam ansehen.

Ich zog die Notenblätter aus einer Mappe und reichte sie ihm, jederzeit bereit, aufzustehen und aus dem Haus zu laufen.
– Hier ist es jetzt besser, dramatischer konstruiert, nicht mehr so hölzern. Und sogar die Bässe sind da, fügte er mit einem kleinen Seitenblick an.

Aber das hier, er wies mit dem Finger auf eine andere Stelle, ist noch zu mechanisch, das gleitet nicht. Der Schmerz, der in den Worten behauptet wird, muss hörbar werden.

Und so fort. Ich war ein wenig erleichtert. Konnte ich nun eine Komponistin werden, oder konnte ich nicht? Die Frage wagte ich nicht zu stellen. Und Cavalli wäre es niemals in den Sinn gekommen, sie zu dem jetzigen Zeitpunkt zu beantworten.
– Ich will Sie keineswegs damit plagen, dieses Stück ein drittes Mal zu setzen, Signorina. Schließlich sind das hier Fingerübungen, bei denen Sie allein Ihre Begabung, keineswegs bereits Ihre Fertigkeiten unter Beweis stellen sollen.

Ich spürte, wie mich fror.
– Ich werde Ihnen eine neue Aufgabe stellen. Vorerst eine zweite Arietta. Sagen wir, wiederum in vier Tagen?

Von nun an ging ich ein- bis zweimal in der Woche zum Palazzo von Francesco Cavalli, je nach den Aufgaben, die er mir stellte, und nach der Zeit, die mir zu ihrer Ausführung zur Verfügung stand. Er drängte nicht, wollte aber einen Rhythmus gesichert wissen. Ich hatte meine Verpflichtungen als Sängerin und Muse der Unisoni. Das wusste er und betrachtete sie als ein anderes Leben, das mit demjenigen unter seiner Obhut nichts zu tun hatte.

Zu jener Zeit musste ich mich eines Cavaliere erwehren, der aus unserer eigenen Zunft stammte und, auch er, Poeme meines Vaters vertont hatte. Alle schienen Madrigale und Sonette meines Vaters in Töne setzen zu wollen. Der fühlte sich geehrt und dachte wieder kein einziges Mal daran, aus solcher Ehre auch einmal einen finanziellen Vorteil zu ziehen. Er war also Komponist und einige Jahre jünger als Cavalli. Ich hatte wohl den Fehler begangen – oder vielleicht nur eine meinem Alter und seiner Unwissenheit geschuldete Unbedachtsamkeit –, ihn zu bitten, für meine Rechnung ein weiteres Gedicht meines Vaters zu vertonen, von dem ich wusste, dass es ihm besonders viel bedeutete, um ihm auf diese Art dafür zu danken, dass ich bei Francesco Cavalli in die Lehre gehen konnte, dessen musikalische Vorstellungen und Prinzipien ich mittlerweile besser zu begreifen glaubte, vielleicht nicht zuletzt, weil sie meinem Geschmack und Gefühl als Sängerin gefielen, was ich wohlweislich für mich behielt, weil er meine Gründe wohl kaum akzeptiert hätte.

Leandro Santoni also, dieser aufgeplusterte Pfau, hatte meine Bitte und danach meinen Dank für den Versuch genommen, mich ihm zu nähern. Männer halten, wenn ihnen eine Frau begehrenswert scheint, und dies ist leider häufig genug der Fall, jedes Wort, jeden Blick, jede Geste für eine Einladung. Nur die wirklichen Zeichen verstehen selbst die Feinfühligen unter ihnen oft nicht, weil sie sich von den Zeichen des Lebens, der Wirklichkeit kaum unterscheiden. Und so erkennen die meisten Männer sie nicht, da sie vom Alltäglichen nichts erwarten, nichts in ihm suchen, sondern stets auf die großen, die unmissverständlichen Erscheinungen warten, die hellen Feuer am Horizont, zu denen sie dann auf der Stelle aufbrechen wollen. Und also sind sie geneigt, sogleich jede zufällig falsch herum fallende Locke, jedes freundliche Wort für ein loderndes Feuer zu halten.

Santoni wurde mir alsbald zur Plage, gegen die ich mich mit allen mir zu Gebote stehenden Mitteln zu wehren suchte, so gut es eben ging, ohne zu viel Aufsehen zu erregen. Es wurde trotzdem bald bekannt, dass er mir den Hof machte. Zunächst versuchte er es auf eine mehr oder minder geistreiche, halbwegs galante, dabei aber höchst aufdringliche Weise. Ich hoffte, ihn geistreich aufhalten und abweisen zu können. Daraufhin machte er mir einen Antrag, weil er wohl glaubte, ich gehörte zu den Tugendhaften und zierte mich. Ich wies ihn ziemlich prosaisch ab. Ich fühlte mich gedemütigt, durch seine Avancen ebenso wie durch meine verzweifelten Versuche, mich seiner Besitz ergreifenden Anmaßung zu entziehen. Danach wurde er zudringlich, betatschte und begrabschte mich, wo immer er meiner bei den Soireen der Unisoni habhaft werden konnte, vorzugsweise meines Busens oder meines Gesäßes. Einmal, als wir im Halbdunkel in einer Menschentraube fest eingeschlossen waren, wusste ich mir nicht anders mehr zu helfen als durch eine schallende Ohrschelle, die auf seiner rechten Wange landete, auf der sich sogleich feuerrot meine Finger abzeichneten, während meine Hand schmerzte. Um uns herum wich man zurück, die Signori blickten erstaunt und amüsiert. Ich hätte im Boden versinken mögen.

In der Folgezeit machte Santoni sich mehr und mehr zum Gespött aller, die bei den Unisoni und in anderen musikalischen Salons und Akademien verkehrten. Was mein Leben nicht erleichterte, denn allzu offen zeigte er unterdessen seinen Besitzwahn und seine Liebestollheit, als gäbe es fortan für ihn keine Schranken mehr. Ich versuchte, wo sich Gelegenheit bot, mich rhetorisch, mit Ironie und Sarkasmus zu rächen. Es war ein lamentables Spektakel. Die Signori indessen goutierten diese öffentliche Auseinandersetzung sehr wohl, so lange sie ein gewisses Maß nicht überschritt und Bestandteil des allgemeinen geistreichen Disputs blieb. Mir blieb ja kein anderes Mittel, um ihn nach Möglichkeit fernzuhalten, und auf die Geistesblitze eines solchen Kampfs, den die Gelangweilten und Sensationslustigen noch immer für eine Komödie halten mochten, die man zu ihrem Ergötzen darbot, hätte ich liebend gerne verzichtet.

Statt dass sich Santoni aber zurückzog oder doch seine offenkundig verfehlten Bemühungen aufgab, griff er zu Zoten, raunte mir Derbheiten ins Ohr, beleidigte und demütigte mich in einer Sprache, die ich nicht zu kontern vermochte und in der Öffentlichkeit niemals gewagt hätte zu denunzieren. Nicht wenige Männer lassen, wenn sie nicht erhört werden, ihren verwerflichen Fantasien und ihrem schlechten Charakter völlig freien Lauf. Es ist wohl so, dass Männer es schwerlich ertragen, abgewiesen zu werden. Genauso wenig im Übrigen, wie Frauen dies ertragen. Nur haben wir Frauen das Glück – oder, wie in diesem Fall, das Pech –, dass nicht wir die Werbenden sind oder wenn doch, mit diskreteren, häufig den Männern unerkennbaren Mitteln werben und also, wo wir nicht erhört werden, auch weniger kenntlich werden.

Santoni war mir von allem Anfang oder zumindest, seitdem ich ihn näher kennen lernte, unangenehm. Dann hasste ich ihn, wie man ein Stück Plage hasst. Schließlich aber ließ er ab und verschwand, wer weiß wohin, aus meinem Leben. Aber ich hätte ihn auch nicht nehmen wollen, wäre er ein ganz anderer gewesen. Ich wollte mich nicht verheiraten, wie es üblich ist. Ich wollte singen. Ich wollte komponieren. Ich wollte mich eines Tages vielleicht noch einmal verlieben, wenn ich auf Gegenliebe zählen konnte. Und auch das müsste zu einer Hochzeit nicht führen. Wer wusste das schon.

Eines Abends belauschte ich zufällig, als ich nach Hause zurückkam, eine Unterhaltung meiner Eltern. Mein Vater war aus seinem Obergeschoss in die Küche herabgestiegen Die Tür war geschlossen, doch durch die Ritzen des alten Holzes konnte ich jedes Wort verstehen, das sie wechselten.

– Warum soll sie jetzt heiraten, Isabella? Sie ist jung, sie hat Zeit. Sie ist eine jetzt schon gefeierte Sängerin. Sie lernt die Kunst des Komponierens.

– Weil es sich ziemt. Singen und komponieren kann sie auch als verheiratete Frau. Dann wäre sie wenigstens nicht länger vogelfrei.

– Und für viele Besucher nicht mehr halb so attraktiv.

– Du bist frivol, Giulio. Sie ist dein eigenes Kind. Du solltest dich schämen.

– Und warum ausgerechnet Santoni, den Gockel?

– Weil er um ihre Hand angehalten hat.

– Santoni?

– Sie selbst hat mir gesagt, dass er ihr einen Antrag gemacht hat.

– Santoni würde alles tun, um eine Frau zu bekommen – außer, sie zu heiraten.

– Schon wieder deine gotteslästerliche Frivolität.

– Und? Will sie ihn zum Mann nehmen?

– Nein.

– Dem Himmel sei Dank.

– Er hat einen Ruf …

– Einen denkbar zweifelhaften, meine liebe Isabella. Wenn du wüsstest.

– … und wird es noch zu mehr bringen. Wer weiß, wann sich wieder eine solche Gelegenheit bietet.

– Dem Signor Santoni seine Tochter anvertraut zu haben, würde man bei der erstbesten Gelegenheit schon bereuen.

Nichts da. Ich habe kürzlich zufällig mit Cavalli gesprochen. Er hat mir gesagt, Mariana zeige sich anstellig, sie lerne rasch, da sie in Noten denke, und besitze Begabung für die Komposition.

So ging es noch eine Weile fort. Ich zog mich zurück und schlich in mein Zimmer. Vor Übermut hätte ich am liebsten zur Laute gesungen. So einer also war der Signor Cavalli. Ich hatte Begabung für die Komposition. Mir hatte er derlei nicht verraten. Wahrscheinlich hatte er wieder einmal seine Gründe gehabt. Und auch wenn mich der Wunsch und die Sorge meiner Mutter rührten, mich vor den als Cavalieri verkleideten Wüstlingen, wie sie sie einmal genannt hatte, zu beschützen, mein Abscheu davor, mich zu verheiraten, war noch größer als der vor lästigen Lüstlingen. Meinem Vater war ich dankbar dafür, dass er Leandro Santoni im Unterschied zu meiner guten Mutter, vielleicht schon seit langem, wer weiß, durchschaut und für mich das Nämliche gewählt hatte wie ich selbst: die Musik. Ich war entschlossener denn je, Santoni loszuwerden. Das aber sollte nicht nötig werden. Am Ende hat er wohl selbst die Lust an seinen lamentablen Vorstellungen verloren.

Auf also zum Singen, Musizieren, Komponieren.

In der folgenden Woche muss ich derart ungestüm, freudig, übermütig oder einfach nur aufgeräumt bei meinem Lehrer Cavalli erschienen sein, dass er mich nach einer Weile fragte:

– Was ist passiert, Signorina? Sie scheinen die Tonsetzerei mit einem Mal ohne Zähneknirschen betreiben zu wollen.

– Ich habe sagen hören, Sie fänden, ich zeigte mich anstellig beim Komponieren. Das freut mich sehr. Danke, Signore.

– Sagen hören? Er konnte ein kleines Lächeln nicht unterdrücken. Sie müssen noch viel lernen, mein Fräulein. Eine Arietta, mit der wir uns bislang ausschließlich beschäftigt haben, ist schnell einmal komponiert. Aber Sie müssen auch lernen, andere Formen zu beherrschen. Deshalb möchte ich Sie bitten, mir für diesen Text hier ein Madrigal für drei Stimmen, die Sie sich selbst auswählen wollen, zu schreiben, der Einfachheit halber zunächst einmal über einem Basso ostinato. Sie müssen lernen, für mehrere Stimmen zu komponieren, nicht nur für die eigene.

– Und warum keine Kantate? fragte ich aufmüpfig.

– Signorina, er sah mich vorwurfsvoll an, als Sängerin sollten Sie so viel musikalischen Verstand besitzen, um zu wissen, dass die Kantate die umfänglichste und anspruchsvollste Komposition neben der Oper ist. Ihr werden wir uns erst ziemlich zu Ende Ihrer Ausbildung zuwenden.

Am Ende meiner Ausbildung, hatte er gesagt. Also war für ihn doch abgemacht, dass ich meine Ausbildung auch bei ihm beschließen würde. Ich hätte ihn umarmen mögen, wusste aber, dass er einen solchen Gefühlsausbruch für völlig deplaziert gehalten hätte. Die Affekte sparte er sich für die Musik auf.

– Wenn wir das Madrigal bearbeitet haben, werden wir uns der Kanzonetta, der Motette und der Arie zuwenden.

– Die mag ich am liebsten.

– Das kann ich mir gut vorstellen. Aber Sie müssen lernen, die Musik vom Standpunkt des Komponierens zu begreifen, nicht alleine der Sängerin. Die Sängerin soll der Komponistin helfen, so dass diese die Sängerin führen kann.

Zum ersten Mal überhaupt hatte er mir ein Programm genannt, das ich unter seiner Anleitung zu absolvieren hätte. Nicht mehr nur, Signorina, vertonen Sie mir dies, überarbeiten Sie jenes, kommen Sie in vier Tagen wieder zu mir, dann sehen wir weiter. Ich fühlte mich als werdende Komponistin angenommen und empfand mich glücklicher, als ich es in jeder Liebe je hätte werden können.

– Also an die Arbeit, Signorina. Lassen Sie mich rufen, wenn Sie mich zur Beurteilung der Komposition brauchen. Und nehmen Sie zum Komponieren auch einmal die Laute, nicht nur die eigene Stimme. Rücken Sie von sich selbst ab. Das stärkt die kompositorische Übersicht.

Da war er schon wieder ganz der Alte. Er wollte schon gehen, ich hatte einen Blick auf den Text geworfen.

– Von wem stammt denn diese grelle Poesie?

– Von Giambattista Marino. Sie ist nicht grell, sie stellt radikal die Gefühle in den Mittelpunkt, die Sie mit Musik ausmalen sollen.

Ich erschrak ein wenig. Ich hatte den Namen des Poeten gehört, auch gelesen. Er schien ein wahrer poeta laureatus zu sein, der auch in den musikalischen Akademien gerühmt wurde. Ich hatte allerdings nie eine Poesie von ihm gesungen, stets nur jene meines Vaters, und den ganzen *Marinismo* nicht sonderlich ernst genommen.

– Wenn seine Gedichte Monteverdi inspiriert haben, dürfte diese Poesie wohl auch für Sie eine Hürde sein, die Sie auf dem Weg zur Tonsetzerin zu meistern haben.

Ich erschrak abermals.

– Cantare con affetto, Signorina. La seconda pratica, wie Monteverdi es genannt hat. Unsere neue Musik. Denken Sie daran.

13. Kapitel

Ich weiß nicht, mein verehrter Giulio, was ich Ihnen wirklich berichten kann, das Sie nicht bereits erahnen, spüren oder »haben sagen hören«, wie sich Mariana einmal ausgedrückt hat. Da ich indessen in diesen Tagen leider verhindert bin, Ihnen persönlich Bericht zu geben über den Fortgang ihrer Ausbildung zum Komponieren, weil ich wegen der bevorstehenden Aufführung meiner Oper ständig von einem Ort zum nächsten unterwegs bin, von Pontius zu Pilatus laufe, zwischendrin die Musiker und Sänger gemeinsam und einzeln einüben, mich den Kostümen und tausend anderen Dingen widmen muss, die Sie kennen und mit denen ich Sie nicht zu langweilen gedenke, habe ich mir gedacht, Sie möchten doch interessiert sein, aus der Hand des von Ihnen Befugten und Eingesetzten zu vernehmen, wie es um den Werdegang von Mariana gestellt ist. Derart aus der Not eine Tugend machend, greife ich zur Feder, und auf das, was ich Ihnen mit der Tinte auf Papier mitteile, werden Sie mich behaften können, zumindest aber werden wir beide, wenn wir eines Tages zurückblicken, einen Orientierungspunkt für eine Entwicklung besitzen, die ja zum jetzigen Zeitpunkt noch gar nicht abgeschlossen ist.

Sie wissen wohl besser als ich, dass Mariana eine vorzügliche Sängerin mit außerordentlich seltener stimmlicher Nuancierungsfähigkeit ist, die beinahe alles, was wir in unserer Kunst erdenken, in die Töne, die Melodie, das Sentiment hinüberzusetzen vermag. Ich vermute, dass sie das ebenfalls weiß oder doch allmählich begreift. Und verheimlichen muss man es ihr in der Zukunft nicht. Ihrer Stimme ist sie sich absolut sicher, sie ist ihr Halt und wird wohl noch lange die Grundlage ihres gesamten musikalischen Wirkens sein. Aber dass sie Anlagen zu einer Tonsetzerin von eigenständigem Ausdruck besitzt, die vielversprechend erscheinen, ohne noch durch ausgefeilte Kompositionen gesichert zu sein, sollte man ihr nach meinem Wunsch noch nicht bald offenbaren, so sehr es Sie, lieber Freund, freuen soll. Genießen Sie Ihre Freude, die ich Ihnen von Herzen gönne, im Stillen. Denn natürlich mag sich meine Voraussicht immer noch als falsch oder nur zu einem Teil berechtigt erweisen. Sie wissen so gut wie ich, wie schwer sich in unserem Metier so etwas wie Zukunft beurkunden lässt, und doch bin ich überzeugt, dass sie ein großes Talent trägt, welches herauszubilden nicht zuletzt in ihrer eigenen Verantwortung liegt, wobei ich meinen, den geringeren Teil auch weiterhin gerne erfüllen werde.

Ich habe es ihr, Sie kennen mich und dürfen mir also getrost glauben, keineswegs einfach gemacht, um wahrhaft und im Kern zu prüfen, ob sie den Übergang von der Sängerin zur Komponistin – oder sollte ich sagen, den Aufstieg? –, an dem so viele scheitern, die zwar über eine gute Stimme verfügen, um Musik erklingen zu lassen, aber keine Ader, nicht die Begabung in ihnen selbst, um solche Musik zu erschaffen, wirklich meistern würde. Sie hat sich, nach Irritationen zu Beginn, die beinahe unausbleiblich sind, bravourös bewährt, indem sie instinktiv ihrer Natur nachgefolgt ist, die ihr musikalischen Genius gegeben zu haben scheint. Ich täusche mich nicht: in all den Monaten, die ich sie jetzt unterweise, wäre mir fehlende Begabung zu irgendeinem Zeitpunkt, an irgendeiner Stelle aufgeschienen, der Genius lässt sich nicht durch bloßes Lernen ersetzen. Ich habe ihr alle uns vertrauten Arten der Vertonung aufgegeben, sie hat bei keiner einzigen zum Schluss versagt, auch wenn in ihren Kompositionen noch nicht alle Ecken und

Kanten abgeschliffen sind, noch nicht alles Mechanische, das vom Erlernen herrührt, verschwunden ist. Sie zeigt immer wieder Originalität, die mich beeindruckt, und ihr helfen wird, dem Steifen, Hölzernen, das noch hier und dort in ihren Partituren steckt, selbst auf die Spur zu kommen. In diesen Tagen arbeiten wir, wann immer mir meine Oper ein wenig Zeit übrig lässt, an den Kantaten, die, wie Sie ja wissen, die größten Anforderungen an das kompositorische Geschick nebst der Oper stellen. Auch hier macht sie gute Fortschritte, und ihre Ausbildung wird zu einer Zeit, die absehbar ist, beendet sein. Sie wird dann das kompositorische Handwerk, und daran trägt sie selbst nicht den geringsten Anteil, all unserer von Instrumenten begleiteten Vokalmusik kennen, als Tonsetzerin, da bin ich mir sicher, denn sie ist ungeheuer ehrgeizig, beherrschen und vielleicht einmal in der Zukunft bereichern.

Sie wird alle Formen unserer Vokalmusik kennen gelernt haben außer einer: der Oper. Als Frau wird sie, wie die Dinge sich zeigen – Sie wissen es – kaum je einen Kompositionsauftrag für eine Oper erhalten, deren Aufführung große finanzielle Investitionen, gesellschaftliche Beziehungen, politische Interventionen und protokollarische Eseleien bedingen. Wir könnten füglich darüber rechten, ob Frauen, rein künstlerisch gesehen, in der Lage wären, Opern zu komponieren und kämen vielleicht, wenn wir eine Mariana, aber auch andere Weibsleute anschauen, zu einem positiven Schluss. Alleine es hülfe nichts. Es scheint, dass, wo viel Geld bewegt wird und Macht und Hierarchie im Spiel sind, den Frauenzimmern die Türen verschlossen bleiben. Sollten jedoch die Zeiten sich ändern, wird sie aus ihrem Kompositionshandwerk genügend Erfahrung gezogen haben, um, wo es sein soll, auch diese Aufgabe zu meistern. Davon bin ich recht überzeugt. Denn unsere Oper ist ja eine Art überhöhter Zusammensetzung all unserer Kunst, die sich in den zurückliegenden Jahren und Jahrzehnten so kräftig entwickelt hat.

Dass Mariana, wenn sie es denn wirklich will, überhaupt wird komponieren können, auch wenn sie die Bühne der Oper nicht betritt, ist ein Ergebnis dieses Auftriebs, den unsere Musik genommen hat. Ist vielleicht Teil auch der Rückbesinnung auf die Werte der Alten. Dass das Weib dem Manne ebenbürtig sei in der Ausübung der Künste, sagen die einen. Sogar überlegen, die anderen. Ich für mein Teil muss sagen, dass mich derlei Debatten im Grunde langweilen. Aber wenn sie dazu beitragen, das gebildete Publikum zu animieren, und den Frauen in der Musik bessere Chancen eröffnen und damit unsere neue Musik insgesamt befördern, soll es mir recht sein. Monteverdi war, wie Sie wissen, der festen Überzeugung, unsere Oper sei die Wiederfindung des Dramas der Griechen. Was mich betrifft, bin ich mir nicht sicher. Wir haben ihre Musik nie gehört, kennen sie auch nicht in ihrer systematischen Verfasstheit, die nicht überliefert ist oder, wohl eher, nicht existiert. Wir wissen alleine aus beiläufigen Zeugnissen, was sie über sie und zu ihr gedacht haben. Wir müssen, so meine ich, nicht jene des Platon, wir müssen unsere Musik erschaffen, die den Geist des Herrn mit jenem der Denker der vorchristlichen Zeiten verbindet.

Aber in welcher Welt, in was für einer Stadt wird sich Mariana als Musikerin dereinst wiederfinden? Und wir uns, sollten wir es denn noch erleben? Das Ende der großen Pest liegt keine zehn Jahre zurück. Mag sie diese Geißel auch nur als Schatten aus der Kindheit bewahren, so ist dieses Grauen verbreitende, Tod bringende Ereignis Ihnen zumindest und mir doch in bildreicher Erinnerung, die uns so schnell nicht und vielleicht niemals mehr loslassen wird. Ich war vor kurzem ganz am nördlichen Rand der Giudecca und wenig später am entgegengesetzten Ende der Stadt hinter dem Arsenal. In beiden Gegenden sind ganze Straßenzüge verwaist und verfallen. Sie werden nicht wieder bevölkert und instand gesetzt werden. 40 000 Seelen soll die Pest sich geholt haben. Sie sind seither nicht ersetzt worden durch vierzigtausend Lebende. Venedig braucht sie nicht. Die Stadt schrumpft ja nicht erst seit dieser Pest. Wir sehen darüber hinweg, wenn in unserer Nachbarschaft eine Wohnung leer bleibt, weil ihre Bewohner gestorben oder aufs Festland gezogen sind. Wir wollen nicht wahr haben, dass all das, was diese Stadt und wir einmal gewesen sind, in die Bedeutungslosigkeit zu sinken droht.

Waren Sie in jüngerer Zeit einmal am Hafen? Ich schon. Nicht dort, wo man sich versammelt, um ausländische Würdenträger zu begrüßen, weiter unten, wo be- und entladen wird. Da weht nur mehr ein müdes Lüftchen von Betriebsamkeit. Die Kais sind an manchen Stellen von gähnender Leere, in der sich lautstark und ungestört die Möwen tummeln. Und nun versuchen Sie, sich diesen nämlichen Ort vor zweihundert, ja noch vor hundert Jahren vor das Auge zu rufen, was ja niemand je tut. Es müsste jedermann schaudern in dieser Seerepublik.

Doch ich bin ein pragmatischer Mensch, was Handel und Wandel betrifft. Oder glauben Sie, dass die Schiffe aus der Levante den Reichtum bringen, um die Künste, die Musik, den neuen Menschen und seine Gefühle zu zelebrieren? Nein, es ist der über Jahrhunderte angesammelte Reichtum, es sind die fetten Böden der Terra ferma, die in den Handel mit der Neuen Welt investierten Kapitalien, die den Aufschwung unserer Musik finanzieren, nicht die Seerepublik, nicht der Handel übers Meer, die nach der venezianischen Malerei nun auch die venezianische Musik blühen lassen. Das ist eine Legende, bestimmt für das Ohr und Gewissen jener, die ein Ausflugsschiff zu den Inseln, ein paar Frachtsegler zu den istrischen Häfen besitzen, und ihre wahren Geschäfte nicht anders betreiben, als säßen sie in Mailand oder in Wien. Aber selbst unsere Manufakturen, unsere Luxusindustrie produziert nicht einmal mehr die Hälfte des Tuchs, der Spitzen und Tapeten von einst. Venedig besitzt fürderhin keinen Daseinsgrund als in den Künsten und der Anschauung der Heiterkeit oder Melancholie seiner singulären Existenz zwischen Wolken, Wasser und Land, dem Flüssigen und dem Festen, Wirklichkeit und Traum.

Und damit sind wir allemal beschäftigt, wenn wir uns, wenn ich mich, mit Ihrer gütigen Erlaubnis, lieber Freund, wieder unserer Kunst, unserem Handwerk, dem Geschäft der Musik zuwende. Um die Zukunft von Mariana, Euch dies wissen zu lassen, war der eigentlich einzige Grund meiner zu lang geratenen Mitteilung, müssen Sie sich, verehrter Giulio, wenig Sorgen machen, sorge ich mich als Ihr Ihnen freundschaftlich verbundener Unterzeichnender kaum mehr.

14. Kapitel

Ich war 25 Jahre alt, als ich mein erstes Werk veröffentlichte, eine Sammlung von mehrstimmigen Madrigalen nach Texten meines Vaters. Dass die Sammlung publiziert wurde, war ein kleines Wunder oder wurde doch von den Signori der Unisoni zumindest als solches angesehen. Nicht zuletzt war sie meinem Vater geschuldet, der die notwendigen Beziehungen besaß, um mein Madrigalenbuch drucken zu lassen. Sodann kam der Publikation zugute, dass wir in Venedig lebten. Die venezianischen Verleger hatten die Publikation von Musiknoten mit den dazugehörenden Texten als erste als profitables Geschäft entdeckt, sich beinahe vollständig darauf spezialisiert und freie Bahn dazu – Venedig war die unangefochtene Hauptstadt der Musik in Italien und darüber hinaus in Mitteleuropa und bis hinauf in die Länder des Nordens.

Für mich bedeutete die erste Edition meiner Musik einen tieferen Einschnitt in mein Leben, als ich vorausgeahnt hatte. Sie erfolgte nicht allzu lange Zeit nach dem Abschluss meines Unterrichts bei Cavalli, zwei Jahre und etwas darüber. Ich war meiner Musik nicht mehr so sicher, wo ich sie auf Papier gedruckt sah mit Noten und Texten. Die eigene Musik edieren, hieß ja, den für alle Welt und jeden einzelnen sichtbaren Anspruch zu verkünden, die Musik als Profession zu betreiben. Ich ängstigte mich nicht davor, den Gesang und nun auch die Komposition als Beruf auszuüben, ich konnte mir nicht einmal einen anderen Beruf vorstellen. Wohl aber schreckten mich die Menschen außerhalb des Kreises der Unisoni oder eines anderen Zirkels und umschlossenen Raums und der öffentliche

Anspruch, den ich ihnen gegenüber mit meinem Notenbuch, meinem Opus eins, das es dereinst, wer wusste, sein würde, erhob. Ich hatte Angst, man werde mich einer angemaßten Kühnheit, ja der Dreistigkeit zeihen, sobald mein Buch einmal im Handel sei und sich jedermann Zugang zu meiner Musik verschaffen könne. Ich verfiel auf die Idee, in einem Vorwort des Buchs meiner Madrigale ausdrücklich zu erklären, dass die Person, welche diese Partituren verfasst habe, mit ihrer Publikation keinerlei Anspruch darauf erhebe, als professionelle Komponistin anerkannt zu werden und die Tonsetzerei aus keinem anderen Beweggrund denn dem eigenen Vergnügen betreibe. Doch das ging nicht. Das war widersinnig und lächerlich dazu. Das musste ich schließlich einsehen.

Nachdem ich die Unsinnigkeit einer solchen Ausflucht, die mir am Ende noch als Hochmut hätte ausgelegt werden können, begriffen hatte, mochte ich meine Musik nicht mehr veröffentlicht sehen. Ich wollte auf die Publikation meiner Stücke verzichten. Ich wollte nicht, dass es zur Veröffentlichung von Musik diesen unsinnigen Mut brauchte, den ich nicht besaß. Doch mein Vater und Cavalli wollten einen Rückzug nicht zulassen. Mein Vater sagte, ich wäre kindisch und weigerte mich, erwachsen zu werden.

Das kommt daher, dass deine Mutter dich stets noch in jeder Lebenssituation vor eigener Entscheidung und eigenständiger Handlung bewahrt hat. Hier aber versagt ihr mütterlicher Schutz nun, und dein Zaudern ist die späte Folge. Es ist endlich an der Zeit, dass du auf deinen eigenen Beinen ins Leben trittst.

Cavalli sprach: Es ist so lang noch nicht her, dass Sie zum ersten Mal in mein Haus gekommen sind, um das zu erlernen, wonach es Sie am meisten verlangte, Musik nicht nur darzubieten sondern zu erschaffen. Nun also, nur wenige Jahre später stehen Sie vor der Erfüllung Ihres größten, ja einzigen Jugendwunschs – und wollen ihm nun mit einem Mal entsagen? Ihre Madrigale sind gelungen, ich habe sie studiert, sie deuten auf beseelte Weise die Worte Ihres Vaters aus. Sie beherrschen ein Herzstück unserer Musik: Ihre Ritornelli sind wunderbar mit Affekten aufgeladen.

Was rede ich? Auf die Veröffentlichung Ihrer Stücke zu verzichten, Signorina, würde bedeuten, sich selbst und unsere Musik zu verraten. Das kann nicht Ihre Absicht sein.

Meine Wangen wurden heiß, glaube ich mich zu erinnern, ich errötete wohl, murmelte eine Entschuldigung und zog mich recht hastig zurück. Cavallis Oper war längst aufgeführt und bereits zum Meilenstein der neuen Musik geworden. Er konnte sich über neue Aufträge nicht beklagen, vor Anfragen und Auftritten kaum retten. Er war der Maestro geworden, den er vorausblickend von sich selbst projiziert hatte. Dass er mich zu dieser, wenn auch kurzen, moralischen Ermutigung empfing, beschämte mich, hätte mich, zumal ihm meine Musik zu gefallen schien, indessen ehren sollen.

Meine Madrigale wurden publiziert. Ich verliess in den ersten Tagen, da sie zum Verkauf feilgeboten wurden, nicht das Haus und versteckte mich in ihm wie in einer Höhle. In der Einleitung, der Widmung – mein Vater befand, dieses Buch der Großherzogin der Toskana zuzueignen, könnte eine Investition in die Zukunft sein – versuchte ich, die Unzulänglichkeit und die Scham, die ich bei der Veröffentlichung empfand, mit meinem Geschlecht zu entschuldigen. Ich glaube, ich war der Meinung, dass alles, was mir mit dieser Musik womöglich nicht gelungen sei, auf meine Weiblichkeit zurückzuführen wäre. Ich bin nach reiflichen Überlegungen zu der Überzeugung gelangt, das sei zu jener Zeit mein fester Glaube gewesen. Auch bei meiner zweiten Veröffentlichung habe ich noch ins Feld geführt, man möge mir nachsehen, dass ich eine Frau sei. Aber da war es bereits mehr die Repetition eines Alps. Danach war es mir egal. Aus der Sängerin war, wie Cavalli in meiner Jugend gefordert hatte, eine Komponistin geworden, und ich betrieb mein Handwerk forthin mit der Selbstverständlichkeit aller Tonsetzer.

Cavalli hatte Recht behalten: die Verwandlung, meine Metamorphose von einer Sängerin in eine Komponistin hatte in meinem Kopf und in meiner Seele, mehr als nur in meinem Handwerk, stattfinden, ich hatte sie mit meiner Seele bewerkstelligen müssen. Und doch hatte er nicht bedacht, dass sie in meinem Fall zweifach geschehen musste. Die Sängerin musste sich in die Komponistin, eine Art überlegenes Wesen, verwandeln. Aber gleichzeitig musste sich die weibliche Person, die ich bin, ebenfalls in ein überlegenes Wesen verwandeln, indem sie sich Mut, männlichen Mut aneignete. Etwas, das mir Angst machte, mich Kraft kostete und das ich vor der Publikation meines ersten Buchs nie bedacht hatte – ebenso wenig wie es meinem Lehrer in den Sinn gekommen war. Die venezianischen Verleger druckten zwar seit einiger Zeit schon Notenbücher, besaßen, da niemand auf die Idee kam oder die Möglichkeit hatte, es ihnen gleichzutun, beinahe ein Monopol, aber Noten, das Opus einer jungen Komponistin, ich habe nachgeforscht, hatten sie meines und auch ihres Wissens in den vergangenen Jahren noch nie veröffentlicht.

– Das Notenbuch einer Tonsetzerin, einer Frauensperson? fragte der Verleger meines Buchs, den ich in seinem Kontor in einem schwer zu findenden Hinterhof aufgesucht hatte, verlegen zurück. Nicht, dass es mir bekannt wäre, Signorina.

Aber, fügte er an, als er sich gefasst hatte, wir werden Ihr Werk zu den gleichen Konditionen vertreiben wie dasjenige eines jeden Komponisten. Und es sicher auch, da können Sie unbesorgt sein, er lächelte ein verschmitztes Lächeln in sein dickes Kinn, mindestens ebenso gut verkaufen.

Ich habe nicht nur mein erstes, ich habe auch alle meine späteren Bücher Fürsten und Potentaten gewidmet, Ferdinand II. von Österreich, der Erzherzogin Anna, der Herzogin von Braunschweig, dem Herzog von Mantua, ja sogar einem späteren Dogen der Republik Venedig, in der sich nie erfüllenden und zuletzt nur noch schwachen Hoffnung, als nicht vermögende Komponistin und Sängerin an irgendeinem Hof eine feste, die eigene und die Existenz meiner Kinder für eine Weile sichernde Anstellung oder aber einen größeren Kompositionsauftrag zu erhalten. Die Dedikationen kosteten mich durch die mit ihnen verbundenen brieflichen Korrespondenzen mit Kanzleien und Sekretären Zeit und Kraft und immer neue Selbstverleugnung. Aufgegangen ist meine Hoffnung in keinem einzigen Fall. Man ließ mir huldvollen Dank ausrichten, hüllte sich ansonsten in Schweigen oder ließ mich warten und so lange nachfragen, bis sich schließlich niemand mehr erinnern mochte und alles im Sande verlief. Eine Kette von Demütigungen ist mit den Jahren aus meinen Widmungen geworden, mehr nicht.

Ach, die Cavalieri, darunter manch einer mit wirklichem Einfluss auf Handel und Wandel und mitunter sogar auf die Geschicke des Staats, mochten bei den Unisoni und anderswo noch so sehr das Zeitalter der weiblich dominierten Musen beschwören, eine neue Epoche der Frauen, Künstlerinnen, Hetären, Göttinnen gar, die unser ganzes Jahrhundert unter einen gütigeren femininen Stern stellen würden, wo es um den nackten finanziellen Vorteil ging oder darum, einer Person eine Stellung einzuräumen, die selbstbestimmtes Handeln verhieß, hielten sich Herzoginnen und Herrscher an das Hergebrachte und wählten also stets einen Mann.

Neben der Notwendigkeit, mir Mut anzueignen, trat noch eine weitere Veränderung in mein Leben. Ich sang nun an den konzertanten Abenden der Unisoni meine eigene Musik, meine Madrigale, wenn auch, sie waren ja für mehrere Stimmen gesetzt, zusammen mit anderen Sängerinnen, und wurde mit ihnen auch zu anderen Soireen geladen. Meine Laufbahn nahm also jenen Verlauf, den mein Vater erträumt und erhofft hatte. Laufbahn, Verlauf, wohin denn läuft alles und zu welchem Ende? Zum ersten Mal stellte ich mir derartige Fragen. Nicht von selbst, nicht hervorgerufen durch logisches Abwägen oder träumerisches Nachsinnen, was beides nicht unbedingt in meiner Natur liegt.

Nein, die Signori erregten sich unversehens viel stärker ob meiner Musik als je zuvor. Ich war nicht mehr nur Stimme, ich war nun auch Seele und Körper der Musik, die ich ja selbst ersonnen hatte. Und man setzte mich ganz und gar in eins mit dieser Musik, ich war die Musik. Mitunter gerieten die Herren in regelrechte Raserei, riefen Ermunterungen und Zustimmung, stöhnten, stießen Verzweiflungs- oder Verzückungsschreie aus, die sich des Öfteren nicht eindeutig unterscheiden ließen, wenn ich von Liebeshoffnung und dem Leid sang, das die Liebe bringt, von Versprechen und Verrat, und klatschten am Ende frenetisch. Ja, und nicht zuletzt wurden sie zudringlicher. Sie raunten mir Treueschwüre zu, um die ich sie nie und nimmer gebeten hatte, und Anzüglichkeiten, steckten mir heimlich harmlose Billette zu und eindeutige Aufforderungen, bezichtigten diesen oder jenen unlauterer Absichten und rühmten die eigene Aufrichtigkeit. Sie schickten Pralinen, Blumenbouquets und Wein, morgenländische Tuche und flämische Spitze und waren fassungslos, wenn sie abgewiesen wurden. Bis auf die Blumen bekamen sie ihre Präsente postwendend zurückerstattet. Kurzum: jedermann schien mit einem Mal der Liebesraserei verfallen, und unsere Soireen glichen nicht selten einem Tollhaus. Niemandem indessen außer mir und den übrigen Frauen schien dies unpassend oder peinlich oder aber überhaupt in irgendeiner Weise auffällig.

– Aber einen Mann, Signorina, einen einzigen müssen Sie doch schließlich erhören, wenn Ihre Musik nicht selbst der Betrug in der Liebe sein soll, den Sie in Ihrem Gesang beklagen.

– Ich versuche, Signore, mit meinen bescheidenen Mitteln darzustellen, was Liebe in einem Menschen auszulösen vermag, welche großen Gefühle und Enttäuschungen sie mit sich zu bringen vermag. Ich drücke die Liebe aus, für ihre Verwirklichung bin ich nicht zuständig.

– Ach, hol Sie doch der Teufel.

Nun hätte man glauben mögen, ob so viel Abgewiesener hätten sich unsere Konzerte irgendwann leeren, die Reihen der Besucher zumindest lichten müssen. Nichts von dem geschah. Immer neue Signori strömten zu den Konzerten der Unisoni, und selbst die Enttäuschten, jene, die ihre Zurückweisung mit Zorn und Beschimpfungen quittiert hatten, kehrten nach einer Weile, während der sie, wie wir mutmaßten, andern Orts erfolglos ihr Glück versucht hatten, zurück. Wirklich, die Liebestollheit schien über uns hereingebrochen zu sein. Und ich hatte sie mit meiner Musik ausgelöst.

Ich habe lange über die Ursachen dieser Tollheit nachgedacht, die so gar nicht in meiner Absicht gelegen hatte und doch offenkundig unvermeidlich Teil unserer neuen Musik war, über ihre Folgen für mein Leben, meine Zukunft als Komponistin.

Ich erlebte nun die Wirkungen des schönen Scheins der Musik, jener Illusionierung der Künste, die das Leben der Sterblichen überhöhen und auf seine Essenz zu dramatisieren trachten. Die Menschen sind offenbar unfähig, die Kunst vom Leben abzusondern, zwischen dramatischer Komposition und ihrem Alltag zu unterscheiden, eine Grenze zu ziehen zwischen der Schilderung menschlicher Aspirationen und Leiden und ihren unmittelbaren Begierden, ihrem lächerlichen Selbst, das ihr Wollen, ihre Gier sofort in eins setzt mit den Emotionen, zu denen ein Mensch fähig sein kann.

Es war irgendwie, als betrachtete man die Menschheit von der Hinterseite der neuartigen Bühne, die ja bei uns vor nicht zu langer Zeit Einzug gehalten hatte. Die Darsteller agieren nach einem festgelegten Plan, dessen Einhaltung hinter der Bühne überwacht wird, aber die Zuschauer im Saal glauben an die spontane und selbstbestimmte Handlungsweise der Sänger. Als gehörten zur Kunstfertigkeit kein Kalkül, keine Arbeit, kein Handwerk und keine planende Vorbereitung. Es war geradezu lächerlich: mein Vater hatte die Gedichte geschrieben, die ich in Töne gesetzt hatte und nun, Worte und Töne, als Gesang vortrug. Eine höhere Kombination an Künstlichkeit, ersonnene Worte, nachgefühlte, die Affekte kalkulierende Komposition und beide kombinierender gesanglicher und instrumental begleiteter Vortrag, ist schwerlich denkbar. Und diese einfältigen Simpel, Cavalieri und Signori, versetzen all dies in meine spontane Aufwallung, verkürzen meine Komposition, mein Spiel, meinen Gesang und unser aller künstlerisch vorausschauende Arbeit auf meine privaten Gefühle.

Was für ein ignorantes Volk ist doch das Publikum der Musik. Vom Leben scheint es schon wenig, von der Kunst rein gar nichts zu verstehen.

Ich habe daraus damals die Lehre gezogen, mich noch mehr

auf meine Kompositionen zu konzentrieren, mich, da ich Leben erst in Ausschnitten wusste, aus meinem Instinkt auf die Musik zurückzuziehen. Die Vidmans, die zu dieser Zeit noch gar nicht in meinem Leben angekommen waren, und andere fortschrittliche Geister, die ich reden hörte, konnten noch so lang und laut das Heraufkommen des weiblichen Zeitalters preisen, meine Erfahrung sprach eine andere Sprache.

Erst später, sehr viel später, als ich mir meiner Kunst sicher war und mein Leben nicht mehr vor ihr schützen musste, habe ich ein Leben auch als Hetäre führen können. Des Vorteils wegen für meine Profession und, ja, hin und wieder aus Lust, die ich in den Stand der Ehe nie getreten bin. Getrennt beinahe von meinem privaten Leben, das mit jener der Tonsetzerin eins geworden war, und indem ich meine Favoriten sorgsam wählte. Frauen entwickeln fleischliche Lust, das habe ich auch bei anderen festgestellt, oft sehr spät, wohl weil sie im Unterschied zu den Männern zu ihr nicht erzogen werden. Mich dünkt es besser so, zumindest bin ich darüber nicht unglücklich gewesen. Manchmal ist es gut, sich aus der Ferne zu sehen. Wenn man es übt und zur Gewohnheit macht – und es ist, obgleich man immer noch dieselbe Person ist, nicht leicht, eine schon verschlungene Zeit mit all ihren Bedingungen wiederherzustellen und zu bewerten –, lernt man sogar, sich in der Gegenwart aus der Ferne zu sehen.

Ganz zum Schluss meiner Ausbildung bei Francesco Cavalli befolgte ich eines Tages, mehr aus einer Laune heraus, die wohl mit dem bevorstehenden Abschluss meiner Lehrzeit zu tun hatte, denn aus einem absichtsvollen Vorsatz, eine Empfehlung, die er mir schon Monate zuvor gegeben hatte. Ich besuchte das *Ospedale degli Incurabili* und das *Ospedale della Pietà,* zwei Mädchenkonservatorien unserer Stadt. Die Ospedali, in denen mittellose Mädchen und junge Frauen musikalisch ausgebildet werden und die seit kurzem mit ihren öffentlichen Konzerten in der venezianischen Gesellschaft sehr in Mode gekommen waren, sind eigentlich Hospize, Siechen- und Waisenhäuser und Orte für die Alten, die keinen anderen Ort haben.

– Gehen Sie an einem freien Nachmittag einmal dorthin, Signorina, und vergleichen Sie Ihren Kenntnis- und Ausbildungsstand mit dem, was Sie dort hören und sehen werden. Und vielleicht, fügte er mit einem Seitenblick bei, fällt Ihnen bei dieser Gelegenheit auch auf, dass Ihre eigene Unterweisung immer unter durchaus privilegierten Umständen vonstatten gegangen ist.

Wegen dieser Bemerkung hatte ich eine ganze Weile darauf verzichtet, seiner Empfehlung Folge zu leisten. Welche Absicht verbarg sich hinter seiner halb spöttischen Bemerkung? Auf welchen unbekannten Weg wollte er mich diesmal führen? Ich hatte zu jener Zeit keine Lust, es herauszufinden.

Heute glaube ich, dass er es für mein Fortkommen, meine Orientierung in der Welt der Musik für nützlich hielt, wenn ich einen Einblick in die musikalische Ausbildung und ihre Methoden an anderen Orten erhielte – das Orchester des *Pietà* stand immerhin in dem Ruf, neben jenem der Pariser Oper bestehen zu können – und dabei nicht zuletzt erführe, dass ich von klein auf immer in einer bevorzugten Umgebung unterrichtet worden bin – und beides ehrt ihn. Aber ich vermute auch, dass er zugleich hoffte, mir würden dabei die Augen noch für anderes als nur die Musik aufgehen. Mein Vater hat sich für seine Umgebung außerhalb seines Kreises nie sonderlich interessiert. Cavalli war ein genauer Beobachter, der einen mit präzisen Bemerkungen über Leute, Zustände und Entwicklungen in Gebieten weitab der Musik überraschen konnte.

Eines Tages also sagte ich, ich hätte mich entschlossen, das *Incurabili* und das *Ospedale della Pietà* aufzusuchen.

– Wenn es dafür noch nicht zu spät ist.

– Keineswegs, Signorina. Bravo. Ich werde Ihren Besuch anmelden lassen.

Die besten Instrumental- und Gesangslehrer unterrichteten an diesen Konservatorien, auch Francesco, wie ich ihn seit dem Tod meines Vaters nenne, hatte am *Incurabili* Lektionen erteilt, als er noch für anderes als seine Oper Zeit besaß. Ich wurde an beiden Orten als Cavallis Schülerin empfangen, alle Lektionen und Proben, die ich zu besuchen wünschte, standen mir offen.

So lernte ich Anna kennen.

Aber zunächst besuchte ich das *Ospedale della Pietà* und war beinahe beschämt und neidisch ob der Stimmen der Sängerinnen, der Virtuosität, mit der das Orchester der Mädchen all die Instrumente beherrschte, von der Oboe über das Fagott bis zur Pauke, die ansonsten ausschließlich Männern vorbehalten waren und sogar nach den Vorgaben einer jungen Kappellmeisterin musizierte.

Die Spitäler, in denen nach und nach Musikschulen entstanden waren, nahmen, ungeachtet ihrer karitativen oder pflegerischen Spezialisierung, allesamt Waisen- und Findelkinder auf. Die Knaben lernten ein Handwerk, die Mädchen, denen ein solches auszuüben verwehrt war, lernten schreiben und lesen, singen und musizieren. Die Begabtesten unter ihnen wurden musikalisch weiter ausgebildet. Die Ospedali investierten unterdessen große Summen in ihre Chöre und Kappellen, sicherten sie ihnen doch erkleckliche Summen aus öffentlichen Konzerten in den eigenen Mauern, Zuwendungen, Musikunterricht, dem leihweisen Auftritt an anderen Orten. Die Mädchen blieben bis zu ihrer Heirat, die von den Spitälern arrangiert wurde, oder traten in ein Kloster über, wo sie ihre

Musik weiterhin ausüben konnten. So hatten wir zu meiner Zeit ein hochstehendes weibliches Musikantentum hinter festen Mauern überall in Ober- und im mittleren Italien. Wo sie jedoch durch Heirat aus dem Spital aus- und nicht in ein Kloster eintraten, mussten die Frauen sich eidlich verpflichten, jeglicher öffentlicher musikalischer Darbietung zu entsagen.

Anna war mir nicht aufgefallen.

Aber sie hatte mich, die ich oben bei der Orgel hinter einer Balustrade saß, entdeckt. Eine Schülerin von Cavalli! Er hatte sie, wie sie mir dann erzählte, zutiefst beeindruckt durch sein großes Können, sein wortgewandtes Auftreten und seine vornehme Eleganz, aber auch durch seine Art, sein Wissen den Elevinnen mit Schabernack und Hintersinn zu vermitteln. Ich musste lächeln.

Eine Nonne kam zu mir auf die Balustrade und flüsterte, eine der Elevinnen wünsche mich zu sprechen, ob ich dazu bereit sei.

Ich war ein wenig überrascht, willigte ein und wurde in ein Besuchszimmerchen geführt, das bis auf zwei Stühle und ein Tischchen aus rohem Holz völlig kahl war. Kurz darauf klopfte es, ich rief: Ja, bitte, und Anna trat ein, bleich, schüchtern und mit gesenktem Blick. Sie machte einen Knicks und bedankte sich artig dafür, dass ich bereit sei, mich mit ihr zu unterhalten. Ich war noch einmal überrascht.

Ob sie sich wohl setzen dürfe, fragte sie, als ich nicht antwortete.

– Aber sicher doch, entschuldigen Sie.

Da saß sie mir nun gegenüber in ihrem groben schweren Novizinnengewand, die Hände im Schoß verschränkt, die Augen auf ihre Knie gesenkt, und sprach von Cavalli, wie sehr sie es bedauert hatte, als er seine Gesangsstunden aufgab.

– Warum hat er das wohl getan?

Zum ersten Mal hob sie fragend den Blick.

– Er hat eine Oper komponiert und zur Aufführung gebracht. Ich nehme an, das ist der Grund gewesen.

– Oh – das wusste ich nicht.

Die Kunde war nicht hinter die Mauern des Ospedale vorgedrungen. Hier wurde zwar meisterlich musiziert, aber die Welt der Musik blieb gleichwohl ausgesperrt.

– Sehen Sie Maestro Cavalli häufig?

– Ziemlich häufig, ja.

– Wann immer Sie wollen?

– Wann immer er mich einbestellt.

– Was für ein Glück Sie haben.

Anna beschämte mich, Cavallis Nachsatz klang mir im Ohr, und gleichzeitig war ich sicher, dass er diese Begegnung nicht vorhergesehen hatte. Anna war ein paar Jahre jünger als ich, schmal, hellhäutig, hatte große braune Augen und kastanienbraunes halblanges Haar, wenn sie ihre Kopfbedeckung abnahm, was zu Anfang selten geschah.

Später sollte ich erfahren, dass sie eine wunderbare Altstimme besaß, die einem direkt ans Herz griff, und die ich vorhin, als sie im Chor mitsang und ich sie nicht kannte, nicht einmal bemerkt hatte. Mit der Zeit wurde mir Anna eine Freundin und blieb es viele Jahre lang. Indessen blieb sie, wie die Welt nun einmal beschaffen ist, auch eine Schutzbefohlene, eine jüngere Schwester.

Eine Viertelstunde hatte ihr die Nonne bewilligt und ihr ins Gewissen geschärft, länger dürfe sie mich auf keinen Fall belästigen.

– Aber Sie belästigen mich nicht.

Ob sie zum Schluss eine große Bitte äußern dürfe. Wieder senkte sie ihre Augen auf Hände und Knie.

– Nur heraus damit.

Ob ich sie wohl wieder besuchen würde.

– Wenn das Ihr Wunsch ist, wird es mir eine Freude sein.

Sie stand auf und wollte mir die Hände küssen, was ich verhindern konnte.

– Und noch eine Bitte. Sagen Sie Anna und du zu mir.

Sie machte wieder ihren Knicks und verschwand.

Als ich das *Ospedale degli Incurabili* verließ, war ich verwirrt und gedankenversunken. Ich ahnte, dass es Dinge, womöglich eine ganze Menge Dinge gab, die mir bis anhin verborgen geblieben waren und an die ich nicht einmal im Traum gedacht hätte.

Als ich sie ungefähr eine Woche später wieder besuchte, war Anna ein wenig weniger schüchtern, aber nach wie vor so ehrerbietig, wie man es ihr im Ospedale anerzogen hatte. Ich hatte ihr Obst vom Markt mitgebracht, und wieder wollte sie mir die Hände küssen.

Ich sagte, Anna, warum tust du das? Nicht einmal die Bediensteten von Francesco Cavalli küssen ihrem Herrn die Hände. Und du bist keine Bedienstete. Du bist eine Sängerin wie ich.

Ich erfuhr, dass die Tage im Ospedale früh um sechs begannen und die Mahlzeiten karg waren. Fleisch oder Obst gab es nur an Feiertagen. Anna betrachtete mit scheuen Augen die Früchte, die sie aus dem Hanfsack genommen und vor sich auf den Tisch gebreitet hatte.

– Iss, Anna, wenn du magst, sagte ich, und sie nahm den größten der schönen Äpfel und biss herzhaft hinein.

Auch in allen anderen Belangen wurden die Zöglinge äußerst knapp gehalten. Geld bekamen sie nie in die Hand, außer die Schwester Haushälterin oder die Schwester Küchenmeisterin schickten sie zu Besorgungen auf den Markt, dann fiel bei der Abrechnung hin und wieder eine kleine Münze ab. Ich würde Anna ein wenig Leibwäsche mitbringen – meine Mutter bewahrte all unsere getragene Wäsche sorgsam auf –, denn sie besaß nichts außer dem groben kratzenden Kittel, welchen das Ospedale den Elevinnen gab, wenn der alte sichtlich zerschlissen und zerlöchert war.

– Von wo stammst du, Anna?

– Von der dalmatinischen Küste. Aus einem Dorf nicht weit von Trogir.

– Und du bist als Waise nach Venedig gekommen?

– Ja, offiziell. Aber meine Eltern leben. Oder besser, sie lebten zu dem Zeitpunkt, als man mich von zu Haus fortführte und hierher brachte.

– Wie konnte das passieren?

Und also erzählte mir Anna die Geschichte ihrer Entführung, bat mich zuvor jedoch inständig, den Schwestern auf gar keinen Fall etwas davon zu sagen.

Die venezianische Kriegsflotte brauchte wieder einmal Ersatz für ihre ausgedünnten Schiffsbesatzungen. Und wenn sich nicht genügend Freiwillige meldeten – und wer, der auch nur den erbärmlichsten Erwerb hatte, wollte schon die mörderische Plackerei und den Todesdienst auf einem Kriegsschiff verrichten? –, wurden Männer zum Dienst auf den Schiffen gepresst. Davon hatte ich schon gehört, ohne dass mir solche beiläufigen Berichte etwas bedeutet hätten. Die Presser waren eines Tags also auch in Annas Dorf gekommen, verrohte Kriegsveteranen und geheime Polizei, und durchkämmten die Häuser nach kriegstauglichen Männern. Sie überwältigten ihren Vater, der in seiner Schmiede stand und sich gegen die Übermacht wehrte, legten ihn in Eisen und führten ihn ab. Da ihre Mutter einer kranken Tante in Trogir zur Hand ging, nahmen die Männer auch Anna, die allein im Haus spielte, kurzerhand mit. Da half kein Protest der Nachbarn, kein Gezeter und kein Lamentieren. In einem Waisenhaus in Venedig wird es das Balg allemal besser treffen als in eurem Nest.

Anna wusste von Mitschülerinnen, denen Ähnliches widerfahren war, woraus sich schließen ließ, dass die Entführungen später so geheißener Waisenkinder durch Soldaten und Beamte offenbar nicht ganz zufällig geschahen. An ihre Reise zu Wasser besaß sie fast keine Erinnerungen, sie mochte damals sieben oder acht Jahre alt gewesen sein, genau wusste sie das nicht. Aber dass sie damals schon Anna geheißen hatte, wusste sie genau. Vater und Mutter erinnerte sie umrisshaft. Ihr Vater war groß und stark gebaut, hatte dunkles Haar und einen buschigen schwarzen Schnurrbart – genau die Art von Mann, die man auf den Schiffen benötigte. Ihre Mutter war feingliedrig, ein wenig kränklich und hatte helleres Haar als ihr Vater. Geschwister hatte sie keine. Sie wusste vom Dorf, der Stadt Trogir mit ihren Mauern und vom Meer.

Ein bewusst gelebtes Leben kannte sie nur im Ospedale, unter dessen feindseliger Kälte sie in den ersten Jahren bis tief in den Schlaf gelitten hatte wie unter der Trennung von ihren Eltern. Für ihre Trauer, ihre von Schlafstörungen bewirkte Müdigkeit, ihre mangelnde Konzentration bei der Arbeit wurde sie von den Nonnen mit allerlei Strafen drangsaliert und nicht selten in eine dunkle Kammer weggesperrt, in der sie einen ganzen Tag und eine ganze Nacht in ohnmächtigem Elend weinend zubrachte.

Das ist alles lange her, sagte Anna, die, als sie von ihrer Kindheit und den Jahren im *Incurabili* zu sprechen begann, ihre Schüchternheit abgelegt hatte. Die Schrecken dieser Zeit erlebe ich beinahe nur noch, wenn ich über sie spreche, was so gut wie nie vorkommt. Und das ist gut so. Es ist, als seien sie unter die Wasseroberfläche der Kanäle abgesunken, als sei ich irgendwann über der Wasseroberfläche aufgetaucht und hätte mir einen unsichtbaren Panzer angelegt.

In den Wochen nach den ersten Begegnungen mit Anna habe ich versucht, in Erfahrung zu bringen, ob die Republik Venedig, woran ich nach Annas Bericht keinen Zweifel mehr hegte, Männer zum Dienst in ihrer Kriegsflotte presst und welcher Mittel sie sich dabei bedient, ferner, wie man herausfinde, ob jemand, der vor zwölf oder vierzehn Jahren auf ein Schiff gezwungen wurde, sich noch im Leben und an welchem Ort er sich allenfalls befindet. Ich, die ich mich nie um die Dinge des Staats gekümmert hatte, bin gegen eine Wand aus feindseligem Schweigen geprallt. Ja, ich machte mich, so wurde mir beschieden, bereits durch meine Fragen verdächtig, mit Feinden der Republik in Verbindung zu stehen. Unser Staatswesen, so habe ich damals gelernt, ist auf tiefes Misstrauen gegründet.

Ich habe auch den Gerüchten nachgeforscht, wonach immer dann in unseren Spitälern neue Waisen auftauchen, wenn der *Rat der Zehn* einen zu großen Bevölkerungsschwund in den unteren Schichten ausmacht, der zu einem Mangel an Handwerkern, Tagelöhnern oder Arbeitskräften im Arsenal und auf den Docks zu führen droht. Aber auch hier habe ich weder Fingerzeige erhalten noch bin ich auf Hinweise oder Indizien gestoßen. Wenn man nachfragte, lösten sich die Gerüchte in nichts auf, schraken die Angesprochenen zurück und schwiegen aus der deutlichen Furcht, die geheime Polizei könnte auf sie aufmerksam werden. So bleibt alles bei uns in der Schwebe und unerklärt. Anna, meinen Eltern und Cavalli verschwieg ich im Übrigen meine Nachforschungen.

Die Begegnung mit Anna und die Veröffentlichung meiner Madrigale, so scheint es mir heute, führten zu meinen ersten wirklichen Erfahrungen als eigenständige Person und als Komponistin.

Anna habe ich fortan in mehr oder minder regelmäßigen Abständen aufgesucht, und nach einer Weile, als die misstrauischen Schwestern des Ospedale begriffen hatten, dass ich sie nicht gegen sie kehren würde, ist es mir auch gelungen, sie für ein paar Stunden oder einen Tag im Monat in unser Haus zu holen. Sie wartete jeweils sehnsüchtig auf diese Gelegenheiten und blühte infolge dieser Stunden, die sie zum ersten Mal in ihrem Leben ganz bewusst in privater häuslicher Umgebung verbrachte, wo sie von meiner Mutter mir gleichgestellt wurde, sichtbar auf.

15. Kapitel

Die Jahre, die auf die Veröffentlichung meines ersten Opus folgten, lebte ich ein Leben als Musikerin, als Sängerin und als Komponistin nur insoweit, als ich meine eigenen Stücke zusammen mit den jungen Sängerinnen, die sich mir zugesellten und nach einer Weile nur noch selten wechselten, vortrug und auf diesem oder jenem Instrument begleitete. Was mir, auch weil ich mich den Blicken und Begehrlichkeiten der Signori weniger schutzlos ausgesetzt sah, höchst angenehm war: mit den stets selben drei oder vier Gefährtinnen aufzutreten, tat der Wirkung unseres Vortrags indessen Abbruch: die Cavalieri wollten wechselnde und neue Stimmen hören, Gesichter und Leiber sehen. Selbst der unübertrefflichsten Grazie, des größten Affekts, so sie sich gleich blieben, wurden sie leicht überdrüssig. Also mussten wir unsere kleine Truppe um einige Frauen erweitern und uns dann und wann auch auf eine fremde Stimme verlassen. Dafür konnten sie die immer gleichen Worte und Melodien nicht oft genug wiederholt hören. Sie verfielen jedes Mal aufs Neue in einen angespannt überhitzten Zustand, von dem ihr Geist, ihre Seele, ihr Körper ergriffen wurde und der mir manches Mal bedrohlich vorkam. Wir sangen auch andere Stücke, oder ich trug sie allein im Sopran vor. Aber keines erzielte je die nämliche Wirkung wie der Vortrag meiner eigenen Madrigale durch meine Gefährtinnen und mich. Sie gerieten bisweilen, ich habe davon schon gesprochen, ausser sich und in eine Art Raserei. Ich schien ihnen Sinnbild zu sein und Inbegriff eines seltsamen Zusammentretens von geistigem Genuss, sinnlicher Ekstase und körperlicher Wollust, während meine Gefährtinnen die Verdoppelung und Verdreifachung dieser Sehnsüchte und Begierden verkörperten. So erzielten wir einen Effekt, den ich mir noch heute nicht vollständig zu erklären weiß, es sei denn durch männliche Triebhaftigkeit und die Sehnsucht, eine Existenz außerhalb seiner selbst zu erlangen.

Gleichwohl habe ich es immer als eine glückliche Fügung angesehen, dass mein erstes Opus ein Buch mit Madrigalen gewesen ist. Allerdings hätte ich viel lieber als Madrigale Arien und Arietten für den Sopran, meine eigene Stimme, geschrieben. Es war Francesco Cavalli, der mir ab- und vielmehr zugeraten hatte, mich fürs Erste mit Bescheidenheit an dem volkstümlich ernsthaften, bodenständigen und doch zu literarischen Ruhm gelangten Madrigal zu bewähren. Bescheidenheit war sein listiges Argument gewesen, mit dem er mir meine Arien-Träume austrieb. Hatte er prospektiv noch einen anderen Grund gehabt, mich dem stets mehrstimmigen Madrigal zuzuführen? Zuzutrauen wäre es ihm.

Meine Gefährtinnen und ich, wir fühlten uns jedenfalls sicherer bewehrt vor den unweigerlich nach dem Konzert hervorbrechenden Bedrängungen der Signori, als wären wir jeweils alleine vor ihnen gestanden und ihnen nun als einzige Beute ausgeliefert. Und wenn eine von ihnen dennoch schwach geworden, ihrem leichten Sinn, ihrem zumeist nicht sonderlich auf ein Ziel gerichteten Begehren nachgegeben hatte, so war sie nachher doch aufgehoben im Kreis der Frauen. Dass jener ein Maulheld und harmlos, ein anderer hingegen unberechenbar, derb oder hinterhältig war, erfuhren wir schon andern Tags. Auf diese Art kannten wir bald die Gewohnheiten, Vorlieben und Schwächen einer ganzen Reihe von Protagonisten der Unisoni, ohne dass sie wissen konnten, dass wir über sie im Bilde waren, denn jeden Verdacht der Komplizenschaft untereinander wiesen wir als mit unserer Ehre absolut unvereinbar weit von uns. Die Herren aber hielten sich wirklich danach, wie wir bald wussten. Ob ihrer Ehre wagten sie es nicht, sich untereinander auszutauschen, oder sie befanden es unter ihrer Würde als ritterliche Verehrer und Eroberer. Denn in Liebesdingen fühlten sich alle als Cavalieri, wenn sich auch keineswegs alle danach aufführten, manche vielmehr eitel und selbstverliebt wie die Pfauen oder plump und lächerlich wie Bauerntölpel auftraten, wenn man den beiden unter uns glauben durfte, die behaupteten, Bauern aus eigener Anschauung zu kennen.

Die meisten der jungen Sängerinnen, mit denen ich auftrat, wenn ich die Madrigale vortrug, hatte Anna in ihrem Ospedale ausgewählt oder andern Orts aufgespürt. Sie selbst schloss sich uns, ihrer übergrossen Schüchternheit und Scheue vor Fremden geschuldet, nur selten an. Aber Anna hatte eine Kenntnis von Temperament und Seelenlage der Menschen, und derart harmonierte unsere kleine Truppe. Wir fühlten uns wohl beieinander. Wo wir miteinander probten und probierten, war die Freude am Gesang, an der Musik gegenwärtig. Die Fleißigeren und Begabteren zogen die Müßigeren mit, stachelten sie zu größerer Leistung an, als sie sie jede für sich erbracht hätten. Bei unseren Auftritten fühlten wir uns beschirmt. Absentierte sich die eine oder andere durch eine Liaison mit einem Kavalier während einiger Zeit, war ihr das nachgesehen, so sie im Corpus der Stimmen mithielt.

Anna zog es vor, hinter den geschützten Spitalmauern zu singen und musizieren, ja, sie begann, das Ospedale zu schätzen, nachdem sie Bekanntschaft mit unserem freien Metier gemacht hatte. Auf diese Weise verband sie sich mir durch Anhänglichkeit und aufrichtige Sympathie und entfernte sich durch alltägliche Lebensgewohnheit und Neigung. Ich selbst trat auch weiterhin alleine als Sängerin auf und reiste dazu auch in Städte Oberitaliens, die mir bis anhin unbekannt geblieben waren. Ich lernte das feste Land kennen und war immer neu überrascht, dass man ein Konzert geben konnte, ohne anschließend über offenes Wasser und Kanäle heimzukehren.

Ich lebte, habe ich gesagt, in diesen Jahren ein Leben als Musikantin. Ich schaute mir zu, will mir scheinen, ohne mich wirklich zu sehen. Ich tat bei all dem Treiben mit und war mir auf sonderbare Art entfernt. Ich lebte nicht mein Leben, weil ein Leben, das mir allein angehörte, nicht existierte, ohne dass ich dessen gewahr wurde. Ich war Cantatrice, Komponistin und Chefin meiner Stimmen, ohne ein neues, ein weiteres Werk zu veröffentlichen oder auch nur daran zu denken. Selbst dies bemerkte ich nicht in jener Zeit, die nach Jahren maß. Von Zeit zu Zeit mahnte mein Vater und drängte mich, ein Buch mit neuen Kompositionen auf den Weg zu bringen, daran zu arbeiten. Und hin und wieder komponierte ich auch ein Stück, mehr aus Zufall indessen oder für den Anlass einer Soiree oder eines Fests denn mit dem Blick auf ein zukünftiges Opus. Diese Stücklein, die ich den Madrigalen für ebenbürtig hielt, habe ich später, als ich wieder ernsthaft komponierte, vernichtet, von so schlechter Güte waren sie. Mein Vater mahnte eine Somnambule. Heute weiß ich, dass ich gegen eine Wand geraten und in einen Wachschlaf verfallen war, in dem ich mich, unmerklich sogar für mich, auf die Suche nach mir selbst begeben hatte, weil ich sehenden Auges keinen Ausweg, kein Vorwärtskommen sah. Francesco Cavalli hatte mir das Ziel und die Vorstellung eingepflanzt, mich aus einer Sängerin in eine Komponistin zu verwandeln. Und ich hatte begriffen, dass solche Verwandlung und Metamorphose zuerst in meiner Seele und dem Tagwerk meines Kopfs sich vollziehen musste, nicht alleine im Rüstzeug des Handwerks, das ohne die Richtung des Geists und der Seele nicht viel oder gar nichts auszurichten vermag. Aber ich wollte dazu nicht diesen ungeheuren Mut, diese Kühnheit aufbringen, und ich wollte mich nicht verheiraten müssen, um der Signori Herr zu werden. So bin ich in eine Art Inkubation gekommen, ohne ihrer inne zu werden. Was sich in dieser Zeit in meiner Seele vollzog mehr als in meinem Kopf, traf Geist wie Seele im Schlaf an, derweil ich einem Leben als Musikantin nachging.

Um die Mitte jener Zeitspanne trat Martino in meinem Leben auf. Wenn ich es heute bedenke, erschien er im Namen des Plans, den der Schlaf, der sich über mich gelegt hatte, zu entrollen begann. Aber natürlich wäre es zu jenem Zeitpunkt unmöglich gewesen, jenen Plan, der sich zu entwickeln begann, ohne dass ich ihn im Geringsten ahnte und er selbst vielleicht noch nichts von sich wusste, auch nur in einer Andeutung zu erkennen. Die sichtbaren Linien, die sich durch die Jahre zogen, verrieten nichts von der Zukunft, nichts, das über ein Musikantenleben hinauswies.

Die Vidmans, der Vater zuerst, nachher auch die Söhne, Martino vor allem, pflegten seit vielen Jahren Umgang mit meinem Vater. Ich kannte sie vom Hörensagen, aus Erwähnungen meines Vaters, Bemerkungen, die zwischen meinen Eltern fielen, war ihnen als Kind womöglich selbst begegnet. Vermutlich hatten sie meinen Vater, seine Poesie, seine Libretti einst oder noch, als ich schon geboren war, gefördert. Genau wurde mir das nie bekannt. Mein Vater sprach nicht gerne über seine finanziellen Angelegenheiten, die ihn beschwerten, wie er sagte, oder eben nicht, wie sein Gebaren nahe legte. Martino hat sich ebenfalls nie eindeutig geäußert, vom Freund der Familie und gern gesehenen Gast im kunstsinnigen Haus seines Vaters gesprochen. Bleibt, dass bei uns zu Hause mit Respekt und Sympathie von den Vidmans gesprochen wurde. Und dass meine Mutter in solche Würdigung einstimmte, lässt mich vermuten, dass materielle Grosszügigkeit ihren Anteil hatte.

Es begab sich, dass ich im Frühling des Jahres des Herrn 1646 von der *Accademia dei Beati Uniti* nach Mantua zu einem Abend mit Gesang, einem Disput über die *Seconda Prattica* und einem Vortrag meiner eigenen Werke eingeladen wurde. Also bestiegen wir an einem besonnten frühen Morgen drüben auf dem Festland zu sechst die schwere Reisekutsche: mein Vater, drei Sängerinnen, Anna, die die Erlaubnis erhalten hatte, uns zu begleiten, und ich selbst. In Mantua, wo er Geschäfte abzuwickeln habe, würde Signor Vidman zu uns stoßen, und ich hätte doch sicherlich nichts dagegen, dass er dort endlich ein Konzert von mir besuchte, worum er angesucht habe, bemerkte bei der ersten Rast mein Vater, der sich bis anhin an den Gesprächen nicht beteiligt, sondern in seiner Ecke der Kutsche in einem Buch gelesen hatte.

– Und du hast seinem Ansinnen natürlich bereits stattgegeben.

– Aber natürlich, antwortete er mit einem überraschten Blick.

Was soll es, dachte ich mir. Ein Musikkranker mehr oder weniger, darauf käme es kaum an. Zum Glück reisten wir ja getrennt. Und auf diese Reise, eine der seltenen Möglichkeiten, das Festland zu erleben, wollte ich mich nun ganz konzentrieren. Es war jedes Mal eine Überraschung, auf Wegen und Wiesen zu gehen, die Kutsche über die Unebenheiten der Wege rollen zu spüren, den Blick ganz frei über Hügel und Wälder, zu einem Dorf und zum nächsten und bis an den entfernten Horizont schweifen zu lassen. Meinen Gefährtinnen erging es gleich wie mir, und immer wieder tauschten wir unsere Eindrücke aus und machten uns gegenseitig auf Erscheinungen der Landschaft aufmerksam.

Der Aufenthalt in Mantua, der auf die Dauer von einer

Woche geplant war und neben den Konzerten mit Empfängen und Besuchen angefüllt war, bescherte uns zwar einen schönen Erfolg und brachte gutes Honorar, war aber arm an Erlebnissen, so dass wir uns an seinem Ende, mit Ausnahme meines Vaters, der alte Bekannte nach langer Zeit wiedersah, gar nach unserem schwankenden Leben am Wasser heim sehnten. Alles war hier von reduziertem Maß, weniger prächtig, weniger aufgeregt und das Publikum von vornehmer Zurückhaltung. Wir wandelten durch schöne Gärten und die samten warme Landschaft des *Mincio*, von deren sommerlicher Gluthitze wir Schreckliches gehört hatten, und an den Ufern der Seen. Wir gingen auf die zurückhaltenden Feste und in die Palazzi, in denen noch viel deutlicher als bei uns ein französischer Geschmack herrschte, und lauschten dem Klatsch und den lokalen Anekdoten mit dem höflich gespielten Interesse von Gästen.

– O jerum! Die jungen Damen, sagte mein Vater, daheim ist es ihnen zu laut, zu überschwänglich und übertrieben, und in der stillen Beschausamkeit langweilen sie sich zu Tode.

Martino Vidman hatte er mich bereits am ersten Abend nach meinem Solo-Gesang vorgestellt. Ich kenne seine Familie seit vielen Jahren und kann ihn deiner Freundschaft reinen Herzens empfehlen, mein Kind.

Wieso um des Herren willen empfahl er ihn meiner Freundschaft? Hoffte er, das Vidmansche Mäzenatentum möge sich an meiner Person fortsetzen oder wieder entzünden? Oder war da noch etwas? Mein Misstrauen war geweckt.

Aber Martino überraschte mich. Er gesellte sich zwar hin und wieder zu uns, richtete auch ab und zu das Wort an mich, hielt sich ansonsten entgegen meiner Erwartung jedoch diskret im Hintergrund, mit den Freunden meines Vaters auf und schien hierherum auch eigene Bekanntschaften zu haben. Er war ein schöner Mann ohne die langweilige Glätte physischer Perfektion. Sein ausgeprägtes Kinn, der starke schwarze Haarschopf, der an den Schläfen schon Silberfäden zeigte, und die geweiteten, leicht hervorstehenden Pupillen der Augen wichen vom hellenischen Ebenmaß ab. Er wirkte noch jugendlich und war doch ein gestandener Mann, in jener goldenen Zeit des Lebens zwischen erotischer Ausstrahlung und Ernsthaftigkeit, welche die Frauen anzieht. Und er übte sich in erdenklicher Zurückhaltung. Aus Berechnung, wie ich heute vermute, denn er war und ist klug, wo er seine Ziele verfolgt. Und hätte, außer einem berechneten Ziel jenseits von Mantua, nirgend Grund gehabt, sich rar zu zeigen. Ich habe ihm keinen Vorwurf zu machen. Wir Frauen, wenn wir in unserer Mitte sind, wollen ja von Männern zumeist genau das: einen Ausgleich zwischen Sicherheit und Abenteuer, Ernsthaftigkeit und geist- wie sinnenreicher Verführung. Genau das stellte er für mich in jenen wenigen Zehnminuten jener hellen Sommerabende damals in Mantua dar. Er wurde, so verfährt ja das Leben, in nur wenig mehr als Augenblicken, ein Bild, Sinnbild, auch ein Signum, das wir fortan in uns tragen, als hätten wir es immer schon besessen.

Nicht, dass ich mich in ihn verliebt hätte, in den kurzen Minuten, die unsere Gespräche währten, oder während der kurzen Dauer unseres Aufenthalts nächtlich oder im Zwielicht von Wachen und Schlaf an ihn zu denken begonnen hätte. Diesen Vorhang habe ich nicht durchschritten. Nein, ich empfand ihn als wohltuend, seine Anwesenheit angenehm wie eine Brise, wohl weil ich damit nicht gerechnet hatte. Am letzten Abend trat er zu mir und fragte mich, ob er mich in Venedig wohl einmal wiedersehen dürfe, meinem Gesang zöge er nicht einen einzigen einer lebenden Sängerin vor, an aller Musik sei er, wo ihm seine Geschäfte die Zeit liessen, besonders interessiert. Dankte zurückhaltend für meine prinzipielle und gänzliche unverbindliche Einwilligung und verschwand. Beeindruckte mich derart erneut. Nun, wir begegnen wohl dem einen und dafür dem anderen nicht.

Erst im Juli erfuhr ich erneut von ihm durch ein Billet, das er mir sandte. Er lud mich in den Palazzo seiner Familie, den er mir gerne zeigen wolle, zum Souper und ließ mir völlig freie Wahl, einen Tag festzusetzen. Ich ließ meine Einwilligung überbringen. Am festgelegten Tag erwarteten mich ein Führer und zwei Diener mit einer Sänfte zur gesetzten Stunde vor unserem Haus. Bei ihrer Ankunft geriet meine Mutter, die mich bereits verehelicht sah, in größte Aufregung.

– Signorina, sagte er, nachdem er mich durch das prächtige Haus voll erlesener Gegenstände geführt hatte und bevor wir uns zu dem späten Essen niederließen, erwarten Sie von mir keine Exaltationen, wie sie bei den Unisoni üblich und Ihnen bestens vertraut sind. Ich bin ein Bewunderer Ihrer Kunst, doch jenseits des Getümmels und jedes Versuchs persönlicher Vorteilnahme.

Zu jener Zeit war Martino noch nicht entfernt so überspannt in seinen philosophischen und ästhetischen Anschauungen wie in den späteren Jahren. Er erschien mir ein wenig kühl, doch durchaus galant, offenbarte seine Kenntnisse unserer Musik auf sehr diskrete Art, sprach von seinem Reichtum kein Wort, stimmte schließlich meiner Entscheidung für einfache Speisen, Wasser und Landwein lächelnd zu.

Er lud mich nun in kürzeren Abständen in den Palazzo, den er mit seinen Brüdern und einer Schwägerin bewohnte, führte mich in seiner Familie und den Kreisen der Kaufleute ein, in denen er verkehrte, Herren mit Vermögen allemal – und zuweilen ihren Damen –, aber nicht unbedingt Angehörige der alten Familien. Er versuchte sein Glück durch Verschwiegenheit, Untadeligkeit, erlesenen Geschmack, Toleranz und äußerste Zurückhaltung, die an Nähe nur nachvollzog, was ich ausdrücklich zugab. Ich fühlte mich zu ihm hingezogen, sah seine Vorzüge im klaren Herbstlicht unter dem Himmel der Lagune, seine Großzügigkeit in allen Dingen und Gedanken, seine Bildung, seine untadelige Haltung, allein, lieben konnte ich ihn auch jetzt nicht. Ich vernachlässigte Anna seinetwegen, was mir Kummer machte, während sie mir, in ihren Worten, mein Glück von ganzem Herzen gönnte.

Mein Glück. Die Gute. Meine Eltern schienen ganz gleich zu empfinden. Das Glück der Tochter leuchtete ihnen aus verstohlenen Blicken. Nur zwischen meinem Glück und mir war etwas wie ein gläsernes Fenster, das ich zwar zu berühren vermochte, aber unfähig zu öffnen war. Meine Seele wurde nicht angerührt. Ich prüfte mein Herz immer wieder, kam immer wieder, auch wo ich mich zu täuschen suchte, zu dem nämlichen Schluss. Andererseits hatte ich, so weit, wie mein Kopf, mein Einverständnis gegangen waren, kaum Grund, ihm zu verweigern, was mich Erklärungen gekostet hätte, die zu geben ich außerstande und um nichts in der Welt bereit war.

Im Winter wusste ich, dass ich schwanger war. Die Welt drehte sich mir und drohte unterzugehen. Martino wollte mich keineswegs zur Frau nehmen. Die Schwangerschaft sah er als meine Angelegenheit an, und als ich erwiderte, ob er nicht begreife, dass sie mir ein Problem bedeute, dass sie mein ganzes Leben umstoße, antwortete er, in diesem Fall sei sie das mögliche Problem jeder Frauensperson, die sich auf den Beischlaf einlasse, und daher von ihr im günstigen Fall vorher zu bedenken. Er wolle sich durch ein Kind jedenfalls keinesfalls enger binden als ohne dasselbe. Ich war fassungslos. Plötzlich und zu denkbar schlechtester Zeit, schien mir, lernte ich eine unbekannte Seite seiner Person kennen. Er wollte sich seine Unabhängigkeit bewahren, seine Gefühle nicht durch äusseren Umstand beeinflussen und verdrehen lassen. Ich hasste ihn dafür, statt mich zu fragen, warum ich ihn nicht besser kennen gelernt hatte. Hasste ihn bis zu dem Moment, wo ich innewurde, dass ich selbst ihn nicht einmal zum Ehemann wollte. Dass ich ihn als schönes Bild gesehen hatte, aber nicht liebte, wie ich seit langem wusste.

Meine Mutter geriet außer sich, als sie endlich gewahr wurde, was vor sich ging, und das Faktum der Zeit begriff, das in ihren Augen keinen Aufschub duldete.

– Unternimm etwas, fuhr sie meinen Vater an. Dieser Hurensohn entehrt unsere Tochter.

– Was willst du, so sind Kunst und Leben, wenn sie einander begegnen. Irgendwann zollen wir dem als Künstler Tribut. Vor allem aber die Kunst muss leben.

– Du redest wie ein Kastrat. Statt deine Tochter zu schützen, redest du hohles Zeug wie auf einer Bühne. Wie einer, der keinen mehr hochkriegt.

Ich hatte sie nie so gehört. Ich stand im dunklen Vorraum und war im sechsten Monat schwanger. Alles war längst entschieden.

– Du kommst von den Fischweibern und redest noch immer wie ein Fischweib.

– Schlappschwanz. Ehrloser Halunke, waren die letzten Worte, die ich vernahm, bevor ich in mein Zimmer stieg.

Ich begriff, dass Lösung, Heilung, Rettung des eigenen Lebens weder von meinem Vater noch von meiner Mutter kommen konnten. Die beiden zankten in der Küche. Ich war nicht erstaunt. Das hell unbewegte Bild von Martino war zerbrochen. An seine Stelle traten nach einer Weile gegenseitiges Bedürfen, Übereinkunft, Kontrakt und nach einer weiteren Weile Übereinkunft in bestimmten Dingen, begrenzte Zuneigung. Über die Beziehung meiner Eltern legte sich ein dunkler Schatten, den ich spürte, obgleich ich fast nie mit beiden aufs Mal zu tun bekam. Der sich nach dem Tod meines Vaters allmählich erst aufzulösen begann, bevor er sich nicht weit entfernt mehr von ihrem eigenen Tod in ein entferntes Strahlen verklärte, da Ruhm und wohlgefällige Taten alles andere überglänzten und von weit fort auf sie herabfielen und gleichzeitig als dankend Empfangende wie auch als Teil der Quelle dieses Lichts erleuchteten.

Ich genas eines Mädchens unter Schmerzen und wollte es nicht anschauen.

– Ich will es nicht sehen.

Ich habe es getragen und bin mit ihm niedergekommen, und nun will ich es nicht sehen. Das ist mein Recht.

Meine Mutter flennte, verfluchte meinen Vater, verwünschte den Hurensohn von Vater des armen Wurms. Mein Vater stieg spät nur und kurz zu mir herauf, wenn er sicher war, dass meine Mutter sich in den Schlag gegrämt und geweint hatte. Stand da, fragte etwas, lächelte verlegen, unbeholfen, ging. Martino nahm seine Tochter in die Arme, verfügte dies und jenes, der Sekretär an seiner Seite nahm es zu Papier, gab das Bündel an die Amme zurück. Die Amme nahm das Wurm. Anna saß stets und fast immer stumm an meinem Bett.

Ich hatte ein Fieber. Das schlug hoch. Der Wundarzt kam mit bitterem Trank und mit Tee, mit Kräutern und Aderlass. Das Fieber sank, ich war matt und zu erschöpft für jedwede Regung des Gemüts. Anna saß neben mir, sagte: Sie wollen das Kind taufen.

– Was?

– Ja, weil du dich nicht dazu äußerst, wenn man dich fragt, auch sonst kaum ein Wort von dir gibst.

Ich sprang von meinem Lager auf, ließ mir von Anna, Martino, meinem Vater, der dazu am allerwenigsten in der Lage war, die Liste von Herzoginnen, Königinnen, Regentinnen und Gattinnen bringen und entschied: Regina. So hieß keine, konnte keine heißen. Regina.

Sank zurück in die Kissen. Das Wurm blieb bei der Amme. Als ich es, den Kissen nunmehr entstiegen, zum ersten Mal wirklich in Augenschein nahm, war ich entsetzt. Was hatte ich da in die Welt gesetzt: es war kein Mädchen, es war ein schreiendes rotes Bündel. Die Amme nahm das Wurm aus meinen Armen und behielt es fortan.

Die Amme hütete sie, danach meine Mutter mit liebevoll stummem Ingrimm. Und doch habe ich meine Tochter geliebt. Später, als ich dazu fähig war. Habe sie geherzt und mit ihr gespielt auf dem Balkon über dem Wasser und in den Wiesen des Festlands im Wind. Doch nie genug. Ich habe sie erziehen lassen. Und auch ihr Vater, bei dem sie tag-, wochenweise wohnte, ließ es ihr an nichts fehlen. Regina blieb, ob gegen meine Mutter, mich oder ihren Vater, ein seltsam verschlossenes Kind. Sie war ernsthaft und machte mit ihren Lehrern rasch Fortschritte. Ihr Entschluss, den Schleier zu nehmen, fiel früh und war unwiderruflich. Fortan sah ich sie seltener, an den Feiertagen, wo meine Zeit, meine Auftritte und Reisen es zuließen. Die ihre war geregelt. Sie behandelte mich, sie war gegen jedermann freundlich aus der Distanz ihres klösterlichen Gewands, das sie uns wie halb aus den Augen nahm, nur mehr ihr Gesicht blieb uns erhalten. Sie hatte sich früh entzogen, und sie starb jung. Die Nachricht wurde mir nach einem Konzert gebracht. Da konnte ich drei Wochen lang keine Musik ertragen.

Meine Schwangerschaft war für mich ein Schock gewesen, der mich in einen gelähmten Zustand setzte, aus dem mich gewaltsam erst die Geburt meines Kindes riss. Von da an kehrte ich unter Schmerzen der Seele allmählich, ganz allmählich ins Leben zurück. Ein Leben, in dem beinahe nichts war wie vordem. Ein Leben, das angefüllt war mit stinkender Wäsche, nächtlichem Weinen und nachmittäglichem Greinen, mit Gängen und Füttern, meiner Mutter mit ihren nicht endenden Vorwürfen, einem Mann, dem ich mich nicht länger aus freien Stücken zugesellte, mit dem ich mich aber aus materiellem Zwang arrangieren musste, und einem Vater, den all dies nichts anging, der in seiner Höhe thronte und der Kunst lebte.

Gleichzeitig bescherte diese Katastrophe mir das völlig Unerwartete: Ich begann wieder zu komponieren. Ich flüchtete mich in das Setzen der Töne. Zögernd zunächst, tastend, die Rückkehr aus dem Purgatorium, zu dem mein Leben geworden war, erst allmählich begreifend. Süchtig nach einer Weile die nachmittägliche oder abendliche Stunde erwartend, zu der ich meine Stimme nehmen, mit ihrer und meiner Seele Hilfe meine Musik setzen konnte, die jetzt, jetzt erst in meinem Kopf, meiner Brust erklang wie meine wahre Musik. Ich brauchte keinen Mut mehr und hatte keine Angst: alle Angst hatte ich ausgestanden, mehr Mut würde ich zu nichts in der Welt mehr benötigen. Die Veröffentlichung meiner Noten war unwichtig geworden, wichtig war allein, sie zu setzen, ein Stück fertig zu schreiben und noch eines. Keine Madrigale. Arietten dafür, Kantaten, Duette für Anna und mich. Dissonanzen,

Brüche, Kehrtwendungen, Drehungen der Stimme, die mich Cavalli einst als Artefakte gelehrt hatte, kamen nun von selbst. Die Seufzer, die Trauer über die ersehnte, die ausgebliebene Liebe stellten sich in meiner Musik so natürlich ein, als hätten sie nirgend sonst einen Ort gefunden. Ich schrieb, ich hatte es nicht einmal bemerkt, fast allein noch für meine eigene Stimme, den Sopran.

III.

16. Kapitel

Er erinnerte sich, dass die Verkäuferin im Kiosk ihm kurz nach seiner Ankunft vor vielen Tagen, wie vielen?, zwei Wochen jetzt schon?, den Weg mit der Hand über der Schulter nach Osten gewiesen hatte. Korinthos. Er fuhr jetzt am Mittag, nach seinem morgendlichen Pensum an dem stets ein wenig feuchten und kühlen Arbeitsplatz beim Fenster, in diese Richtung. Bald nach dem Ortsausgang zeigte ein verbeultes Schild die Distanz bis zum Zielort an. Selbst um diese mittägliche Zeit war die Straße dem Meer entlang stark befahren. Linienbusse, Personen-, Gelände- und Lastwagen, deren ursprüngliche Farbe nicht mehr zu erkennen war, schrottreife Pick-ups, beladen mit Bauschutt oder voll bepackt mit unbrauchbar gewordenem Haushaltsgerät, quälten sich im blinzelnden Licht durch langgezogene, wuchernde Straßendörfer, vorbei an halb fertig gewordenen Häusern, aus denen rostiges Eisen aufragte. Wieder einmal war er überrascht, wie viel Schrott, Müll, Abfall, Unbrauchbares und Verwahrlostes in diesem Land stets überall anzutreffen war. Auf einem geschlossenen Lastwagen entzifferte er den Namen des Unternehmers und darunter das Wort *Metaphores*. Er musste lächeln. Die Botschaft, dass aller übertragene Sinn irgendwann an seinen Ursprungsort zurückkehrt, am Ende wieder handgreiflich und konkret wird, schien ihm beruhigend. Noch so verschlüsselte Geheimnisse und ihre verschlungene Herkunft würden zum Schluss unter der bleichen Sonne rollen wie dieser einfache Gütertransport: sichtbar und unübersehbar. Seit ein paar Tagen fühlte er sich weniger bedrückt und vom Winter beschwert und führte es auf den

Fortschritt seiner Arbeit zurück. Die Fahrt in dem aufklarenden Licht genoss er trotz des Verkehrs und der unansehnlichen Ortschaften, für die indessen der Anblick des hier und da zwischen Mauern glitzernden Wassers und des gegenüberliegenden Gebirges entschädigte.

In schon nicht mehr weiter Ferne erblickte er den Felsen mit der Festung von Akrokorinth und seitlich darunter am Hang Palea-Korinth oder was davon übrig geblieben war nach Zerstörungen und Erdbeben, wahrscheinlich Souvenir-Läden neben den üblichen Ruinenfeldern. Dann sah er und verstand augenblicklich, da touristischer Natur, neben griechisch auch englisch beschrieben, einen Wegweiser und bog, da ihm niemand entgegenkam, unvermittelt nach links ab. Der holprige Weg endete bei einer Brachwiese neben einem verrotteten Zaun aus Maschendraht, wo er den Wagen anhielt und ausstieg. Das flache Ufer war hier vollkommen trostlos, übersät mit Unrat und Müll, zerschlissen und zerschunden von aufgegebenen Bauplätzen, Bretterbuden und ausgeweideten Autowracks. Zu seiner Rechten lag ein großes, ungesichertes Ruinenfeld, das in jenem Buch über die Peloponnes erwähnt war, das er mitgebracht hatte und bei sich führte.

Er wanderte über das weitläufige Gelände, das den ausgedehnten und verwirrenden Grundriss einer frühchristlichen Basilika zeigte, mit dem Baptisterium und einem großen Warteraum für die Täuflinge, die er ohne Hilfe niemals erkannt hätte, erbaut mit den Steinen der alten Tempel, die in nicht allzu weiter Entfernung gestanden haben mochten. Hier und da ragte ein Säulenstumpf, stand hüfthoch ein Stück Grundmauer. Die Ausmaße dieser Kirche wurden in den Jahrhunderten danach nie wieder erreicht, weil, sagte er sich, die erwachsenen Täuflinge nie mehr zu Hunderten und Tausenden ihre Exerzitien absolvierten und zum Taufbecken drängten und die

Gläubigen, so konnte man vermuten, nie wieder in solchen Maßen ihrer neu gefundenen Inbrunst Ausdruck verliehen wie in dieser frühen Zeit. Sie waren beeindruckend, gewaltig sogar angesichts der nördlichen Kathedralen des Mittelalters und wohl dazu angetan gewesen, jemanden zu ängstigen, der sich nicht dieser neuen, sprunghaft anschwellenden Volksbewegung für die Gleichheit aller im Jenseits angeschlossen hatte, deren innere Triebkräfte und virusartige Verbreitung im Dunkel der Zeit so schwer zu begreifen waren. Hatte ihn dieses Geheimnis oder was hatte ihn sonst so abrupt bewogen, abzubiegen und diese frühe Stätte eines ihm zutiefst unsympathischen Glaubens aufzusuchen? Er sah auf die Uhr und ging zum Auto zurück. Vielleicht, dachte er, als er den Motor startete, weil heute der Tag war, an dem es galt, die in Ikonen und apokryphe Losungen übersetzten Wahrheiten, die ihres Sinns längst verlustig gegangen waren, zu ihrem Ursprung zurückzuführen.

Er fuhr nach Korinth hinein, wo er ursprünglich für einen Stadtbummel hatte anhalten wollen, und versuchte, die Stadt im Nordosten, in Richtung des Isthmus wieder zu verlassen, was ihm nach ein paar Umwegen gelang. Was er unterwegs zu sehen bekam, war auch jetzt wieder von einer die Sinne beleidigenden Hässlichkeit. Aufgerissene Gehwege, verlassene, halbfertige Gebäude mit starrenden Fensterhöhlen, schmutzige Straßen, ein- oder zweistöckige Häuser, die sich farblich von ihrer steinigen und staubigen Umgebung nicht unterschieden. Man wusste nicht recht, ob dieser Ort nun gerade zu Ende gebaut oder abgerissen werden sollte. Letzteres, dachte er, wäre der Gegend sicherlich bekömmlicher. Dazu Lärm und Gestank in jeglicher Variation und Kombination. Hinter der Stadt dann erneut der erholsame Blick auf die gegenüber aufragenden Berge und die Olivenbaumhaine an den Hängen unterhalb der Felsen.

Bis zur Landenge waren es nur wenige Kilometer. Die Taverne, die er nicht unbedingt auf Anhieb wiederzufinden gehofft hatte, stand weit sichtbar beim Kanal und direkt neben der Straße, die hochgeklappt wurde, wenn ein Schiff sich der Einfahrt näherte. Der Verkehr kam dann jeweils zehn Minuten zum Erliegen, und statt Motorengeräusch war laute griechische Musik aus den heruntergekurbelten Seitenfenstern zu hören. Er stellte den Wagen auf den Parkplatz neben der Taverne und machte sich noch einmal auf die Suche nach einer jener Stellen, wo im Fels die Spuren der Schienen sichtbar geblieben waren, auf denen in alten Zeiten die Schiffe an Seilen über die Landenge gezogen worden waren. Danach ging er zurück zur Taverne, setzte sich an einen Tisch im Freien unter kahlen Weinranken, bestellte Fisch und weißen Landwein. Um diese späte Mittagsstunde war er der einzige Gast. Nur im Innern der Taverne saßen ein paar Männer und tranken ihren Kaffee. Er trank von dem Wein, während er auf sein Essen wartete, und folgte mit zerstreutem Vergnügen dem seltsamen Schauspiel eines und dann eines weiteren Schiffs, die vor seinen Augen über Land zu gleiten schienen, während in seinem Rücken der Motorenlärm erstarb und einer eintönig klagenden Filmmusik wich. Der Wein, das Essen, die Sonne versetzten ihn in einen wohlig schläfrigen Zustand, den er auskostete und hinauszuziehen trachtete.

Euer plötzliches Verschwinden war ein Eingeständnis, das jede Rechtfertigung für alle Zukunft hinfällig werden ließ und den Erklärungen der Vergangenheit Hohn sprach. Ihr hattet euer Lügengebäude aufgegeben, das mit eurer Flucht zusammenbrach und versank. Ihr hattet euch aus einer Verantwortung verabschiedet, die ihr wohl nie als solche betrachtet hattet. Ich aber war immer noch da und meinen Freunden in Sarajewo, zu denen die Verbindung nun vielleicht endgültig abgebrochen war, dennoch Rechenschaft, zumindest für mein Teil, in der Sache schuldig. Ich empfand blanke Wut und Scham darüber, dass ihr mit meinen Gefühlen zugleich auch meine Integrität ohne weiteres aufs Spiel gesetzt hattet. Nur hatte ich ernsthaft etwas anderes erwarten dürfen, als ich mich auf den Handel Sex gegen stille Mitwisserschaft, Seelenwärmung gegen Komplizentum einließ? Trug ich nicht selbst die meiste Schuld? Glaubte ich wirklich, ich sei noch integer, moralisch nicht belastet? Ich erschrak bei solchen Gedanken, die sogleich Abwehr auslösten. Was hatte meine unheilvolle Leidenschaft mit meiner Aufrichtigkeit gegenüber meinen Freunden zu tun? Wollte ich denn den Zusammenhang wirklich nicht sehen, nicht begreifen, nicht spüren, dass etwas in mir krank war und dass dieses Kranke dabei war, meine ganze Person zu ergreifen und zu verdecken?

Ich war ohnmächtig und wurde stumm und stumpf. War apathisch gegen das Unglück, das über mir zusammenschlug wie die hohen Wellen der See. Aber ich spürte keine Wellen, die über mich schlugen, keinen Abgrund, in den ich versinken sollte, kein schwarzes Loch, das sich vor mir auftat. Das alles war Traum oder nicht einmal, Tagtraum, grauer Alp. In wachem Zustand war ich gefasst und träge, wortlos und unfähig, geplagt von Verlust und dem Gedanken, mit Kriegsgewinnlern gemeinsame Sache gemacht zu haben. Ich verbrachte Tage mit Nichtstun und blödem Starren und war während vieler Wochen einer, mit dem nicht gut auszukommen, kaum zu reden war außer vielleicht noch in lichten Momenten, die plötzlich, von irgendwoher, auch immer wieder da waren, über Petrarcas Ansichten zur päpstlichen Hofhaltung in Avignon oder die wirtschaftliche Entwicklung der Lombardei, des Trentino und Tirols im Lauf des *Quattrocento*. Ich schaute in die abgestorbenen Bäume am Ende des Winters, in trostloses Grau und Braun.

Wenn wir von einem Unglück genesen, von einem Schicksalsschlag, wie es so irreführend heißt, wissen wir meist nicht, wodurch wir geheilt worden, woran wir genesen sind, so wenig, wie wir mit Bestimmtheit sagen können, weshalb wir ins Unglück statt ins Glück gelaufen sind. Ob es in unserer Person angelegt war und sich verborgen hat, um sich zu einem unvorhersehbaren Zeitpunkt zu erkennen zu geben. Denn das Schicksal schlägt uns ja nicht, wir laufen ins Schicksal. Jeder Tag ist unser Schicksal. Die Zeit heile, heißt es ebenfalls, alle Wunden. Das ist bestenfalls verkürzt und ein weiterer Versuch, unsere ganz und gar schwebende, unbefestigte, jederzeit bedrohte Existenz in eindeutige und tröstliche Worte zu kleiden. Die Zeit nimmt uns, die wir vergessen, in ihre Erinnerungslosigkeit auf. Die Zeit heilt unsere Wunden nicht, wir vergessen sie mit der Zeit und genesen durch Amnesie. Seltsamerweise dachte ich in jenen Wochen immer wieder an eine Vergangenheit, die schon in mir abgestorben, die ich zu einem großen Teil schon völlig vergessen zu haben schien.

In jenen fernen, kaum noch auszumachenden Oktobertagen des Jahres 1977 befand ich mich, wenn ich es recht erinnere, an einem regnerischen grauen Sonntagmittag auf der Heimfahrt von der alljährlich stattfindenden Buchmesse Richtung Süden, als im Radio die Nachricht kam, der tote Körper des Wirtschaftsführers sei im Kofferraum eines Wagens in einem Waldstück nahe einer Ortschaft, deren Name mir längst entfallen ist, im benachbarten Elsass gefunden worden. Damit gehe die wochenlange Suche, an der mehrere tausend Mann von Polizei und Grenzschutz beteiligt gewesen seien, zu Ende. Der Hinweis auf den Fundort war, so glaube ich, von den Entführern selbst gegeben worden. Sie hatten den Wirtschaftsführer in einer Stadt weiter im Norden auf einer Straße, die mir bekannt ist und auf der einen Seite an den Stadtwald grenzt, wo bis heute ein Holzkreuz – oder ist es ein Gedenkstein? – an den Vorfall erinnert, gekidnappt und dabei, habe ich das richtig in Erinnerung?, seinen Chauffeur erschossen. Nun also war die Leiche gefunden worden, und es begann die *bleierne Zeit*.

Nicht, dass ich sie unbedingt so empfunden hätte. Meine bleierne Zeit lag bereits hinter mir. Das war die Zeit gewesen, in der Leute, die wir vorher nicht gekannt hatten, auf einmal das Sagen hatten und die moralische Auslegeordnung über alles an sich rissen, was wir uns erschlossen hatten, die Bücher und ihre ungeheuren Erkenntnisse, die politischen Debatten, die Veränderung des ganzen gesellschaftlichen Körpers und die Privatsphäre. Es war die Zeit der Funktionäre, denen wir das Feld räumten und die über uns mit dem Kinderschreck vom *Kampf zweier Linien* herrschten. Eine kurze Zeit, zum Glück, auf die ich mit anhaltender Lähmung reagierte. Ich habe sie seither aus der Ferne beobachtet. Sie sind gut vorangekommen auf ihrem langen Marsch. Ihre Ansichten, Analysen und Urteile haben sich völlig verändert, der Wirklichkeit, diesem schwierigen Ding, das zu einem Teil stets in den Nebeln verborgen bleibt, sind sie nach wie vor fern. Aber mit den alten Methoden, Drohungen, Lockungen, dem, was sie *Kaderpolitik* nannten, einem weitverzweigten Netz an Kontakten, die nur ihnen zugänglich sind, Wissen, das ihnen vorbehalten bleibt, sind sie mittlerweile im Arsch der Macht angekommen, die zu bekämpfen sie einst vorgegeben hatten.

Mittlerweile hatten sich meine Lebensumstände verbessert, es schien sogar aufwärts zu gehen. Ich hatte gerade begonnen, über bestimmte Aspekte der italienischen Kunst- und Wirtschaftsgeschichte verschiedener Epochen zu publizieren. Wenn ich es recht bedenke, habe ich seither fast nie wieder so viele wissenschaftliche oder essayistische Texte verfasst wie zu der Zeit, die damals gerade begann und in der ich meinen knapp bemessenen Lebensunterhalt mit Schreiben und Übersetzen verdiente. Zuvor hatte ich mein Studium absolviert und dabei Orte kennen gelernt, die ich, wenn ich sie heutzutage, sehr selten aufsuche, kaum mehr wiedererkenne. Zumeist hat sich über meine nebelhafte Erinnerung eine neue Wirklichkeit aus Geschäften, Tankstellen, Supermärkten, herausgeputzten Fassaden und gepflasterten innerstädtischen Straßen gelegt, die sehr viel farbiger ist als die erinnerte. Danach war ich zurückgekehrt, hatte eine bescheidene Stelle angetreten, mich auch wieder politisch betätigt und dafür mit dem Verlust der bescheidenen Stelle und der Aussicht auf vergleichbare staatliche Anstellung bezahlt. Jedenfalls war es eine schwierige Zeit gewesen, und jetzt war es besser.

Zwanzig Minuten oder vierzig Minuten, ich kann die Zeitspanne schon lange nicht mehr bestimmen, nachdem im Radio die Meldung gekommen war, dass die Leiche des Wirtschaftsführers gefunden worden sei, schätzungsweise also zwischen 30 und 60 Kilometer südlich der Stelle, wo wir sie gehört hatten, wurde der Verkehr auf der Autobahn in unserer Fahrtrichtung und zwar nur in unserer, wenn ich mich nicht falsch erinnere – ich weiß nicht mehr, ob ich dazu sofort oder vielleicht später eine Bemerkung gemacht habe – von der Polizei gestoppt und auf die Einfahrt zu einem Rastplatz geleitet. Während andere Wagen nach kurzer Kontrolle weiterfahren konnten, wurden wir auf den Rastplatz selbst gewiesen. Mit mir im Auto, dessen Farbe und Fabrikat ich längst vergessen habe, ich vermute, ein VW-Käfer mit ausländischem Kennzeichen, da bin ich mir, da ich nicht in diesem Land lebte, sicher, befanden sich, vermutlich auf dem Rücksitz, ein Freund und vermutlich vorne neben mir eine junge Frau, meine Freundin. Wir warteten, so glaube ich, ziemlich lange im Auto, während nicht weit entfernt ein Polizist mit Maschinenpistole im Anschlag die Wartenden bewachte. Als die Reihe schließlich an uns war, mussten wir, obschon weder meine Freundin noch mein Freund irgendetwas mit Politik, geschweige mit geheimen terroristischen Aktivitäten zu tun hatten, und wir alle drei, davon gehe ich aus, sauber gekleidet waren, unsere Ausweise abgeben, die zur Überprüfung fortgeschafft wurden, und Auskunft darüber erteilen, woher wir kamen, was wir dort getan hatten und wohin wir unterwegs waren. Buchmesse, sieh an, sagte, sollte ich das nicht rekonstruierend erfinden, der etwas ältere Polizist, vielleicht ein Oberwachtmeister, der, wenn ich mich nicht irre, die Befragung führte. Wir waren einfach im passenden Alter und in einem nicht gerade neuen Auto, keinem dieser grundsoliden Mittelklassewagen, unterwegs, das zudem, wie erwähnt, ein ausländisches Kennzeichen trug. Es wurde ausgeräumt und gründlich untersucht, vom Motor über den Kofferraum bis unter die Fußmatten, und wir drei wurden bis zur Unterwäsche gefilzt. Auf meinen Einspruch, behaupte ich jetzt, indem ich die Szene so rekonstruiere oder vervollständige, wie sie sich mit einiger Wahrscheinlichkeit abgespielt hat, was denn die rechtliche Grundlage für Ausforschung Leibesvisitation und Durchsuchung von Gepäck und Auto sei, ein richterlicher Erlass etwa, wurde mir beschieden, wir täten gut daran, die Anweisungen zu befolgen, ohne weitere Fragen zu stellen. Schließlich lebten wir drei im Ausland, respektive seien ausländische Staatsbürger, von denen nicht auszuschließen sei, dass sie zum Kreis der Sympathisanten zählten. Man habe es außerdem statt, sich in erkennungsdienstliche Aufgaben hineinreden zu lassen.

Entlassen wurden wir schließlich mit dem wohl als Drohung gemeinten Hinweis, man werde die gewonnenen Erkenntnisse weiterleiten. An wen? Wenn ich mich nicht in meiner eigenen Person, so wie sie damals beschaffen war, täusche, habe ich die Frage nicht gestellt. Mein Freund feixte im Auto. Oder war er im Gegenteil ernst und nachdenklich? Meine Freundin war eingeschüchtert von dem ausländischen Erlebnis. Ich weiß nicht mehr, wie wir daheim ankamen, was wir in den folgenden Tagen oder den Wochen nach unserer Rückkehr besprochen oder getan haben. Was ich berichte, ist ein Erinnerungsblitz, wie ein Leuchtturm im Nebelmeer.

Neue Menschen tauchten auf, die waren freundlich und unverzagt, mit denen führten wir andere Gespräche über andere Gegenstände. War guter Wein, nicht nur zu besonderen Anlässen, schlechtem Wein nicht vorzuziehen? Wir hatten bisher nicht darauf geachtet. Und wo fand man sie, diese guten Weine? Die Neuen wussten es. Sollte man nicht einmal gemeinsam diese Stadt besuchen oder jene andere? Wir staunten. Warum eigentlich nicht? War die Schönheit einer Landschaft, einer Kirche, eines Bilds kein Argument? Lange abendliche Diskussionen über Politik schlossen uns als Betroffene ein, sahen nicht mehr von uns ab. Wir kamen noch einmal an, wir durften noch einmal beginnen. Drei taten sich zusammen und gründeten ein Unternehmen für sanfte Technologien, das sich weder um Geschichte noch um Theorie oder Politik scherte. Dafür schufen sie angenehme Arbeitsbedingungen. Ging das zu weit? Eine Gruppe junger Leute gab zusammen mit zwei, drei Älteren neben Studium und Beruf in ihrer Freizeit eine Zeitschrift heraus, die zu meinem Erstaunen Leser fand. Entfernte Bekannte gründeten einen Verlag, der ein paar Jahre später an Kapitalmangel oder schlechter Geschäftsführung oder beidem zugrunde ging, die Anteile am Scheitern vermag ich schon lange nicht mehr zu wägen. Ich hatte den Eindruck, mich weniger häufig in Feindesland zu bewegen. Das mag eine Illusion sein, die meine Erinnerung erfindet. Den Abenden blieben die Trauerreste.

Ich lebte mit einer jungen Frau zusammen, jener, die an dem grauen regnerischen Oktobersonntag neben mir im Auto gesessen hatte, in der Stadt, in der sie ihre Berufslehre machte und dann ihren Beruf ausübte und die meine Stadt werden sollte, bevor sie dann später an den Ort zurückkehrte, an dem sie aufgewachsen war und Kinder bekam. Ich wusste schon bald, dass ich sie nicht wirklich liebte. Aber das störte mich nicht, da sie zu dem neuen Leben gehörte, das jetzt möglich schien. Mit ihr, glaubte ich, konnte ich die Zeit von vorne beginnen, erlebte vieles noch einmal und doch anders, weil befestigt durch frühere Erfahrung. Dass ich Erfahrungen besaß im Umgang mit Menschen und Dingen, stellte ich mit Erstaunen fest und ohne zu wissen, woher sie stammten und aus welcher Zeit. Ich konnte meiner Gefährtin bei der Auswahl der Lektüre für ihre Ausbildung behilflich sein, obschon ich von der Sache wenig verstand, bei der Ökonomie des Lernens und der Beurteilung der Lehrpersonen, später bei der Einschätzung der Vorgesetzten und Kollegen im Beruf. Ich führte sie in die Weine ein, Reisen und Speisen. Ich nährte ihre Illusion, dass ich sie liebte, durch tätige Sympathie, sie die meine, ich könnte sie lieben, mit weiblichem Instinkt. Es war ein unsicherer, ein tastender Aufbruch, der sich zu einem Leben erst verfestigte, nachdem er sich verlaufen hatte, ersetzt war durch Gewohnheiten, bevölkert von Personen, die sich ihr und mir, die wir nun nicht länger alleine waren, nach und nach zugesellten und das Panorama eines normalen Daseins abgaben.

Ich rekonstruiere diese lang entschwundene Farbe meines Lebens und finde sie wie in Nebeln und welkem Laub vom vergangenen und vorvergangenen Jahr. Ich bin nicht sicher, ob ich seine Farbe auch nur annähernd wiederherstellen kann. Ich erfinde sie neu, um herauszufinden, von woher ich auf dich zugegangen, an welchem Punkt ich auf dich gestoßen bin, wo die Anfänge dafür zu suchen sind, dass sich die Unschuld meiner Absichten in den Frevel meiner Handlungen verkehrt haben. Aber die unterirdischen Adern meines Handelns hinauf an den Tag zu legen, geschweige sie zu erklären und in einen Zusammenhang zu bringen, wird mir wohl nie gelingen. Da taugen als Wünschelrute keine verborgenen frühkindlichen Prägungen, weder Vater- noch Mutterleben. Wir sind allein unterwegs in einem vorwärts mahlenden Strom aus Ungewissheiten, und haben wir sie hinter uns gelassen, vermögen wir sie noch immer nicht zu deuten. Du warst meine Liebe, meine einzige schamlose Liebe, und eine Erklärung habe ich nicht bei der Hand.

Also gehe ich weiter meinen Weg durch den Zeittunnel, den Wust der übrig gebliebenen Bilder und Szenen, die ausfransen wie durch den Wind vertriebene Wolkenbänke, um mich meiner zu erinnern, der ich physisch noch immer von mir abstamme, als alma, als Seele indessen schon halb verweht bin. Darüber steht die Trauer wie ein Banner von jeher.

Die Farbe des Lebens. Zu ihr gehören wahre Winter mit Schnee auf den Höhen und Schnee auf den Straßen, die sich in lange Schlittelbahnen verwandeln, Tage wie Eisblumen, Rauch aus den Schornsteinen, beladene Wälder, gezügelte Betriebsamkeit. Die ersten Märzwochenenden am See, wenn die Ufer und Plätze im schräg einfallenden Sonnenlicht schwarz sind von Menschen. Der lange Frühling mit den höher werdenden Tagen, die in einen Sommer voller Versprechungen gleiten. Der Kopfschmerz, der mich immer unversehens anfällt, anspringt, im Zug, bei der Arbeit, am Esstisch, die Schläfen krallt, die Augen zudrückt, den Kopf durchsticht, dass ich bewusstlos werden möchte, dass ich sitzen, dass ich liegen will. Aber ich kann weder sitzen noch liegen noch stehen noch das Bewusstsein verlieren. Ich kann mich nicht lassen, nicht sein. Ich muss bei vollem Bewusstsein den Schmerz bestehen, der durch meinen Kopf rast, meine linke oder meine rechte Hirnhälfte zerquetscht. Ich muss der Zeit jede Sekunde abringen, jede Minute und dann noch eine weitere Minute in der Hoffnung, dass der rasende, stechende, unaushaltbare Schmerz irgendwann in der unendlichen Zukunft vor mir nachlässt. Es ist ein Kampf mit zwei unsichtbaren Gegnern, dem Schmerz und der Zeit, ein Kampf, den man nicht kämpfen, nur aushalten kann.

Wenn dann beide, Schmerz und Zeit, so weit nachgelassen hatten, dass ich sie weniger spürte und wieder einen Gedanken fassen konnte, während mein Kopf eine zerschlagene, wunde Schale war, meine Schläfe nach wie vor pochte, so dass an Schlaf nicht zu denken war, wenn während Stunden der Rest des Schmerzes erhalten blieb und nur ganz allmählich, fast unmerklich abebbte, setzte ich mich in die Küche. Dort verbrachte ich halbe Mai- oder Sommernächte – der Kopfschmerz kam weder im Herbst noch im Winter – bei offenem Fenster, um dem Kopf Kühlung zuzuführen, und schrieb Geschichten auf, die den Schmerz betäubten und den Kopf zwangen, klare Gedanken zu denken. Geschichten über uns, über das, was uns widerfuhr, was wir erlebten und das, was wir taten, um uns zu vergewissern, um uns zu erkennen und um das Leben zu verändern. Manche sagen, nur in Letzterem erkennten wir uns selber.

Geschichten, die ich manchmal anderntags meiner Gefährtin vorlas, die ihnen mitunter mit ungläubigem Staunen zuhörte, aber bald schon nach jedem Anfall fragte, ob ich eine neue Geschichte geschrieben hätte. Ich schrieb, dass sie dabei seien, ganz Mittel- und Westeuropa in eine Todeszone zu verwandeln, dass sie das Land im Norden, das immer noch von den Toten und Überlebenden der letzten Jahrzehnte heimgesucht wurde, zu einer Abschussrampe für die endgültige und totale Verwüstung machten. Dass die Leute, vor allem die jungen, dies spürten und sich deshalb nach den Demonstrationen gegen die Nachrüstung oder einfach am Ende der Sommerabende auf den Terrassen der Lokale bei den Händen hielten. Ich hatte es gesehen. Sie konnten bereits jetzt Europa und die Welt vernichten, warum bloß wollten sie sie fünf- oder fünfzigmal vernichten können? Weil sie weder die kleinen menschlichen Niederlagen ertrugen, die irgendwann mit dem Tod endeten, noch den immer provisorischen Sieg des Menschen über sich selbst, die Bescheidung. Weil sie nichts akzeptierten als großartige Siege und verheerende Niederlagen. Weil sie eindeutige Gewissheiten herbeizwingen wollten. Weil sie den Menschen nicht annahmen als ungefähres Wesen zwischen Todesangst, Sehnsucht nach Glück und zeitvernichtender Routine, die die gähnende Leere verstopfen soll. Ich schrieb, dass die Leute, die jungen zumal, dies alles wohl rasch wieder vergessen würden, stellte sich erst einmal der Eindruck ein, die unmittelbare Gefahr sei gebannt. Dass die größten, nämlich staatlichen Verbrechen der jüngsten Geschichte sich kaum in derart gedrängter Form hätten wiederholen können ohne die Leichtgläubigkeit und die Vergesslichkeit der Leute. Ich erwähnte die Detonation der ersten Atombombe am 16. Juli 1945 nicht weit von Los Alamos, bei der die aus ihren Sandlöchern in der Wüste von Neu-Mexiko springenden, Fahnen schwenkenden und jubelnden Soldaten von der Strahlung verseucht wurden, sowie die zahllosen Kriege, Umstürze und Überfälle, die seitdem vom Zaun gebrochen worden waren. Wer wusste noch von ihnen?

Iran, Vietnam, Kambodscha, Chile, Nicaragua, Grenada, Libanon, Tschad, Jemen? Ohne die Vergesslichkeit der Menschen hätten die Herrscher nicht herrschen, die Päpste nicht huren, die Fürsten bei darbendem Volk nicht ein weiteres Mal prassen können, könnten die Politiker kein zweites Mal ihre Vettern bedienen und sich Vorteil und Privileg zuschanzen. Bis jetzt war gegen das Vergessen noch kein Kraut gefunden worden.

Und man hatte es auch nicht gesucht. Ich schrieb, dass, so weit ich zurückdenken konnte, vieles verändert, aber kaum etwas verbessert worden war. Dass, seit mir ihre Entwicklung angelegen ist, allgemeine Wohlfahrt, politische Rechte und wirtschaftliche Emanzipation der breiten Bevölkerung stetig zurückgegangen waren. Als es um das Einkommen und die Vorsorge der Menschen gut bestellt gewesen war, hatte man ihnen ihre Bürgerrechte beschnitten, ohne dass die übergroße Mehrheit sich dafür interessiert oder es auch nur bemerkt hätte. Als dann der ökonomische Vorsprung, den man aus der politischen Nachkriegsordnung gewonnen hatte, aufgebraucht war, entzog man ihnen nach und nach auch ihre sozialen Rechte. Die Menschen, schrieb ich und erstaunte meine Gefährtin, die so etwas bislang nicht vernommen hatte, hätten mittlerweile, was immer sie auch täten, nur noch die Möglichkeit, ein System zu legitimieren, das sie mit legalen Mitteln nicht mehr zu beeinflussen vermöchten. Diese Entwicklung habe den Terror von ein paar Dutzend Desperados und Verzweifelten ausgelöst und werde durch ihn tragischerweise gleichzeitig bestätigt. Beispiele für diese Entwicklung aus dem unablässigen Strom der Scheininformationen und verdeckten oder versteckten Nachrichten zu fischen, war ein äußerst aufwändiges Unterfangen, dem ich mich ohne die Herausforderung des Kopfschmerzes kaum gestellt hätte.

Dann kam im April 1986 der Tag des bis heute unübertroffenen GAU. In der Stadt Tschernobyl geriet die Radioaktivität auf diesmal ganz andere Art außer Kontrolle. Und wir mussten im Herbst desselben Jahres bei einem Besuch in einem östlichen Land unseren Gastgebern unter Beachtung der offiziellen Diktion, dass kein einziges Land von dem ukrainischen Störfall betroffen sei, umständlich erklären, warum wir es in diesem Jahr gleichwohl vorzögen, keine Pilzgerichte zu essen.

Im Frühling des nämlichen Jahres, der, wenn ich mich nicht gänzlich falsch erinnere, auf den Mai hin mit unerhörter Pracht ins Land kam, waren in halb Europa die Sandkästen auf den Spielplätzen geleert und diese selbst geschlossen. Die Strahlen kamen aus feindlichem Land, keine Abwehrmaßnahme wurde unterlassen. Salat und Gemüse auf den Feldern wurden untergepflügt, da die Messwerte noch immer stiegen. Erdbeeren wurden aus Spanien importiert, Kirschen aus dem südlichsten Italien. Das Vieh wurde zum Sommer nicht auf die Weiden gelassen, Kinder durften weder auf die Wiesen noch zum Baden in Teiche, Flüsse und Baggerseen. Es war ein Jahr der Konserven und der akribischen Lektüre von Herkunftsbezeichnungen. Bademeister bezogen Arbeitslosengeld, Kindergärten mussten ihre Monatsprogramme ein ums andere Mal neu planen, Schulen Schulausflüge umorganisieren. Ferien und Wochenendreisen wurden annulliert oder umgebucht, Mitteleuropa ist in jenem Jahr so leer gewesen wie selten zuvor und nie wieder seither.

Es war ein prächtiger Frühling. Bei uns herum wurden zu Ostern und Pfingsten bunte Salate verzehrt, Gemüseplatten gereicht und Spargelgerichte genossen. Wir aßen im Mai die Erdbeeren von unseren Feldern und im Juli die Kirschen von unseren Bäumen. Das Vieh stand in den Weiden und kaute das frische Gras. Schulklassen tobten während der traditionellen

Schulreisen im frühlingsfrischen Grün, Gelb, Rot und Weiß der Wiesen und Wälder. Kinder planschten fröhlich in Tümpeln und Seen. Ich habe es gesehen. Wir lebten in einer anderen, ungefährdeten Welt. Fremden, die herkamen, wurde in den Restaurants beschieden, man bedaure, Tiefgefrorenes und Konserven serviere man grundsätzlich nicht. Ich habe es mitangehört.

Es gibt Klimata, kollektive Stimmungslagen, die erscheinen uns im Nachhinein wie Phantasmagorien, weil sie sich der Welt der Nachrichten und Informationen entziehen, jenem betäubenden Wörter- und Bilderrauschen, das uns die Wirklichkeit ersetzt. Die Wirklichkeiten, die in ihnen entstehen, werden bald einmal vergessen, vom Gedächtnis gelöscht, weil sie der Welt der Nachrichten, der behaupteten Normalität der Ereignisse und ihrem selbstverständlichen Ablauf, auf die wir geeicht sind, mögen sie noch so absurd sein, so gar nicht entsprechen. Man mag es kaum glauben, und doch war es so: Sechzehn, siebzehn Jahre von uns entfernt ging der Glaube, Wind und Wolken machten droben über See, Rhein, Rhône und dem Gebirg' allemal Halt, respektierten ganz selbstverständlich, was drunten vor vielen Generationen besiegelt worden war. Ewigwährende Neutralität, keine fremden Truppen, keine fremden Winde.

Es gab eine Zeit, sie liegt noch weiter zurück, da hingen im Schalterraum des letzten Bahnhofs vor der Grenze zur Information der Reisenden sommers zwei Uhren. Über der einen stand: Sommerzeit, über der anderen: Richtige Zeit. Die Zeit hat sie verschlungen. Ich aber habe sie gesehen, ich erinnere mich genau.

Wieder schien sich eine Zeit ihrem Ende zuzuneigen, die Zeit des neuen Lebens, des Kopfschmerzes und der nächtlich notierten Chroniken. Da war ein hartnäckiges Verlangen nach dem geglückten Leben, das sich, habe ich im Kopfschmerz notiert, nicht einstellen mochte. Anders als unsere Eltern lebten wir nicht in den festen Bahnen des Jahrhunderts, haben das Glück indessen vielleicht nicht hartnäckig genug verfolgt, oder dann gab es das geglückte Leben nicht. Die Suche nach dem Glück, das wir nicht fanden, mochte, je nach Temperament, in Verzweiflung schlagen, Trauer oder Melancholie. Verzweiflung und Resignation auch über die Verhältnisse, die uns nicht mehr erlaubten, sie anzugreifen im Versuch, sie zu ändern, uns vielmehr immer neue Verteidigungslinien und Rückzugsgefechte aufzwangen. So wurden wir mitunter zu Verfechtern des Bestehenden, bewahren konnten wir es nicht. Viele gingen, verschwanden für immer. Ganz selten legte einer auch Hand an sich. Aber die Aura des Todes war noch unbekannt, der schwarze Engel hatte noch nicht neben mir gestanden. Ihn habe ich erst durch dich und mit dir kennen gelernt.

17. Kapitel

Nun komponierte ich wieder, ich hatte, da war ich mir ganz sicher, meinen Beruf zurückgewonnen. Widrigste Umstände hatten mich befähigt, wozu alle Muße, alles leichte, verschwebende Leben mich nicht in den Stand gesetzt hatten: Töne zu setzen, Melodien zu finden, Worten Ausdruck zu geben, Gefühle spürbar zu machen. So habe ich meine Kunst stets erfahren: wenn die Hindernisse übermächtig schienen, stellte sie sich unverhofft ein, oder aber ich legte meine ganze Kraft in sie, weil ich nur in der Musik noch überdauern konnte. So war es schon einmal, so war es jetzt wieder gewesen.

Manche sagten, ich hätte dank meines Mutterglücks zum Komponieren zurückgefunden. Die Signori küssten mir die Hand und beglückwünschten mich. Welch doppelter Glücksstrahl des Himmels, das Leben und die Kunst in ein und demselben Moment vereint und erhöht. Apollon Musagetes und Demeter. Es ist, als wollten die Götter der Alten uns bedeuten, die Musik und das Leben, das Leben und die Kunst seien für immer unverbrüchlich vereint. Solches bekam ich zu hören. Ich beließ sie in ihrem törichten Glauben. Das ersparte unnütze Erklärungen, die ich nicht geben mochte und die sie nicht verstanden hätten, und hielt sie mir, die von ihrem Einfall des harmonischen Zusammenfalls von musischer und physischer Fruchtbarkeit ganz ergriffen waren, mit ihren geplusterten Zudringlichkeiten eine Weile vom Leib.

Natürlich verhielt es sich in Wahrheit ganz anders. Ich war um einen hohen Preis wieder zur Komponistin geworden. Ich hatte meine Musik wieder und wollte sie um keinen Preis noch einmal entweichen lassen, aber bezahlte mit einem kräfteraubenden Leben und einem schlechten Gewissen, dem meine Mutter mit Klagen und Seufzen, einer beinahe uneingeschränkten Verfügbarkeit und ihren Blicken gen Himmel höllische Nahrung zuführte. Das Kind wanderte beständig zwischen der Amme, danach meiner Mutter, mir und seinem Vater, der es an die Hausschaffnerin weiterreichte, hin und her. Als es noch klein war, schlief, greinte, schrie, trank und aß, war es noch nicht so schlimm. Aber als die Kleine heranwuchs, so schnell größer wurde, dass ich oftmals erschrak, und jetzt ein kleiner Mensch war, hatte sie diesen verlorenen Blick, den ich nicht vergesse.

Ich erinnere mich gerne an die stillen Nachmittage – waren es ganze Nachmittage oder nur halbe Stunden? – am Wasser, an die Wiesen und den Wind an der Brenta und auf der Terra ferma. Manchmal haschte sie nach einem Falter, griff nach einer Blume, verfehlte sie, fasste noch einmal nach und lachte laut auf, wenn sie sie dann in ihrer kleinen Hand hielt. Das waren seltene Augenblicke, die mir, wenn ich zurückblicke, wie zu Perlen geronnene Tränen erscheinen. Die Tränen kamen nachts, wenn ich wachlag, und der hilflose, verlorene oder der teilnahmslose Blick vor mir aufstiegen, der häufig auch in den Wiesen, auch am Wasser auf ihrem Gesicht lag.

Nein, ich war keine gute Mutter, ich weiß es. Ich hatte nicht Mutter, ich hatte Tonsetzerin werden wollen. Und nun quälte mich, dass ich keine bessere Mutter war. Meine Mutterschaft hatte eine unsichtbare Wand durchbrochen, hinter der ich meine Musik wiederfand, als hätte ich ein Fenster aufgestoßen. Ich hatte ein Kind und einen Kavalier, der sich als Vater bekannte, wenngleich keinen Ehemann – aber das spielte bei den Leuten, unter denen ich zur Hauptsache verkehrte, keine gewichtige Rolle –, und das bedeutete, dass etwas wie ein Kreis um mich gezogen war. Ich war eine Frau, die geboren hatte, kein junges Ding mehr, das sich erkühnte, schöpferisch in Gefilde des Gemüts und der Seele einzudringen, die ihr unbekannt sein mussten oder sollten. Ich war Mutter, Tonsetzerin, meine Angst war aufgebraucht. Nicht, dass ich etwa glaubte, man werde eine Mutter, die ihr Kind aufzog, auf Dauer unbehelligt lassen. In keinem Salon, auf keiner Piazzetta fehlte es an Beispielen, solchen Glauben dem, der ihn hegte, rasch zu nehmen, nicht einmal an Frauen mit einem Säugling an der Brust, die sich die Kavaliere heranwinkten, sei es, um sich und das Wurm durchzubringen, sei es aus Sehnsucht nach etwas, das ihnen fehlte, oder auch nur aus purer Gewohnheit. Martino begann, mich in seiner Vorstellung desto stärker zu einer Nymphe und Hetäre in einem zu verwandeln, je mehr ich, ganz nüchtern mit den Augen des Publikums betrachtet, zu einer reifen Frau und Mutter wurde.

Die Dinge der Erde, des Körpers wurden mir schwer. Sie hätten mir indessen leicht sein müssen nach allem, was die Unisoni und die übrigen Weltendeuter verkündeten. Die Wiederkehr des Zeitalters der Alten unter dem wohlwollenden Blick unseres gütigen Vaters im Himmel. Das Weib als neue Zierde des Erdballs, wogegen er, an dessen Seite doch die Gottesmutter thronte, sich nie gewandt hatte, nur seine finsteren mittelalterlichen Statthalter auf Erden Einwand, Pech, Feuer und Zangen gehabt hatten. Die Geschichte kehrt in ansteigenden Kreisen immer wieder, bis sie sich dem verkündeten Paradies annähert, das Gott verkünden wird, sobald er es erreicht sieht, sagte mir einer. Wo denn lebten unsere Signori, wenn die Republik gleichzeitig Findelkinder produzierte, was selbst mir nicht verborgen geblieben war, und sich in der Levante mit jedem und gegen jeden verband, von dem und gegen den sie sich Nutzen erhoffen durfte, seien es Christen, Fürsten, Republiken, Mohammedaner oder Piraten.

Ich bin noch zwei weitere Male im Kindbett gewesen. Es ist, zumal, wenn es sich einem Versehen eher als einem Wunsch verdankt, ein schwerer Schmerz, der einen aufschneidet und den ganzen Körper überwältigt. Eine Prüfung der Natur ist es in jedem Fall, ich hatte bei jedem Mal Angst, sie nicht zu überleben. Ich versuchte, meine Kinder zu lieben, und war ihnen stets zu fern. Für Martino waren sie kein Problem, Bälger, zu denen geschaut wurde, die heranwuchsen, so normal wie Essen, Trinken und Beischlaf, er ließ sie nie wirklich an sich herankommen. Ich habe meine Kinder, die Erstgeborene, den Sohn und die jüngste, die jedes in frühem Alter ins Kloster traten, allesamt überlebt. Ich werde keine Stütze im Alter an ihnen haben. Habe sie nicht verdient und gar nie einen Gedanken daran gehabt, ein Kind großzuziehen, das ich liebte und das mir dafür im Alter eine Stütze sein würde, die ich vermissen könnte.

In den oft recht wenigen Stunden, die mir neben der Versorgung meiner Tochter, den häuslichen Angelegenheiten, den notwendigen Gängen und meinen konzertanten Verpflichtungen, die manchmal mit Reisen, immer mit Einstudieren und gemeinsamen Proben verbunden waren, in der Woche blieben, arbeitete ich, nachdem ich wieder genügend bei Kräften war, an den Stücken, die mein zweites Opus bilden sollten. Ich versuchte, nach Möglichkeit jeden Tag zu komponieren, auf keinen Fall aber zu viele Tage verstreichen zu lassen, bevor es mir wieder gelang, zwei oder drei Stunden aus meinem Tageslauf abzuzweigen. Zunächst musste ich auch wieder ins Handwerk finden, Töne und Tonfolgen, ihre Farbe, ihre Sprache und ihre möglichen Bedeutungen wieder so selbstverständlich werden lassen wie das Atmen. Melodien mussten mir jederzeit im Ohr sein und als Noten vor Augen stehen. Dazu war regelmäßige Arbeit unablässig, zäher Wille Voraussetzung.

Der Anfang, das zweite und dritte Stück nach jenem ersten, das ich nach der Niederkunft wie im Rausch geschrieben hatte, misslang. Ich begriff es erst nach einer Weile, als es mir allmählich wieder besser gelang, mich in die Töne und ihre Abfolge zu versetzen, sie gleichsam von innen und von außen zu betrachten. Ich hatte eine Melodie und ihren Aufbau im Kopf – gleichmäßig einsetzend, allmählich und dann dramatisch ansteigend und zum Schluss ins Bodenlose fallend –, aber vermochte nicht, sie aufs Papier zu setzen. Was auf dem Papier stand, begriff ich mit Schrecken, als werde mir plötzlich eine Binde von den Augen genommen, war hölzern ungelenk und hatte nichts mit der Melodie in meinem Kopf zu tun. Was im ersten Anlauf, der erlösenden Heimkehr nach so langer Zeit, durch irgendeine glückliche Fügung gelungen war und nach weiterem Gelingen aussah, missriet, wo ich begann, systematisch zu Werke zu gehen, am zweiten Stück, einer Kantate, und am dritten, einer Ariette, zu arbeiten und auch bereits ein Gespinst zu ersinnen, einen Zusammenhalt nicht nur eines Stücks sondern der Gesamtkomposition auszudenken. Ich war meinen noch übrig gebliebenen Fähigkeiten weit vorausgeeilt. Also galt es, demütig zu werden. Ich erlegte mir einige Wochen lang Übungen auf, vergleichbar denen, die mir Cavalli einst verordnet hatte, bevor ich mich erneut an die Stücke wagte. Mein Gedächtnis, mein Gehör, das Übersetzen der Worte in Klangfolgen und Noten auf dem Papier mussten erneut so geschmeidig werden wie die Hände eines Harfenspielers.

Ich hatte mich nicht wirklich in die Musik, die ich komponieren wollte, hineinversenkt, weil mir diese Geschmeidigkeit abhanden gekommen war. Man könnte sagen, meine kompositorische Seele war an die Oberfläche gestiegen, ganz so wie meine handwerklichen Fertigkeiten allein noch Augenschein waren, in denen keine Seele mehr lebte. Es war so, wie wenn man die Qualität eines Gemäldes zwar noch erkennt und von Bildern minderer Qualität sehr wohl unterscheiden kann, aber nicht mehr fähig ist, ein solches Gemälde selbst zu malen.

Mit der durch die Übung zurückkehrenden Fertigkeit, mit dem allmählichen Anschwellen der kompositorischen Seele, vergleichbar dem Körper eines Läufers, dem Muskeln wachsen, kehrte auch jenes so lange nicht verspürte, nicht einmal mehr vermisste Gefühl des Aufgehobenseins in der Musik zurück, des alleinigen Daheimseins in der Arbeit des Komponierens mit dem Kopf, der vordenkt, der Stimme, den Fingern, die die Töne anschlagen und ihre möglichen Folgen vorauslaufen, der Hand, die schreibt und nach nochmaligem Probelauf durch Kopf, Stimme, Fingern am Instrument verwirft und neu notiert oder bestätigt. Die Heimat der Arbeit von Kopf und Seele, Gehör und Hand mit Stimme, Instrument, Feder und Papier, dieses einzige mögliche Heimatrecht, das die ganze Welt um mich herum aufstellte und versammelte, war alle Mühsal und den rädernden Leerlauf des Tagwerks wert. Es war nach mühevoll neuerlicher Novizenfron der nüchterne Rausch des Einswerdens der ratlos verzahnten und verzweigten Person mit sich selbst. Es war eine Versöhnung. Ein wenig fühlte ich mich wie die ersten Christen, die nach vielen Wegen mit ihrem Gott einig und eins wurden. Ich war vom Leben abgetrennt und ihm auf andere Art zurückgegeben.

Ich komponierte, wie früher schon, nach Poemen meines Vaters, deren endgültige Auswahl ich mir dieses Mal ausdrücklich selbst vorbehielt. Nach anfänglichem Widerstreben willigte mein Vater, der sich in den vergangenen Monaten, wenn er nicht auf Reisen war, in seine Räume unter dem Dach zurückgezogen, sich unsichtbar gemacht hatte, schließlich ein, als er begriff, dass ich ernstlich entschlossen war, mein zweites Werk zu komponieren und meine Bedingungen setzte. Ich erklärte ihm ungefähr, an welche Themen ich dachte und mit welcher Gattung von Stücken ich sie verwirklichen wollte. Er fragte kaum nach, gab sich mit meinen Andeutungen zufrieden und überreichte mir ein paar Tage darauf eine Auswahl von Gedichten, über die ich verfügen konnte. Später brachte er mir noch einige weitere, erkundigte sich in den folgenden Wochen und Monaten hin und wieder vorsichtig nach dem Fortgang meiner Arbeit, schien mit der knappen Auskunft immer zufrieden und ließ sich wieder mehr in den unteren Räumen blicken. Es schien fast so, als sei die Sonne für ihn aufgegangen. Nichts interessiert ihn als seine Gedichte und deine Musik, sagte meine Mutter unten in der Küche mit doppeltem Vorwurf in der Stimme. So war es immer. Hätte ich geahnt, dass es die letzte Gelegenheit sein würde, ich hätte ihn mehr in meine Arbeit eingeweiht.

Gut vierzehn Monate, nachdem ich sie begonnen hatte, schloss ich die Arbeit an meinem zweiten Opus ab. Ich hatte Kantaten, Arietten und Duette komponiert, die unter dem einfachen Titel *Cantate, ariette e duetti* gedruckt werden sollten. Sie hielten Cavallis Urteil stand, dem ich sie nach der Fertigstellung vorgelegt hatte. Sie haben Ihren Stil gefunden, Signora, sagte er und übergab mir den Stoß Blätter in einer ledernen Hülle. Meinen Glückwunsch. Weiter nichts. Damit hatte ich die schwerste Probe bestanden, meine Feuertaufe, vor der ich mich gefürchtet hatte, ohne ein Wort darüber zu verlieren. Meinen Vater hatte ich nicht um sein Urteil gebeten.

Mit dem Drucker, der das Werk vertreiben sollte, verhandelte ich allein. Ich hatte mich umgehört und einen Verleger gefunden, der meine finanziellen Bedingungen weitgehend akzeptierte und dabei, seinen Einsatz vorausgesetzt, nicht schlecht fahren sollte. Vor allem auch besaß er Verbindungen nach Mitteleuropa, über die Alpen nach Wien, Prag und weiter nach Norden, wo man nun, da der lange, erschöpfende Krieg, der diese Gegenden ausgebrannt hatte, vorbei war, wieder Interesse für die Musik fassen mochte. Mein erster Drucker hatte bizarre Abrechnungen geliefert, über die mein Vater in seiner sorglosen Art befunden hatte und deren Erlöse in die Kasse des gemeinsamen, von meiner Mutter verwalteten Hausstands geflossen waren. Mir war meine finanzielle Autonomie, meine eigene Buchführung ein Anliegen, das ich unbedingt durchzusetzen gedachte. Ich wollte meine Tochter und mich allein unterhalten können, aus eigenem Antrieb zum gemeinsamen Haushalten beitragen, mich nicht zuletzt von Martino unabhängig machen, der Großzügigkeit und Abhängigkeit gerne in eins fallen ließ.

Im Sommer 1651 erschien mein gedrucktes Werk. Doch bereits im Frühjahr hatten die Unisoni zur Uraufführung geladen, zur unerhörten Erstkonzertanz des neuen Werks von Mariana Caldi, der Muse der Unisoni, wie es in den gedruckten, von Boten ausgetragenen Einladungen hieß. Die Regina Coelis der leidenschaftlichen Musik, vermeldete eine Woche später ein in furchtbar schlechten Lettern gesetzter *Wegweiser der Musik und der Musen*, werde ein neues Opus präsentieren.

Für den Abend der ersten Aufführung war der große Versammlungssaal der *Scuola Grande di San Giovanni Evangelista* gemietet worden, der bereits eine Stunde vor Beginn des Konzerts von Menschen überquoll. Man hatte den Eindruck, sich in einem übergroßen Taubenschlag zu bewegen. Es war ein

Kommen und Gehen, Stühlerücken, zur Schau gestelltes Begrüßen und Winken. Darüber lag das gleichmäßig laute Summen eines Bienenstocks. Darin das Rascheln und Knistern von Seide, Leinen, Gaze und Tüll der Abendtoiletten, da auch die Damen geladen waren, deren helle, spitze Lacher wie Blitze aus der allgemeinen Geräuschkulisse hervorschossen. Es war, als hätten sich die Besucher zweier Opern bei uns eingefunden. Ich hatte eine solch große, festliche Menschenmenge lange nicht gesehen. Dabei war es doch nur eine Versammlung, wie sie beinahe jede Woche einmal in Venedig zusammenfand. Wir waren ernsthaft in Sorge, ob Stimmen und Instrumente bei derart vielen Zuhörern tragen würden, so dass alle dem musikalischen Vortrag würden folgen können.
– Das ist nicht so wichtig, sagte mein Vater, der, ich weiß nicht von woher zu uns gestoßen, plötzlich neben mir stand. Wichtig ist heute Abend nur, dass sie alle gekommen sind.

Am Ende wollten Applaus, Bravo- und Vivat-Rufe kein Ende nehmen. Wir standen inmitten von Blumenbouquets, bunten Papiergirlanden und Lorbeerkränzen vor dem Publikum, aus dem man uns Rosen zuwarf, und verneigten uns ein ums andere Mal. Und ich musste auch immer wieder vortreten, dann erschallten die Vivat-Rufe besonders laut. Martino kam mit zwei in Seide gewandeten Lakaien nach vorne, die ein Arrangement aus weißen Lilien und roten Rosen in einem Weidenkorb von ungeheurer Größe vor mir abstellten. Er trug unsere Tochter im Arm und nahm mich in den anderen. Wollte er am Triumph dieses Abends teilhaben? Ich glaube eher, er hoffte, nun würde ich in die Gesellschaft der Menschen zurückkehren, mein Leben als Musikantin wieder aufnehmen, da weitere Auftritte in der Stadt und auswärts bereits geplant waren, ihm als Muse, Gespielin, Geliebte wieder zur Verfügung stehen. Aber meine Arbeit war getan, und die Gesellschaft der Menschen hatte ich am wenigsten vermisst.

Als endlich alle zum Ausgang drängten, um zu Fuß oder mit den zahlreichen, bei der Piazza wartenden Gondeln heimzukehren oder noch ein Glas gezuckerten Fruchtsaft oder Südwein zu trinken, die vor dem Eingang zum Saal gereicht wurden, und dabei von Bekannten den neuesten Klatsch zu hören oder an sie weiterzugeben und sich umzuschauen, wer dem Ereignis heute Abend sonst noch beigewohnt hatte, kam mein Vater auf mich zu, während ich noch mit den übrigen Frauen zusammenstand. Er hatte in der ersten Reihe zwischen meinem Verleger und Cavalli gesessen. Nun trug er zwei Gläser mit dem leichten Trientiner Weißwein in den Händen, den ich dem schweren Südwein vorzog, und gab mir eines davon.

– Trinken wir, mein Kind, sagte er und hob sein Glas. Im Licht der Lüster und Kandelaber in dem nun fast leeren Saal bemerkte ich an den durch Schatten und Licht schärferen Umrissen von Kopf und Gesicht zum ersten Mal, dass er alt geworden war. Nicht nur meine Zeit war vorangeschritten, auch die seine.

Es war für mich nicht immer einfach – und für dich bestimmt auch nicht. Aber heute bin ich glücklich und beglückwünsche dich. Du bist eine Tonsetzerin und Sängerin von Rang und machst der Tradition der Familie Ehre.

Ich spürte, dass ihm seine Worte nicht leicht gefallen waren, und umarmte ihn, wie ich es seit Jahren nicht getan hatte.

– Deine Mutter, Cavalli und der Verleger, der sehr beeindruckt ist, warten draußen auf dich.

Ich wäre am liebsten nach Hause gegangen, hätte gerne mit meinem Vater, meiner Mutter, Anna, zwei, drei anderen noch ein wenig geplaudert, ein Glas Champagnerwein getrunken, mich ausgeruht. Meine Arbeit war getan.

– Anna. Wo ist Anna?
– Sie lässt dir Dank und Glück sagen und ist zurück in ihr Kloster gegangen.

Anna. Immer kroch sie zurück in ihr Schneckenhaus. Mit ihr darüber sprechen mochte ich nicht, weil ich fürchtete, sie möchte mir, wenn auch diskret, meinen Erfolg und meine Privilegien vorhalten, während sie, als ich meine Musik schrieb, mein Kind versorgen musste, und mich um dies und jenes zu kümmern hatte, stets für mich da gewesen war, wo sie es einrichten konnte. Aber sie war, wie eine Bedienstete, nicht wie eine Freundin, anwesend gewesen wie eine Abwesende. Nun wäre ich einfach nur noch gerne heimgegangen.

Mein Vater schien meine Gedanken zu kennen.
– Du musst in die Eingangshalle gehen, mein Kind. Das gehört jetzt zu deinen Pflichten. Ich werde mit deiner Mutter, nachdem sie dich umarmt hat, nach Hause zurückkehren.

18. Kapitel

Im Sommer 1652 starb mein Vater. Er stand in seinem achtundsechzigsten Jahr. Er hat nicht lange leiden, dem Tod nicht ins Auge schauen müssen. Das war mir ein starker Trost, weil es der Seele schwer wird, einen Menschen, dem man so nahe gestanden ist, leiden und einen letzten, aussichtslosen Kampf führen zu sehen.

Er hatte sich im Winter nicht wohl gefühlt, unter Kopfschmerz, Schwindel und Unterkühlung gelitten, wie er uns sagte, was wir auf sein fortgeschrittenes Alter zurückgeführt hatten, war im Frühjahr an einem Brustfieber erkrankt, von dem er sich indessen im Mai und Juni erholt hatte, alldieweil er bereits wieder auf dem Dach an der Sonne gesessen war, an Plänen getüftelt und begonnen hatte, Erinnerungen über das Fortschreiten der venezianischen Poesie und Musik in den vergangenen dreißig Jahren aufzuschreiben. Der Blutsturz im August kam plötzlich und für uns gänzlich unerwartet. Meine Mutter fand ihn so, wie er droben bei sich in dem großen Salon gestürzt war. Der herbeigerufene Wundarzt bettete ihn mit Hilfe zweier Nonnen vom nahe gelegenen Ospedale, wusste keine wirkliche Erklärung außer jener urgründlichen, dass wir sterblich seien und konnte einen Zusammenhang mit Schwindel und Brustfieber höchstens in der allgemeinen Art herstellen, nach der jede Wirkung ebenfalls ihre Ursache hat und jede physiologische Erscheinung, jedes Anzeichen, jedes Symptom jedenfalls irgendeine Verbindung zu einem anderen Zeichen oder Gebrechen aufweisen kann. Mein Vater erlangte, dem Gott im Himmel sei Dank, sein Bewusstsein nicht mehr wieder und verschied zwei Tage später, indem der Schlag seines Herzens aussetzte, gegen elf Uhr zur Nacht.

In seinem Testament hatte er mich als seine Universalerbin eingesetzt. Das hieß zuallervorderst, dass ich für die Kosten des Leichenbegräbnisses aufzukommen hatte, denn Geld hat er mir keines gelassen. Im Gegenteil erschrak ich noch Wochen und Monate später nach seiner Beisetzung ein jedes Mal, wenn an ihn adressierte Briefschaften eintrafen oder ein Unbekannter sich nach meinem Vater erkundigte aus Furcht, es möchte sich um Gläubiger handeln und Schulden, von denen weder meine Mutter noch ich je erfahren hatten. In der Tat meldeten sich nach der verbreiteten Nachricht von seinem Tod ein paar Gläubiger, Bankiers, Herren vor allem aus den Reihen der Unisoni und konnten Wechsel und gezeichnete Schuldaufsetzungen vorweisen, die mein Vater, was mich nicht sonderlich erstaunte, weder schriftlich noch mündlich je erwähnt hatte.

Zum Glück zog ich Einnahmen aus meinem neuen Opus, den Konzerten und den Tantiemen der gedruckten Noten und Texte, mit deren Vertrieb mein Verleger äußerst zufrieden war, und hatte einiges angespart. Derart musste ich nicht alles verdiente Geld an die Schulden- und Zinstilgung und die Bestattung aufwenden, da ich von nun an, über das andere hinaus, auch für den Unterhalt meiner Mutter zu sorgen hatte. Zum Glück schließlich war, wie sich herausstellte, unser Haus weder ganz noch zu Teilen verpfändet. Gleichwohl, in Zukunft war mein Vorsatz, baldmöglichst wieder mit der Komposition eines weiteren Werks zu beginnen, nicht mehr nur allein ein inneres Bedürfnis, vielmehr schwere Notwendigkeit.

Wir begruben ihn an einem Freitag im August, nach dem ich mir an dem folgenden Samstag und dem diesem nachfolgenden Tag des Herrn absolutes Alleinsein auserbat, in das meine Kinder einbeschlossen waren. Wir setzten ihn auf dem Friedhof in die Ewigkeit, auf dem auch die Überreste seines Vaters, der einst aus Florenz hergekommen war, beigesetzt lagen. Die Lagune glänzte zwischen den Pappeln am Rande des Friedhofs, deren Vorder- und Silberseiten sich absichtslos in der leichten Brise drehten, als gingen die hier wandelnden Lebenden und die ruhenden Toten sie absichtsvoll gar nichts an. Die Sonne stand hoch, alles war weit entfernt, lichtdurchflutet und durchsichtig, wie es nur an einem Tag im Hochsommer vorkommt, der schon kündet, dass der Zenit, auf den der Sommer mit seinen hohen Tagen zugeschritten ist, bereits unmerklich hinter uns liegt. Und ich hörte die Stimme meines Vaters droben in seinem Reich unter dem Dach und wie sie durch meine Kindertage ging.

Geerbt hatte ich einen hohen Berg von handschriftlichen Originalen, nicht edierten Manuskripten, Notizen und Verträgen mit Buchdruckern an diversen Orten über verschiedene Laufzeiten, einen Wust nicht geordneter Papiere, die zu besichtigen, zu verstehen und ihrem jeweiligen Schubfach zuzuordnen ich viele Wochen benötigte.

– Nichts hat er gegeben auf die Ordnung dieser Welt, sagte meine Mutter, wenn sie mich so jeden Tag bei der Arbeit sah. Aber dieser Ausspruch war von der Seligsprechung so weit nicht entfernt, wie es zunächst den Anschein machte. Die Ordnung der Welt galt ihm nichts, der er nur der Kunst lebte, also unserem Vater im Himmel, der die göttliche Ordnung vertritt, so lautete bald schon die für die Nachbarschaft und auch jedermann sonst bereinigte Version.

Ach, gütiger Gott, hätte dein Vater das noch miterleben dürfen. Papa schaut uns aus dem Himmel zu, mein Kind. Wie du es anstellst, ist es ganz in seinem Sinn. Er hat Gott gelebt und seiner Kunst. So gingen die Aussprüche meiner Mutter, die mich fortan bei den verschiedenen Gelegenheiten und Anlässen begleiteten.

Geerbt hatte ich den ungeheuren Fundus an Gedichten, der fortan die Basis meiner Arbeit, die Quelle meiner kompositorischen Eingebung bilden sollte. Die laufenden Verträge mit hiesigen und auswärtigen Druckern erwiesen sich als nicht eben sprudelnde Einnahmequellen. Manch einer, zumal in sicherer Entfernung, neigte, trotz gegenteiliger Klausel in seinem Vertrag, die ihn an meines Vaters Erben band, zu der Auslegung, mit dem Tod meines Vaters sei er seiner Pflichten ledig und alle inskünftigen Einnahmen stünden alleine ihm zu. Die Kosten der Korrespondenzen, Reisen und Advokaten überstiegen in solchen Fällen häufig schon vorab die je zu erwartenden Einkünfte. Und was die nicht veröffentlichten Manuskripte anging: wer wollte schon die Verse eines toten Dichters drucken? Wer will sie schon lesen?, sagten die Verleger. Setzen Sie sie in Musik, Signora, dann werden sie auferstehen, so wie wir auferstehen werden, wenn Gott uns ruft.

Also machte ich mich, nachdem ich das Erbe meines Vaters gesichtet und geordnet hatte, an die Arbeit, um der Trauer, den Selbstvorwürfen, den Grübeleien über vergebene und unwiederbringliche Möglichkeiten, die das Herz zerfressen, keinen Einlass zu gewähren. Ich begann, Poeme auf ihre musikalische Umsetzbarkeit zu prüfen, rief die Sängerinnen und Musikantinnen zu Proben zusammen, derer sie lange genug entwöhnt waren, kümmerte mich um die Termine von Konzerten, setzte über das sie Berührende die Mitglieder der Unisoni in Kenntnis, die plötzlich ohne Haupt und Mentor, ohne Seele und Kurator sich fanden, handelte Verträge aus, die zu meinem anfänglichen Staunen beinahe stets günstiger ausfielen, wenn ich von meinen eingangs erhobenen Forderungen nicht zu rasch zurückwich, als jene, die mein Vater abgeschlossen hatte. Ich stand nun einem Haushalt unerwartet als Oberhaupt vor und musste sorgen, dass Mägen gefüllt, Körper gewandet, Feuerholz geschichtet und unser Dach instand gehalten waren. Mit ihrer von Kind auf erlernten praktischen Begabung war meine Mutter mir Stütze in allen Belangen, die keine umfänglicheren Vorausplanungen erheischten. Sie nahm mich augenblicklich an der Stelle meines Vaters an, blühte bald beinah munter auf, während sie begann, meinen Vater in die Himmel zu heben, weil auf die sorglose Wirtschaft ein ordentlich strenges Haushalten folgte.

Die Signori der Unisoni, die zu ihrem überwiegenden Teil meinem Vater das letzte Geleit gegeben hatten, lud ich im Herbst zu einem Konzert in unser Haus. Sie waren über ein halbes Jahr nicht zusammengekommen, und der Andrang war groß, obschon in den Kanälen und über die Plätze die Herbstwinde einfielen und Regenböen vor sich hertrieben. Ich hatte dieses Mal keinen gelehrten oder geistvollen rhetorischen Disput vorgesehen. Stattdessen sagte ich, bevor wir mit dem Musizieren begannen, eingangs sinngemäß Folgendes.

– Meine Herren, es ist kein Geheimnis, dass die Soireen der Accademia degli Unisoni, die Gelehrsamkeit, das feine Fechten mit Worten wie die anderen Hervorbringungen des Ingeniums, Poesie, Musik und Gesang, so glücklich vereint haben, das Werk meines Vaters waren. Er hat sie ersonnen und befördert, ich war sein Werkzeug, er ihre Seele. Wenn Sie nun befinden, und Ihnen allein steht darüber ein Urteil zu, dass dieses Werk, der höchste Ausdruck sozietärer Kultur und Verfeinerung menschlichen Ausdrucks, an seinen Schöpfer gebunden bleiben soll, dann haben wir uns heute zum letzten Mal hier oder an einem beliebigen anderen Ort versammelt, dann bleibt mir, Ihnen im Namen meines geliebten Vaters von Herzen dafür zu danken, dass Sie seine Ideale, seine Ideen, die Verbindung der Poesie mit unserer neuen Musik in all diesen Jahren mit Ihrem Leben erfüllt haben.

Murmeln und Raunen gingen durch die Versammlung, Unmutsbekundungen brachen sich in nicht immer zu entschlüsselnden Ausrufen Bahn.

– Oder aber Sie gelangen zu dem Ende, dass wir alle miteinander sein Werk im Andenken an ihn und zu Ehren meines Vaters fortsetzen und uns auch in Zukunft in der Accademia wie bislang versammeln sollten.

Nunmehr erklangen Bravo-Rufe. Viva la vita. Jawohl! Sie wollte uns nur einen Schrecken einjagen.

– In diesem Fall wäre ich, Ihre Zustimmung erneut auf das Geziemlichste erbittend, bereit, mit Ihnen zusammen das Werk meines Vaters fortzusetzen und meine schwachen Kräfte als Weib, meine nur eben weibliche Intelligenz, meine Unerfahrenheit in organisatorischen Dingen und meine musikalischen Fähigkeiten sowohl als Ihre Muse wie als Ihre Prinzipalin in den Dienst der Unisoni zu stellen.

Es wurde Bravo! gerufen, Vivat! Es leben die Unisoni! Jemand bat um das Wort.

– Ich glaube beinahe, im Namen aller hier Versammelten sprechen zu dürfen, Signora, wenn ich sage, dass Sie unserer einhelligen und freudigen Zustimmung versichert sein dürfen sowie unseres aufrichtigen Danks. Unsere Bewunderung für Ihren musikalischen Genius legen wir Ihnen zu Füßen. Unsere Akademie könnte sich keine trefflichere Leiterin und Muse an ihrer Spitze erhoffen.

Wieder Bravo – Rufe, Vivat!, auch Händeklatschen. Aber auch noch andere wollten das Wort ergreifen, taten dies teils umständlich, teils wortreich, jedenfalls ging es noch eine gute Zeit, bevor wir mit dem Konzertieren beginnen konnten. Zum

Abschluss sagte ich, Signori, ich nehme Ihr Votum, das mich aufs Tiefste bewegt und ehrt, mit Demut an. Und nun möchten wir, wenn Sie bereit sind, mit dem musikalischen Vortrag beginnen.

Warum erzähle ich Dir das? Du hast diesen Abend miterlebt. Du hast ihn an einem anderen Ort, zuhinterst in der Menge vielleicht, und wohl anders als ich, aber du hast ihn erlebt. Wohl, weil ich die Erinnerung mit dir teilen möchte. Ja, es wäre mein größter Wunsch, die Erinnerung an diesen Abend mit dir zu teilen, falls du noch eine Erinnerung besitzt. Wir haben sie geteilt, ich weiß, aber das ist lange her. Ich wünschte mir aber, dass wir zu diesem Abend, so wie er war, für dich, für mich, im nachhinein für uns beide, die wir die Eindrücke des anderen zu unseren eigenen hinzugaben, zurückkehrten. Im Lauf der Zeit habe ich Blatt um Blatt beschrieben, damit du meine Erinnerungen erfährst, sie, wo das möglich ist, mit den deinen vergleichen kannst. Wir haben ja so viele gemeinsam erfahrene Erinnerungen nicht. Und auch bei diesen ist nicht sicher, ob sie die gleichen sind. Es gibt so viel, das uns trennt, so wenig, das uns zusammenhält. Und auch mein Unterfangen, dessen bin ich mir bewusst, ist töricht. Du wirst meine Aufzeichnungen nie zu Gesicht bekommen. Ich führe sie einfach nur fort, weil ich sie vor langer Zeit begonnen habe.

Nach dem Konzert war die Versammlung noch immer erregt und diesmal weniger von dem soeben gehörten Gesang als vielmehr von der Kühnheit des ihm vorangegangenen Beschlusses: Wir hatten uns über ein Grab hinweg zur Institution erklärt. Fast alle schienen freudig erregt, standen in Gruppen beieinander, debattierten, lachten, reihten sich bei den Wartenden für ein Glas Wein oder aus frischen Früchten gepressten Saft ein.

Ihre Wangen waren rot gefärbt, und ihre Stimmen vereinigten sich über ihren Köpfen zu einer einzigen Wolke aus Lauten wie in einem großen Vogelschlag. Ich ging unter ihnen herum und wurde allenthalben überschwänglich begrüßt und beglückwünscht. Die Lebenden, kam mir in den Sinn, waren überfroh, am Leben zu sein.

So kam ich auch zu der Gruppe von Mitdreißigern, unter denen du dich befandest, Kaufleute offensichtlich alle fünf oder sechs, von denen ich nur einen einzigen ein wenig kannte, da er schon bei früheren Gelegenheiten unser Gast gewesen war. Nachdem er mir im Namen aller das Mitleid zum Verlust meines Vaters ausgesprochen und mich zu dem heutigen Abend beglückwünscht hatte, stellte er mir die übrigen Signori vor und sagte zuletzt:

– Das ist mein Bruder Matteo, der zu Besuch bei uns weilt. Um ehrlich zu sein, von Musik versteht er nicht besonders viel. Aber Ihre Ansprache an die Versammlung hat ihm außerordentlich gut gefallen.

– Missverstehen Sie mich bitte nicht, Signora, sagtest du, denn ich verstehe es als Kompliment. Für mich haben Sie nicht wie eine Künstlerin, sondern wie ein Kaufmann oder Diplomat gesprochen. Sie wussten, was Sie wollten, haben es durch ihr Geschick bekommen, und die Gegenseite fühlt sich ihnen obendrein noch zu Dank verpflichtet. Mehr kann der geschickteste Taktiker nicht erreichen.

Ich habe dich vielleicht ein wenig erstaunt angeschaut, denn du beeiltest dich zu wiederholen: Verstehen Sie mich bitte nicht falsch. Sie haben sich nach meiner bescheidenen Meinung, der ich, wie mein Bruder schon sagte, von Musik nicht sonderlich viel begreife, ganz ausgezeichnet geschlagen.

Das waren die ersten Worte, die du an mich gerichtet hast. Erinnerst du dich?

– Wo denn, fragte ich, um dem Thema zu entkommen, ohne indessen das Gespräch schon gleich zu beenden, sind Sie zu Hause, wenn Sie hier in der Stadt nur zu Gast sind?
– Nun, zu Hause bin ich in Venedig, aber zurzeit ist mein Leben an Morea gebunden.
– Er leitet die Niederlassung der Familie dort unten, fügte dein Bruder bei. Kommen Sie uns doch einmal besuchen, so lange er noch hier ist. Das würde uns wirklich freuen.

Ich kann mit Sicherheit nicht sagen, ob die Einladung deines Bruders mehr war als eine Laune der Höflichkeit, von der man nicht annimmt, dass sie angenommen wird. Ich beschloss jedenfalls, ihr Folge zu leisten, weil in dem zufälligen Gespräch jenes Abends eine Mischung aus ungesuchter Freundlichkeit, Unverbildetheit, unverbrauchter Heiterkeit und pragmatischem Ernst gewesen war, die mich anzog. Und ich hatte mich nicht getäuscht. Es war ein kühler, klarer Nachmittag, an dem ich am Handelshafen vorbei zu eurem Kontor ging. Ich wurde freundlich empfangen von Kontoristen und deinem Bruder, doch ohne alle Prätention und völlig selbstverständlich. Er führte mich durch Kontor und Lager, und wir spazierten zurück zu euren breiten Schiffen, die nach deinen Anweisungen beladen wurden. Du würdest später zu uns kommen, wenn deine Arbeit im Hafen getan sei. Du würdest die beiden Segler demnächst durch Adria und Ionisches Meer nach Morea führen, mit einem Kapitän an deiner Seite. Die Kauffahrtsschiffe fuhren immer in einem Konvoi und wurden von kanonenbestückten Galeeren der Republik begleitet, was ihre Fahrt je nach Jahreszeit und Winden verlangsamte, ihre Sicherheit jedoch erhöhte.

Vielleicht langweile ich Sie mit solchen Einzelheiten. Vielleicht wissen Sie auch Bescheid über unsere Seefahrt. In beiden Fällen bitte ich um Ihre Nachsicht.

Nein, ich wusste nicht viel von der Seefahrt und ließ mir gerne alles zeigen und erklären, und das Nachtessen mit deinem Bruder, deiner Schwester und dir, der du ganz zuletzt eingetroffen warst, ging leicht dahin, indem ihr mir meine Fragen beantwortetet und wir uns über unsere jeweiligen Dinge austauschten. Die Farbe unserer ersten Unterhaltung stellte sich leicht wieder ein. Ihr alle wart von nötigem Ernst, wo er angebracht schien, und von ungezwungener Freundlichkeit und Direktheit, wie ich sie kaum je zuvor in einer Runde erlebt hatte. Und du mit deiner gebräunten Haut und dem dunklen Haar gefielst mir darin am besten. Eure Sprache war anders. Ihr spracht vom Kontor, von den Schiffen und Waren, den Conti und Saldi. Verhandeln, erlösen, gelingen, misslingen waren klar umgrenzte Worte. Weder wart ihr, obwohl ihr offenbar dem Zweig einer vornehmen Familie angehörtet, verzopft und herablassend wie die alten Familien, noch umgabt ihr euch mit der Pracht und dem Prunk, den Martino und die Vidman-Familie so gerne entfalteten.

Bemerkt man es, wenn man dabei ist, sein Herz an jemanden zu hängen, sein Herz zu verlieren, wie es heißt? Obschon das ein falsches Bild ist. Man verliert es ja nicht, man spürt es im Gegenteil deutlicher, ziehend, schmerzhaft oder wonnig. Aber das kommt später, wenn man Bescheid weiß. Ist man sich aber, während es geschieht, dessen bewusst? Ich glaube nicht. Man hat zu dieser Zeit keinen klaren Verstand, keinen Abstand mehr zu sich selbst, es ist, als betäube uns die Natur für eine Weile. Man ist vollauf beschäftigt mit Einzelheiten in Aussehen und Verhalten des anderen Menschen. Ich betrachtete deinen Mund und gleich darauf in seinem Verhältnis zu Stirn und Haar, danach das Haar, wie es deinen Kopf formte, und ging deiner unaufgeregten, genauen Sprache nach, wusste aber von alldem nichts. Man gleitet von Beobachtungen über Vorstellungen, die man sich ausmalt, in einen Menschen hinein, noch bevor man ihn kennt. Unmerklich schlüpft man in eine unsichtbare Haut, oder nein, wird sie einem übergezogen, und wo man inne wird, ist etwas geschehen, ist man nicht länger frei.

Du hast mich an diesem Abend an seinem Ende auf dein Schiff eingeladen und mich ein paar Tage, nachdem ich es vor dem Mahl in deiner Kajüte besichtigt hatte, bei uns zu Hause besucht. Du warst unaufdringlich, von klarem Verstand und selbstverständlicher Stetigkeit, und nur meine Mutter störte mit ihren peinlichen Fragen und unangebrachten Bemerkungen ein wenig die feine, durchsichtige Stille dieser Wochen. Wir verabredeten uns an anderen, an ruhigen Orten, saßen beieinander, gingen miteinander am Wasser. Du erzähltest von deinen Tagesgeschäften und von Morea, ich von den meinen, nie stelltest du Fragen über mein Leben mit Martino, wohl aber zu meinem Vater und zu unserer neuen Musik. Eines Morgens wachte ich auf und wusste, ich war in dem unsichtbaren, eng gewirkten Gespinst gefangen. Ich befürchtete, ich würde diskret um dich werben müssen, wenn ich dem Gespinst Genüge tun wollte, und wusste nicht, wie ich es hätte anfangen sollen. Aber zu meiner Überraschung warst du es, der just zu diesem Zeitpunkt um mich zu werben begann. Diskret, nicht fordernd, selbstverständlich und stets auf dem Grund jener steten Freundlichkeit, deren Farbe und Ton unter dem Werben keinen Schaden litt.

Ich war vierunddreißig Jahre alt, von meiner zweiten Tochter schwanger, eine Frau ohne Stand, die ihren und der ihrigen Lebensunterhalt zu bestreiten hatte, eine Tonsetzerin, Musikantin, und hing einem Mann an, hing zum ersten Mal im Leben einem Mann an. Dich schien das nicht zu quälen. Von den Planken eines Schiffs aus gesehen ist der Horizont beinahe immer waagerecht, sagtest du. Wir werden schon etwas für uns zustande bringen.

Im Frühsommer wolltest du zurückkehren. Als du kamst, war es Herbst, und es war gut. Du beugtest dich zu meinem Sohn hinunter, nahmst mich um die Taille und sagtest: Alles wird werden. Nichts ist zum Schluss geworden, aber das konnte ich nicht und, so glaube ich fest, auch du damals nicht wissen. Es war im Übrigen eine fiebrige Zeit, in allem, was wir uns sagten, anderen mitteilten, in dem, was wir taten. Alles war wie überhell erleuchtet, Ideen, Eingebungen, Vorsätze kamen wie Blitze, wurden gegen andere ersetzt. Ich erinnere, dass wir in jenen Wochen so viel miteinander tauschten, wie man es zu anderen Zeiten in einem halben Leben kaum tut. Alles hatte andere Farben, und die Haut der Welt war ganz neu. Ich glaube, dass dies unserer menschlichen Natur, so wir das Glück haben, in einen solchen Moment zu geraten, eingeboren ist. Nach der Initiation ins Leben, dem Streben der Jugend, der selbstvergessenen Arbeit, wo man noch jung ist, verlangt unsere Natur irgendwann nach dem Glück. Er ist mir spät gekommen, dieser Wunsch, und doch heftig. Es ist mir, mit all der Vergangenheit, die ich doch mittlerweile mit mir herumtrug, nie so um Zukunft gewesen wie zu jener Zeit. Zukunft war ein Fenster, das sich mit einem Mal in mein Leben öffnete. Zukunft waren die neuen Farben der Dinge, warst du, der mir ein Geheimnis war, die Ungewissheit in einem Leben, das bereits alle Züge der Voraussehbarkeit angenommen hatte, ohne dass ich ihrer wirklich gewahr geworden wäre.

Du bewegtest dich, wie ich mich gerne bewegt hätte, wäre ich ein Mann gewesen. Der Klang deiner Stimme war mir, so schien es, seit jeher vertraut und bequem. Die Gesten, die deine Worte begleiteten oder sie ersetzten, hätte ich mir gerne anverwandelt. Es war, als hätte ich in einem Gegenüber, in dir plötzlich ein zweites, ein unbekanntes Ich erkannt, das mir ganz nah und doch fremd, weil in einer anderen Person, einem Mann beheimatet war. Vielleicht ist es diese fremde Nähe, die unbekannte Vertrautheit, welche die Anziehungskraft zwischen zwei Menschen bildet, die entdecken, dass sie einander zugetan sind. Der erregende Geruch der Haut und des Haars, den man noch jedes Mal wieder neu entdeckt.

Allmählich stellte sich eine größere Selbstverständlichkeit des Beieinanderseins ein, und mein Hoffen und Planen richtete sich jetzt auf die konkrete Zukunft. Darin gingen mein Leben als Tonsetzerin und Musikantin und mein Leben mit dir in eins. Es war Winter geworden. Stürme fegten über die Stadt, und der Regen ging schräg auf die schmalen Passerellen, die Plätze und ins Wasser nieder. Alles war in Grau getaucht, die Grenze zwischen dem Himmel und den Wassern der Lagune nicht mehr zu unterscheiden. In den Gassen war es windig, stets feucht und unwirtlich. Man sah nur wenige Menschen auf den nötigsten Gängen, und nur die, die dazu gezwungen waren, machten sich unter freiem Himmel zu schaffen. Und doch schien mir, als sei dieser Winter alleine gemacht, damit wir in ihm lebten.

Es war der Winter, ich wusste es, der dich in Venedig, der dich bei mir zurückhielt. Hätten dich im Sommer nicht Geschäfte dort unten zurückbehalten und wärst du früher heimgekehrt, hättest du dich vor den Herbststürmen auf den Rückweg gemacht und den Winter in der Ägäis zugebracht. Ich war froh, dass es anders gekommen war, und ich glaube, auch du warst in einem Teil deines Herzens ebenso glücklich darüber. Gleichzeitig spürte ich deine und deines Bruders Unruhe, weil Gerüchte über die Besitzungen und Handelsposten der Republik die Runde machten, verlässliche Nachrichten äußerst selten eintrafen, da die Schifffahrt zu dieser Jahreszeit fast völlig zum Erliegen kam. Die Situation in Morea war keineswegs sicher. Die Türken konnten jederzeit auf dem Landweg angreifen, die Piraten zur See, wenn das im Winter auch kaum wahrscheinlich war, oder die Türken sich der Korsaren bedienen. Im Fall eines Piratenüberfalls war euer Besitz in Gefahr, im Fall eines Angriffs der Ottomanen die venezianische Herrschaft über die gesamte Halbinsel. Ihr hattet, eine Weile nach der Rückeroberung der Gebiete, viel Kapital, eigenes und fremdes, in die Niederlassung in Nauplia investiert und gewusst, dass es ein Risiko war.

Unsere Kaufleute riskieren nichts mehr, sagtest du, kaufen Land auf der Terra ferma, werden Bauern und Grundbesitzer. Aber sie können nicht erwarten, dass sie auf ewig gutes Geld nur im sicheren Windschatten verdienen werden. Man braucht ja nur einen Blick in die Lager, Kontore und Bücher unserer Handelsherren zu werfen, um das zu begreifen. Mein Bruder und ich und wenige andere, zu wenige, haben nur so gehandelt wie unsere Vorfahren stets ohne ein Wimpernzucken gehandelt haben.

Wie erleichtert du warst, wenn dann, zumeist im Hafen der Kriegsgaleeren, endlich, endlich doch einmal eine Nachricht eintraf, die dir avisiert worden war und die keinerlei Zwischenfälle, keine Feindberührung vermeldete. Du hättest vor dem Winter auch dann nicht zurückkehren können, wäre ich nicht in dein Leben gekommen. Aber dass du den Winter zusammen mit mir verbrachtest, bei uns ein und aus gingst, die Abende in meiner Gesellschaft und sichtlich glücklich warst, belastete dein Gewissen, nicht zuletzt deinem Bruder gegenüber, dem, wie auch?, unser Glück nicht entgangen war, was du mir zu verbergen trachtetest. Und also beschwerte es das meine.

Also lebten wir zwischen unseren belastenden Gedanken und unserem Beieinandersein, das wir immer noch als unverhofft und gleichzeitig endgültig empfanden, dachten nicht an Möbel und Hausstand, nur an Zukunft, wie sie sein könnte und würde mit deinen Aufenthalten in Morea und meiner Musik. Martino, den ich in diesen Wochen nur wegen der Kinder und weniger unaufschiebbarer Geschäfte sah, verhielt sich merkwürdig ruhig und verhalten. Er wartete wie ein Fuchs in seinem Bau auf den Tag deiner Abreise, um mir danach, so vermutete ich, und so kam es auch, erneut seine erotischen Avancen zu machen. Wenn ich ihnen, viel später, dann doch nachgegeben habe, so geschah dies aus einer großen Müdigkeit, aus Ergebenheit in ein Schicksal, von dem ich wusste, weil ich alle Hoffnung hatte fahren lassen, dass es nichts anderes mehr für mich bereithielt und weil ich nun endlich nicht mehr schwanger werden konnte.

Du kamst in diesem Winter zu meiner Überraschung regelmäßig zu unseren konzertanten Soireen.

– Was hat dein Interesse für die Musik geweckt? fragte ich dich scherzhaft.

– Wenn du sie komponierst, gefällt sie mir. Und wenn du sie spielst, höre ich ihr gerne zu und finde an ihr Gefallen.

– So etwa wie Seefahrt und Handel auf einmal mein Interesse finden, wenn du mir von ihnen erzählst?

– So wird es wohl sein.

Der Winter war, als würde er ewig währen, und wir in ihm, mit Wind, Sturm, Regen und seinem alles umspannenden Grau. Und doch ging er zur Neige, unmerklich zunächst und dann spürbar mit längeren, lichteren und auch wärmeren Tagen am Ende des Februar schon und zu Beginn des März. Um den zehnten des Monats wurdest du fühlbar und sichtbar unruhig, warst unterwegs zum Hafen, zum Kontor, zu den Lagern, begannst, Waren auszuwählen und zu kaufen, überwachtest die Arbeit an den Schiffen. Dann kamst du zurück mit einem Lächeln, wie wenn du dich entschuldigen müsstest dafür, dass du noch hier, dass du schon fort warst? Anfang April war es so weit. Ihr bestiegt die Segler, ihr lichtetet die Anker, ihr fuhrt an einem klaren Morgen, an dem ich mit deinem Bruder allein auf der Mole zurückblieb, in die Lagune hinaus und wart bald am Horizont verschwunden. Du würdest im Sommer zurückkehren. Ich tat, als wenn alles seinen gewohnten Gang ginge. Aber das tat es nicht.

So haben wir einen kleinen Herbst, einen Winter und einen Sommer miteinander gehabt, und das muss auf Erden nun genügen. Denn einmal bist du noch zurückgekehrt. Nicht erst im Sommer, sondern schon zu Anfang des Juni. Und nicht auf euren Schiffen, sondern auf einem breiten Segler voll mit Verwundeten. Korsaren, von den Türken bestochen, wie man vermutete, hatten Nauplia Ende April angegriffen und einnehmen können, weil das Gros der Garnison abgelöst und ihr Entsatz noch nicht eingetroffen war. Zwar konnten Truppen aus Tripolis und von anderen festen Plätzen die Piraten vertreiben, aber die hatten bereits gebrandschatzt und die Rumpfbesatzung der Festung und andere Verteidiger getötet oder verwundet. Unter denen warst auch du gewesen. Der scharfe Hieb eines Säbels hatte deinen Oberarm getroffen. Du warst ohnmächtig geworden, was dir womöglich das Leben gerettet hatte. Der Hieb war bis auf den Knochen gegangen, du hattest eine klaffende Fleischwunde davongetragen, aber der Knochen war wie durch ein Wunder beinahe unverletzt geblieben. Nachdem das Wundfieber abgeklungen war, hatte man dich für transportfähig erklärt und gegen deinen Willen auf die Heimreise geschickt. Du trugst den Arm in einer Schlinge und warst von Fieber und Blutverlust geschwächt.

Die Wunde, sagtest du, schmerzt noch immer, aber das geht vorbei. Nur wird der Arm nicht mehr so sein, wie er war. Zum Glück ist es der linke.

Einen Sommer lang hatte ich dich also noch einmal an meiner Seite. Aber du warst seltsam verändert, in dich gekehrt und unruhig, mitunter fast wie gehetzt, was in seltsamem Gegensatz stand zu deiner Umgebung, eurem lieblichen Garten, den friedlichen Wassern, dem prächtigblauen Juni. Zum ersten Mal warst du in eine militärische Auseinandersetzung verwickelt worden, hattest du einen Überfall und all seine Gewalt miterlebt. Die Zukunft Nauplias und der gesamten Halbinsel schien dir im höchsten Grade gefährdet. Du wurdest bei den zuständigen militärischen und exekutiven Instanzen der Republik vorstellig, wandtest viel Energie und viel Zeit darauf, und wenn ich auch nicht genau weiß, bis in welche Höhe ihrer Hierarchien du vorgedrungen bist, so war der Erfolg, wie mir schien, doch gering. Deine Konvaleszenz schritt voran, du kamst zu neuen Kräften, deine Wangen wurden weniger schmal, dein Gesicht weniger bleich. Wir verbrachten die Abende im hoch ummauerten Garten eures Hauses, du hattest oftmals Papiere vor dir ausgebreitet und Karten, oder, um dich abzulenken, irgendwo draußen am Wasser der Lagune, in einem Park oder im Schilf, wohin ich vorbereitete Speisen in einem Weidenkorb und eine Bouteille mitnahm. Wir waren beisammen, und halb warst du in Gedanken dort unten.

– Er hat sich in den Kopf gesetzt, sagte dein Bruder, Nauplia, Morea für die Republik zu halten. Seit seiner Verwundung ist es wie eine Manie.

– Der Ausgleich mit dem Osten, sagtest du, ist für uns seit der lang schon zurückliegenden Entdeckung der Neuen Welt noch lebensbedeutender als in früheren Zeiten. Und diesen Ausgleich werden wir nur erreichen aus einer Position der Stärke. Aber die Republik ist blind, sie will die Wirklichkeit nicht sehen.

Du warst von deinem festen Vorsatz, so schnell als irgend möglich nach Morea zurückzukehren, weder von deinem Bruder noch von mir abzubringen.

– Du kannst dort alleine oder mit nur wenigen anderen im Moment sowieso nichts ausrichten, sagte dein Bruder. Man muss abwarten, wie die Dinge ihren Fortgang nehmen und wie die Republik sich besinnt.

– Warum willst du dich noch einmal in Gefahr begeben?, fragte ich Dich. Wenn du hier nichts erreichst, wirst du dort erst recht nichts ausrichten.

– Ich halte es für meine Pflicht, dort unten zu sein und zum Wenigsten unseren Besitz, unsere und anderer Investitionen so gut als möglich zu schützen.

Irgendetwas war in dich gefahren. Ich wusste, ich würde dich nicht umstimmen können, ohne unter Verdacht zu kommen, die Argumente in meinem, nicht aber in deinem Interesse zu wählen. Am Morgen des vierten September, einem weiten, weißblauen Tag, stachst du in See. Ich habe dich nie wiedergesehen noch je ein Lebenszeichen von dir erhalten.

Mitunter habe ich mir vorgestellt, du hättest aus einer Laune oder nach einem Plan ein anderes, ein neues Leben begonnen, weil das gewohnte dich langweilte oder vielleicht bedrückte, du hättest eine neue, ganz ungeahnte Freiheit gesucht und gefunden. Du lebtest irgendwo bei den Griechen oder sogar bei den Muslimen mit einer Frau und mit Kindern. Dein Bruder sei in den Plan oder die Laune eingeweiht, ihr hieltet mich beide in euer beider Interesse zur Närrin. Aber er hatte so wenig Nachricht von dir wie ich selbst. Und ich hatte nie wirklich Grund, ihm nicht zu vertrauen. Ich glaube, die sich das alles vor Augen stellte, war die Frau in mir, die sich um ihr spätes Lebensglück betrogen sah. Betrogen von wem? Von niemandem außer von dem Leben, welches wir führen und können doch nichts wirklich für uns erwirken. Unterdessen glaube auch ich, dass dir irgendein Unglück zugestoßen ist, von dem wir nichts wissen, das auszustellen und auszumalen wir besser verzichteten. Unterdessen glaube ich, dass du nie eine Zeile von dem, was ich aufschreibe, zu Gesicht bekommen wirst, dass du keine Erinnerung an mich hast, dass du nichts weißt mehr vom hohen Licht, von der Haut und vom Haar der Sterblichen. Dass du, ich weiss nicht recht wie, gekommen bist und gegangen, ohne dass ich wahrhaft wüsste, wieso und wohin.

Du seist, heißt es, bald nach deiner Ankunft in Nauplia nach Tripolis oder in den Norden, nach Korinth oder gar Patras aufgebrochen. Aber die Angaben der Agenten der Republik, der vorgeblichen Augenzeugen widersprechen sich, die Aussagen der Angestellten der Niederlassung sind ungenau. Du seist von zwei oder drei Männern begleitet gewesen. Aber von welchen genau? Wohin und weshalb? Fragen und keine Antworten.

Eure Niederlassung in Nauplia ist aufgelassen. Dein Bruder schickte, nachdem alle Bemühungen, dich oder eine veritable Spur von dir zu finden, einen Handelsagenten nach Morea. Aber es war nicht dasselbe. Dem Geschäft fehlte die Seele, wie er sagte. Und so entschloss er sich irgendeines Tages, das Kapital und die Waren abzuziehen und nach Venedig zurückzuholen.

Die Tage fühlten sich anders an. Sie fühlen sich wohl noch heute anders an, nur bemerke ich es nicht länger. Die Monde gingen anders. Meine Musik wurde verschatteter, auch wenn das Publikum, das sich mit den Jahren seinerseits verändert hat, es nicht zu bemerken schien. Die Quelle ihrer Inspiration warst nunmehr du, war dein Verlust. So ist es all die Jahre seither geblieben, in denen ich eines um das andere Werk geschrieben und publiziert habe, als wäre mir eine aufziehbare Spieluhr mit lauter unbekannten Weisen eingepflanzt. Meine Musik hat sich in dieser langen Zeit anhaltender Beliebtheit erfreut und mich weitgehend von der finanziellen Beengtheit früherer Jahre befreit, auch wenn ich es trotz all meiner wiederholten Versuche nicht ein einziges Mal geschafft habe, die Gunst eines Fürsten, die Patronage einer Herrscherin zu erringen. Vor allem aber war die Musik mir Trost, den einzigen, den ich je besessen habe. Töne zu setzen, Musik zu erschaffen, ersetzte mir das Leben, das ich hätte leben wollen. Aber wer weiß, vielleicht hätte ich es gar nie leben, nur eben in Töne zu setzen vermocht. Ob das in Zukunft je noch so sein wird, vermag ich nicht sicher zu sagen.

19. Kapitel

Er nahm noch einmal die Straße hinauf in die Berge, in südöstlicher Richtung an Nemea vorbei und auf die Autobahn, die nach Arkadien führte. Arkadien, Arkadien ist abgebrannt, ist unbekannt, sprach er stumm vor sich hin und lächelte ein wenig müde über seine eigenen Worte, die wohl schwarzer Humor sein wollten. Die Landschaft hatte ihn fasziniert, als er sie zum ersten Mal bei der Durchquerung nach Westen entdeckt hatte, und sie brachte ihn jetzt wieder in ihren Bann, als sie, wie er höher stieg, aus dem weißen Nebel hervortrat. *Et in Arcadia ego*. Nur wer hier nie gewesen war, konnte diese spröde, einsame Bergwelt, diese gebieterischen, zerklüfteten Gipfel und steinigen Hänge als idyllisch beschreiben. Dann verließ er die beinah leere Autobahn, fuhr durch die allmählich zurücktretenden Berge hinab, vorbei an Tiryns und Mykene, die er an einem zurückliegenden Wochenende besucht und bis auf einen einzigen Japaner menschenleer vorgefunden hatte, durch die Argolis bis zum Meer.

Nauplia, Nafplion, erste Hauptstadt des Königreichs, lag von Abhängen geschützt an einer kleinen Bucht, von wo aus man in dem blauen Mittag hier am Ende des Golfs das gegenüberliegende bergige Ufer sehen konnte, und wurde von einer Zitadelle überragt. Er war einmal als ganz junger Mensch auf einem Tagesausflug von Athen hier gewesen, besaß indessen keine Erinnerung als jene, dass ihm die kleine Stadt im Unterschied zu allen anderen griechischen Städten, die er damals kennen lernte, gut gefallen hatte. Vielleicht waren sie auf die Zitadelle hochgestiegen, vielleicht waren sie auch nur nach der

Besichtigung von Mykene hierher zum Baden gekommen. Es war lange her, er wusste es nicht mehr, so sehr er sein Gedächtnis anstrengte. Die Zeit trübt unsere Erinnerungen ein, die Gewissheiten von gestern haben sich über Nacht, vor vielen Nächten schon verflüchtigt. Wir müssten unsere Reisen alle zwanzig Jahre von neuem unternehmen, weil unser Erinnerungsvermögen nicht länger vorhält und die Gegenden selbst sich unablässig verändern. Dass sie vor der Hafenmole gebadet hatten an dem warmen Frühsommertag, erinnerte er als Einziges. Und vor dem *Hotel de Paris* in der Sonne gesessen und etwas Kaltes getrunken hatten. Oder trog die Vorstellung auch in diesem Fall über die verschwundene Vergangenheit weg? So waren das Hafenbecken, die Mole und das *Hotel de Paris* alleine in der von der verblassten Erinnerung niedergerissenen Landschaft stehen geblieben. Wahrscheinlich hatten sie nachher einen Schnellbus nach Athen genommen, der sie am späten Abend oder in der Nacht nicht weit von dem kleinen Hotel in der Plaka ausgeladen hatte. Auch das war in seinem Gehirn längst gelöscht.

Das *Hotel de Paris* an der Hafenfront existierte nach all den Jahren noch immer. Allerdings war es nun eingerahmt von anderen Restaurants, Bars und Cafés, die damals nicht da gewesen waren, es sei, seine Erinnerung, die ihm einen weiten, leeren Platz, der nun von Autos zugestellt war, vor dem Hafenbecken und dieses einzige Restaurant und Hotel vor Augen rief, irrte erneut. Vielleicht hatten sie auch nach dem Schwimmen vor dem Hotel zu Abend gegessen und waren erst am darauffolgenden Morgen mit dem Bus nach Athen zurückgekehrt. Das Hotel mit seinem Restaurant ragte jedenfalls als Einziges aus der verblichenen Erinnerung.

Vielleicht hatte er damals auch noch keinen entwickelten Sinn, kein Gespür für das Flair von Städten, die Seele von Orten besessen. Aber eigentlich glaubte er das nicht. Die Seelen der Städte waren wie Frauen, in denen man sich gleichwohl so oft täuschte, man behielt nachher ihren Geschmack. Bevor er einen Ort zum Mittagessen suchte, wollte er durch die Altstadt streifen, und fand sein Gefühl, seine Erinnerung von damals auf seinem Gang rasch bestätigt. Anders als in Korinth hatten die Gassen hier einen eigenen Charakter, der sich dem Besucher sogleich in dem Gefühl mitteilte, an einem behausten Ort zu sein. Die hohen, steinernen und sogar jene Häuser, die nur ein Geschoss besaßen, hatten alle ein Gesicht, das den Ankömmling anblickte und sich ihm einprägte, und sei es nur als ein gemeinsames Gesicht aus Stein. Er fand kleine Töpfer-, Schmiede- und Schmuckläden und war überrascht von der Feststellung, dass die Qualität der Waren, die sie feilboten, jener an vergleichbaren Orten, die ebenfalls von Fremden aufgesucht wurden, deutlich überlegen war. Sollte der Charakter der Gebäude und der Stadt insgesamt etwa ein eigenes Mikroklima hervorgebracht haben? Er hielt es nicht für ausgeschlossen. Gerne hätte er in einem der schmucken kleinen Geschäfte irgendetwas erstanden, wusste indessen niemand, dem er etwas hätte mitbringen können. Nauplia, kam ihm wieder in den Sinn, war eine venezianische Gründung, und er fragte sich zum wiederholten Mal, wann den Griechen der Sinn für die Polis, die sie immerhin erfunden hatten, abhanden gekommen war. Zum ersten Mal seit seiner Abfahrt am Morgen befand er sich unter Menschen, die, wenn auch vereinzelt, in den Gassen und zwischen den Häusern hin und her- oder einer Tätigkeit nachgingen.

Zum Essen wählte er nicht das Restaurant des *Hotel de Paris* sondern die Terrasse einer näher dem Hafenbecken gelegenen Taverne. Mit der gefütterten Überjacke und dem Schal war es an der Sonne des späten Mittags gut auszuhalten. Er bestellte ein Gericht und ein Viertel offenen Wein und sah dem mäßigen

Treiben in seiner Umgebung zu. Außer ihm hielten sich nur wenige Personen in dem Lokal und auf der Terrasse auf. Fischer gingen zu ihren Booten, Einheimische überquerten den Platz, Autos wurden angelassen, eine Säge kreischte irgendwo in der Nähe, Fremde schlenderten zum Hafen oder kamen von dort zurück.

Drei junge Frauen mit schwarzen Sonnenbrillen kamen auf ihrem Weg zum Hafen an der Terrasse vorbei. Jene, die in der Mitte ging, trug einen kurzen schwarzen Mantel, dessen Kragen sie hochgeschlagen hatte, und dunkle Nylonstrümpfe mit Nähten, die verrutscht waren, was ihr von hinten einen seltsam derangierten Ausdruck verlieh. Der Anblick ließ ihn wieder an Arkadien denken, an Pan, der sich, da er die Elfe nicht besitzen kann, aus einem Schilfrohr eine Flöte schneidet und seiner Sehnsucht mit ihrer Hilfe Ausdruck gibt. Dann wurden der Wein und kurz darauf das Essen gebracht und seine Gedanken zerstreut. Zuletzt nippte er von dem bis zuletzt aufgesparten Rest des Weins, trank einen Kaffee metrio und blinzelte in einem schläfrigen Dämmerzustand in die strahlende Sonne, die schon bald wieder der Dunkelheit weichen würde.

Ich hatte seit Monaten, oder war es schon ein Jahr oder noch länger her, nichts mehr von euch gehört und nichts über euch erfahren. Mir war es recht. Ich hielt die ganze unselige Geschichte, in der ich mich schlecht geschlagen und einen Teil meiner Seele verloren zu haben glaubte, für beendet und abgeschlossen, was äußere Ereignisse und Handlungen von Personen betraf. Ich stand nun auch wieder in Kontakt mit meinen Freunden in Sarajevo, und sie schienen mir zu glauben, dass ich mich nie, schon gar nicht wissentlich, in Aktionen gegen sie hätte einspannen lassen oder in Waffengeschäfte verstrickt gewesen war.

Wie hättest du uns so etwas antun können, die wir immer Freunde gewesen sind und dem gleichen Geist des Internationalismus entstammen.

Nur, weißt du, ist in diesen wenigen Jahren so viel passiert, das Unterste nach oben gekehrt worden, aus links rechts geworden, dass du nicht einmal mehr deinem eigenen Bruder vertrauen mochtest und wir in allem verunsichert waren, unsicher unseres Lebens, unsicher unserer Gefühle, unsicher der moralischen Werte, die ein Leben lang unser Verhalten geprägt haben. Verzeih uns, dass wir eine Weile auch an dir gezweifelt haben. Um uns herum haben sich Titoisten in glühende Nationalisten verwandelt, sind liberale Bürger zu Verfechtern ethnischer Säuberungen geworden, Intellektuelle zu Chauvinisten, Biedermänner zu Mördern, vor denen Hitlers Schergen erbleicht wären, brave Laufburschen zu Militärkommandanten aufgestiegen. Und nun also entdecken die Opfer der Aggression, unsere Staatsbürger, wie sie jetzt heißen, mit einem Mal den Islam als Kitt, der diese Nation, die weder im ethnischen noch im politischen Sinn je eine gewesen ist, vorgeblich zusammenhält. Im Sprachgebrauch eurer Länder sind wir nun die Muslime, weil wir nach dieser Orgie ethnischen Wahnsinns gegenüber der politischen serbischen und der politischen kroatischen Seite anders nicht mehr definierbar zu sein scheinen. Was denn? Meine Frau ist italienisch-istrischer Abstammung, meine Schwiegertochter Serbin. Und jetzt bin ich, der ich stets Atheist und Kosmopolit gewesen bin, ein Muslim? Der sowjetische Wahnsinn wird uns von euren Regierungen und Medien appliziert, ohne dass sie sich dessen auch nur im geringsten bewusst wären. Stalin hat die Völker und Ethnien des Zarenreichs, ihre Vergangenheit und die komplizierte Geschichte ihrer Kohabitation für abgeschafft erklärt, den universalen Sowjetmenschen dekretiert, die Kosmopoliten verfolgt und die Trotzkisten, Juden und Abweichler links und rechts von der Norm erfunden. Man weiß nicht, ob man weinen oder bloß noch lachen soll. Sollen wir uns fortan mit dem Koran begnügen, nachdem die Serben unsere Nationalbibliothek, die ja auch die ihre war, in Schutt und Asche gelegt haben und ihnen nachträglich auf diese Weise noch Recht geben? Der Pulverdampf verzieht sich allmählich, lieber Freund, und das ganze Ausmaß der Katastrophe, die diese säkulare Sinnesverwirrung angerichtet hat, wird sichtbar: Das Land ist nicht materiell, es ist moralisch zerstört, seine Menschen werden auf Jahrzehnte keinen normalen Umgang miteinander pflegen können. Und wir haben noch immer nicht wirklich verstanden, wie das alles passiert ist. Vielleicht ist *das alles* vorderhand auch gar nicht begreifbar, und wir müssen uns damit begnügen, die einzelnen Schritte hin zum Wahnsinn zu rekonstruieren und zu verstehen.

Ich fühlte mich doppelt beschämt. Zum einen durch das Vertrauen meiner Freunde, das ich kaum zur Hälfte verdiente. Zum anderen, weil ich mir den groben Luxus einer ausschweifend heillosen Beziehung geleistet hatte, während dort unten die Welt entzweigebrochen war. Ich litt unter den vorhersehbaren Folgen eigenen Handelns, die dort unter den unabsehbaren Folgen eines verheerenden Krieges. Sie dort aufzusuchen, schrieben sie, sei nach ihrer Einschätzung noch immer zu aufwändig und vor allem gefährlich, auch wenn die Heckenschützen, die Snipers, ihre todbringende Tätigkeit eingestellt hätten, die Zufahrt zum Flughafen, wenn auch nur mit Sondergenehmigungen und unter militärischer Begleitung, wieder passierbar sei und die Lage sich seit der Ankunft der internationalen Truppen im Gebiet der Stadt und ihrer Umgebung insgesamt entspannt habe. Ein Besuch sei wohlweislich gleichwohl auf einen nicht absehbar späteren Zeitpunkt zu verschieben.

Es war Frühjahr. Ich lebte in Grau. Ob ich diese Ausstellung, jene Aufführung gesehen hätte. Hatte ich nicht. Doch ja, es ging. Wie ein Leben eben geht zwischen zwei Lebenszeiten, einer abgeschlossenen und einer noch nicht begonnenen, im Niemandsland, im Nirgendwo. Die Verhältnisse gerieten aus den Fugen, aber an mir ging das vorbei. Es wurde liberalisiert, dereguliert, privatisiert. Die großen Abstürze kamen später. Die bekam ich dann wieder mit und erschrak. Auch darüber, dass die, welche da die Zusammenbrüche von Fluggesellschaften, Banken, Versicherungs- und Rentenanstalten zu verantworten hatten und sich für den Scherbenhaufen, den sie hinterließen, ohne Skrupel fürstlich abfinden ließen, statt dass man sie hinter Gitter gebracht hätte, mittlerweile beinahe alle meiner Generation angehörten. Ich hatte wohl geglaubt, unsere Generation sei eine besondere. Forever young. Noch ein Irrtum.

In diesem Frühjahr aber erreichte mich nichts von dem wirklich, was um mich herum vorging. Theoretiker des Straßenkampfs gelangten zu Respektabilität, bereiteten sich auf Ministerwürden vor und orderten, während sie noch in Turnschuhen herumsprangen, bereits die gestreiften Maßanzüge. Andere hätten wohl gar die Luft zum Atmen privatisiert, hätten sie dadurch den Erhalt ihrer Macht und Pfründe sichern können. Das Kapital blieb in den Kulissen, die *neue Weltordnung* war allgegenwärtig. Im Namen der Informationsgesellschaft, dieser zynischen Verbalbegradigung des Verteilungskampfs, und der Globalisierung, mithin der offenen Androhung der Dominanz des Nordens der Welt über den Süden, wehte nach dem unverhofften Fall des Bösen, des sowjetischen Imperiums, ein Zeitenwind durch die Länder des alten Kontinents, der die Uhren rückwärts zu drehen schien in die Jahre vor dem Weltkrieg, der die einen und die anderen zusammengezwungen und sie hernach in Lauerstellung zueinander gebracht hatte. Privatisierung der Gewinne, lautete die Devise, Sozialisierung der Verluste, als gäbe es die kleinen Leute plötzlich nicht mehr. Soll die Allgemeinheit zahlen, was den Einzelnen nicht profitabel ist. Und die Politiker kramten die politischen Landkarten der Vorkriegszeit hervor. All das erfuhr ich, aber es drang nicht zu mir, in meine vier Wände, mein Rückzugsgebiet, meinen Kopf.

Im Sommer begannen die Kroaten überraschend eine militärische Offensive zur Rückeroberung der von Serbien besetzten Krajina, die auf erstaunlich wenig Widerstand traf, so dass das gesamte Gebiet binnen weniger Wochen zurückerobert wurde. Kurze Zeit darauf begann ein kroatisch-bosnischer Vormarsch in jenen Gegenden Bosniens, in denen die serbische Armee teilweise noch im Juli scheußliche Massaker angerichtet hatte, bei denen die internationalen Truppen es offenbar vorgezogen hatten wegzuschauen. Dass er ebenfalls Erfolg hatte, war wohl nicht zuletzt dem Einsatz regulärer kroatischer Verbände geschuldet. Einige Kommentatoren gaben, nicht ohne Berechtigung, zu verstehen, diese überraschenden Erfolge der zuvor geschlagenen kroatischen Armee seien ohne technische und logistische Unterstützung durch die Amerikaner wohl kaum erklärbar. Ans Licht gekommen ist nie etwas.

Im August erhielt ich ein Fax von dir und erschrak heftig. Physisch warst du für mich aus meinem Leben verschwunden, getilgt. Ich musste nur die Tagträume und Nachtgesichte erdulden, die deine Anwesenheit hinterlassen hatte. Aber das war meine Sache, etwas, worauf du keinen Einfluss mehr zu nehmen vermochtest. Des Weiteren musste ich auf das Schicksal meiner Freude Acht haben und irgendwie einen Weg aus dem tiefen Tal finden, in das ich geraten war. Aber weitere Vorkehrungen hatte ich keine zu treffen, andere Aufgaben nicht zu bewältigen. Und jetzt sollte alles von neuem beginnen? Du batest mich um deine Hilfe und hattest eine Nummer angegeben, unter der ich dich dringend anrufen möge. Die Telefonnummer war, wie ich herausfand, eine kroatische. Also doch! Ich zögerte, wählte sie dann aber doch.

Man stellte mich zu dir durch. Es war seltsam, deine Stimme zu hören wie aus dem Grab.

– Hallo? Bist du's?

Mein Mund wurde trocken.

– Bist du's, Hall?

– Was willst du von mir?

– Dass du mir hilfst. Dass du kommst und mich in dem Hotel, in dem ich festsitze, auslöst. Die Adresse steht auf dem Fax. Bitte. Geld schicken kann man mir nicht, ich besitze hier kein Konto. Und per Post geht es nicht. Man hat mich ohne Geld und Kreditkarte hier sitzen lassen.

– Man?

– Du weißt schon …

Ich legte auf. Welche neue Variation auf das alte Thema war das nun? Was hattet ihr euch dieses Mal ausgedacht, um Vorteil aus mir zu ziehen und mich zu desavouieren? Welche neue Perversion war dir nun wieder eingefallen? Oder hattet ihr euch wirklich zerstritten? Hatte Palladio am Ende vielleicht nur noch seinen eigenen Vorteil gesucht und dich aufgegeben, weil ihm jemand auf seine krummen Geschäfte gekommen war, man ihn gestellt hatte und er sich in einer verzweifelten Lage befand? Ich würde mich nicht auf ein erneutes Abenteuer mit zuallermindest zweifelhaftem Ausgang einlassen. Ich würde nicht nach Kroatien reisen, um dich „auszulösen“ – und an Ort und Stelle was vorzufinden?

Ich hätte ausgehen, zumindest meine Wohnung verlassen sollen. Stattdessen blieb ich und wanderte unruhig hin und her, unfähig, mich zu konzentrieren und systematisch, Punkt für Punkt, nachzudenken. Es ging nicht lange, bis das Telefon läutete.

– Warum sollte ausgerechnet ich dir … ?

Weil ich der Einzige sei, auf den du noch zählen könntest. Weil du dich in einer aussichtslosen Lage befändest, man bereits gedroht habe, dich wegen Zechprellerei, wegen Betrugs der Polizei zu überstellen, dir auch keinerlei weiteren Kredit, die du ohne alle Barmittel seist, mehr einräumen wolle, kaum dass man dich nach flehentlichem Bitten dieses letzte Telefongespräch habe führen lassen. Weil du dich, die du dich lange Zeit zwischen Palladio und mir nicht habest entscheiden können, die du uns beide zu gleichen Teilen liebtest, nunmehr nach dessen schmählichen Verrat auf mich besonnen und für mich und zwar endgültig entschieden habest.

– Ich bin in einer furchtbaren Situation. Bitte, hilf mir.

Du hattest am Samstag angerufen. Die Flüge nach Split waren schon seit langem eingestellt. Am Montagmittag flog ich nach Zagreb, fuhr mit einem schrottreifen Bus in die Stadt und kaufte am Hauptbahnhof, daheim war das nicht möglich gewesen, eine Rückfahrkarte nach Split. Split–Trogir nehmen Bus, nix weit, wurde mir am Schalter beschieden. Die Abfahrt verzögerte sich um eine gute Stunde, und der überfüllte Zug kam nur langsam voran, hielt ohne ersichtlichen Grund immer wieder auf freier Strecke oder in kleinen Bahnhöfen an und blieb Viertelstunden lang stehen, ohne dass jemand zu- oder ausgestiegen wäre. Ich sah in die grauen, verschlossenen Gesichter der Mitreisenden, die dem Blick des Fremden trotzig, ja beinahe feindselig standhielten, als wollten sie mir bedeuten, diese mühsame Reise mitten unter ihnen geschehe mir nur recht.

Ich hatte, als ich nach dem langen Warten vor dem Schalter endlich an der Reihe war, verabsäumt, mich nach der Dauer der Fahrt hinunter in den Süden zu erkundigen, und auch zu Hause nicht nachgeschaut, wie viele Kilometer es denn sein mochten von Zagreb bis Split. Im Zug war es trotz herabgelassener Fenster stickig und warm. Als nach ein paar Stunden, die mir wie die halbe Ewigkeit erschienen, draußen die Dämmerung einsetzte und das Abteil ein wenig einschattete, während der Zug bergigere Gegenden erreicht hatte, packten meine Nachbarn Brote, Eier und Obst aus und holten Wasser-, Wein- und Schnapsflaschen hervor, und ich wurde gewahr, dass ich auch an Verproviantierung nicht gedacht hatte. Danach setzten Müdigkeit und Dunkelheit gleichermaßen ein, und bald waren schlafende Gesichter in Armbeugen gekuhlt oder visionär in unsichtbare Himmel gereckt, während ein allgemeines schweres Atmen, Seufzen und Schnarchen anhob. Selbst mich, der ich weder gegessen noch getrunken hatte, holte irgendwann der Schlaf, dann irgendwann mitten in der Nacht oder bereits an ihrem kleinen Ende, wurde ich, wie meine Abteilgenossen und wie der Zug heftig anhielt, als habe ihm etwas den Weg versperrt, brüsk aus ihm hochgerissen. Über einen röhrenden Lautsprecher, den ich ohne Dolmetschzeichen und mürrische Wortbrocken nicht verstanden hätte, wurden wir aufgefordert, den Zug zu verlassen, um auf einem abgelegenen Gleis einen anderen zu besteigen, der, nachdem wir ihn erklommen hatten, wiederum fast eine Stunde an seinem Abfahrtsort stehen blieb.

Das ist der Krieg, was wollen Sie, sagte eine kleine ältliche Frau zu mir, die mit mir im selben Abteil zu sitzen gekommen war und der ich weder ihre Sprachkenntnis noch eine Ansprache überhaupt, der ersten immerhin durch einen Einheimischen in beinahe zwölf Stunden, zugetraut hätte. Für mich, fügte sie hinzu und sah mich dabei prüfend von der Seite an, als wollte sie meine einschlägige Erfahrung einschätzen, ist es nicht der erste.

Der Zug lief zu früher Stunde, die Sonne war noch nicht lange über den Horizont in unser Abteil gestiegen, die Mehrzahl meiner Reisegefährten schlief noch, nur einer oder zwei blinzelten in das stechende Licht, schließlich in den Bahnhof seines Bestimmungsorts ein. Die Menge der Wartenden und Ankommenden verlief sich rasch. Einen Bus, der nach Trogir fuhr, gab es indessen weit und breit entweder um diese frühe Stunde oder überhaupt nicht. Eine jener Gestalten, die man im Dunstkreis von Bahnhöfen antrifft, gelang es gegen ein Trinkgeld, ein uraltes Klappertaxi deutschen Fabrikats anzulocken, dessen verschlafen schlecht gelaunter Fahrer mich für konvertible Währung in halsbrecherischer Fahrt, die mit seinen verschlafenen Bewegungen aufs Stärkste kontrastierte wie im Traum, bis zur Mole von Trogir brachte.

Das Hotel war schon aus der Entfernung nicht zu übersehen, da es an der gesamten Hafenfront offenkundig das einzige nicht private Gebäude war, während die übrigen grau und verschlossen standen. Ich nahm, als endlich aus irgendwelchen Tiefen die Wirtin in einer Kittelschürze auftauchte, ein Einzelzimmer, da du dich offenbar nicht im Hotel aufhieltst, wie mir die Kittelschürze mit Blick auf das Schlüsselbrett kundtat, brachte mein Gepäck hinauf, wusch mich und beschloss auszugehen, da ich jetzt nicht schlafen zu können glaubte. Nach einem Gang entlang dem Hafen wandte ich mich durch ein hohes steinernes Tor in die Altstadt. Die Kathedrale mit ihrem ausnehmend schönen Portal, dessen beseelte Figuren aus einer anderen Welt zu stammen schienen, war geschlossen und befand sich in einem ebenso bedauernswerten Zustand wie die Gebäude um den Platz zu ihrer Seite, die Stadtmauer und ihre Tore und eigentlich beinahe alle Häuser und Baulichkeiten, denen ich begegnete, deren Mauern von Moos und Flechten überzogen waren und aus denen Gras spross. Der Platz bei der Kathedrale, der doch der Hauptplatz der Stadt zu sein schien, lag ausgestorben und selbst die Läden der Fenster des Rathauses, dessen Fassade ein übergroßes kroatisches Wappen trug, waren zugezogen. Auf der dem Hafen entfernt gelegenen Seite der Altstadt gelangte ich auf den Markt, dessen Stände und Buden nur zu einem geringen Teil geöffnet waren. Die feilgebotenen Waren, Kohl, Rüben, Kartoffeln, selten ein paar Stücke Käse, kaum einmal ein Karstschinken, bestanden aus dem nötigsten Grundvorrat des täglichen Haushaltens, und auch die Gesichter der Marktleute blieben verschlossen.

In einer abgewetzten Bar in den Vororten auf der anderen Seite des Hafenbeckens, die man über eine hochklappbare Straßenbrücke erreichte, wurden mir ein Kaffee von schwer zu beschreibendem Geschmack, wenn nicht, dass er heiß war und bei gutem Willen eine entfernte Verwandtschaft mit Bohnenkaffee ahnen ließ, und ein paar Scheiben Brot mit Margarine serviert. Ich wurde achtlos bedient wie jedermann, aber aus den Augenwinkeln, hinter dem Tresen hervor und aus den Tiefen des Raums gemustert wie ein seltsames und seltenes Wesen, nicht recht bei Trost oder abgekommen von seinem ihm vorgeschriebenen Weg.

Als ich ins Hotel zurückkam, war mein Gepäck in dein Zimmer gebracht worden, und die Wirtin, nach wie vor im Schürzenkleid, empfing mich zu meiner Überraschung mit den Worten »The lady is there«. Eine Sekunde kam mir der Gedanke, ob die Inszenierung wohl von dir stammte. Du warst, als hättest du mich erwartet, strahlend, als ich nach dem Anklopfen ins

Zimmer trat und du mir von dem winzigen Tisch beim Fenster jenseits des Betts dein Gesicht über die Schulter zuwandtest.
– Ich bin froh, dass du gekommen bist. Ich habe dir ein wenig Frühstück zubereitet. Kaffee, Weißbrot und Honig.
– Danke, ich habe schon gefrühstückt.
– Dann frühstücke noch einmal. Im Zug haben sie dir sicherlich kein Abendessen serviert.
– Ich möchte wissen, was los ist. Sind seine Waffengeschäfte aufgeflogen?
– Ach, was denn, Waffen! Alles war wie immer. Wir haben gemacht, was wir immer getan haben.
– Aber hier unten ist und war keine Front. Hier musstet ihr weder Decken noch Milchpulver verteilen.
– Wir waren ja auch in Slawonien und der Krajna. Aber dann kam der Krieg überraschend dorthin zurück, und wir mussten die Gegend Hals über Kopf verlassen und sind hier in den Süden gekommen.
– Und wieso ist er verschwunden?
– Ich weiß es nicht. Ehrlich. Eines Morgens war er weg. Mit all seinen Sachen, seinem ganzen Gepäck, allem Geld, den Kreditkarten. Ich habe keine Ahnung, in was für Schwierigkeiten er gesteckt haben mag oder steckt. Dass er mich so hat sitzen lassen, werde ich dem Schweinehund niemals vergessen.

Der Gedanke, dass er einfach deinetwegen hätte verschwinden können, war dir offenbar erst gar nicht gekommen.

Der Kaffee aus der Thermoskanne, den du mir hinstelltest, war stärker, das Brot weicher als das, was ich in der Bar zu mir genommen hatte. Ich aß und trank schweigend. Du rauchtest eine Zigarette und schautest mir wortlos zu, wie Frauen Männern beim Essen und Trinken mitunter einfach zuschauen und dabei ihre Gedanken haben. Nach dem Frühstück wurde ich wohlig müde, fühlte mich angenehm schwer und leicht, zog die

Schuhe aus, legte mich in meinen Kleidern aufs Bett und versank augenblicklich in tiefen Schlaf.

Als ich erwachte, war ich zugedeckt und hatte zu meinem Erstaunen nur noch die Unterwäsche am Leib. Du beugtest dich über mich, dein Haar verdeckte dein Gesicht und fiel in meines. Ich spürte deinen Atem und atmete deinen Geruch. Du trugst ein seidenes Unterhemd und darunter nichts. Du warst rittlings auf mir und hattest mir, wir waren noch immer geübt, meine Unterwäsche im Handumdrehen abgezogen. Es war selbstverständlich wie Heimkehr und auch nicht. Körper und Seele liefen nicht mehr in der gleichen Spur. Doch das war aufgeschoben. Unsere Körper hatten ihre Mechanik und ihr Erkennen. Wir wussten, dass wir ohne Hemmnis und Scham Dinge zu unserer Lust tun konnten, die andere im ganzen Leben nicht vollführt hätten. Du schwiegst, und ich sagte kein Wort. Es war, als käme man noch einmal zurück zu dem Punkt, wo man sich zeigt, was alles möglich gewesen wäre, was in Zukunft alles nicht mehr möglich sein würde. Zu dem Punkt, wo man in wenigen Minuten Vergangenheit und Zukunft verbrennt, wo nur ein Jetzt ist, Gegenwart, die kaum hält und beinahe nicht existiert. Die Körper leben manchmal das Leben, das unseren Seelen zugedacht und ihnen verwehrt ist. Sie leben es nicht, sie verbrennen es, sie löschen es aus.

Wir mussten lange geschlafen haben, und als wir aufwachten, war später Nachmittag, die Dämmerung kündigte sich vor dem Fenster des kleinen Zimmers an. Wir schwiegen noch immer miteinander und wurden dann ein wenig wie Kinder, die sich ihrer kleinen Gemeinsamkeiten erinnern, die nicht einmal Teil der persönlichen Geschichte geworden sind. Schließlich gingen wir aus, um etwas zu trinken, fanden indessen keine Bar, keine

Wirtschaft, und um zu essen. Du kanntest ein Restaurant, eher eine Taverne, beinahe das einzige, sagtest du, in das man gehen könne nach deiner Erfahrung. Es gebe kaum Restaurants in diesen Kriegszeiten.

– Die Leute haben kein Geld. Touristen gibt es schon lange nicht mehr.

– Seit wann bist du hier?

– Ich weiß es nicht genau. Drei Wochen vielleicht.

Die Taverne erwies sich als der Jugoslawe um die Ecke, wo es sogar einen passablen Rotwein gab.

– Wir sollten so schnell als möglich heimfahren.

– Zuerst musst du noch die Stadt anschauen. Morgen zeige ich sie dir, und dann fahren wir nach Hause.

– Ich bin nicht hergekommen, um die Stadt anzuschauen.

– Aber da du nun schon einmal hier bist. Wer weiß, ob es dich je wieder in diese Gegend verschlägt.

– Das glaube ich kaum.

– Eben, sagtest du und nahmst meine Hand. In diese Gegend werden wir so bald nicht zurückkehren.

Die Nacht war mondlos, voller Gebirge, trat samten durchs offene Fenster und legte sich auf unsere erhitzte Haut. Es war, als wollten wir eine Ära unseres Lebens abschließen, weil wir demnächst ein anderes Leben beginnen würden, in dem wir, mag sein, als etwas biedere Bürger nebeneinander her zu leben gedächten. Vielleicht bilde ich mir das nur ein. Aber unsere Gesten, unsere Bewegungen hatten nichts Hastiges mehr und Verzweifeltes wie vordem so oft. Als wir uns schließlich dem Schlaf überließen, war die halbe Nacht vorbei. Wo ich am nächsten Morgen gegen halb neun erwachte, stand die Sonne durch die offenen Läden ins Zimmer, und du warst mitsamt deinem Gepäck verschwunden. Kein Zettel, kein Zeichen, nichts. Vor sieben Uhr, doch, sie erinnere sich, sagte die Kittelschürze, sie sei eben nach vorne zur Rezeption gekommen. Ohne Frühstück oder Kaffee. Das Zimmer gehe auf mich. Ein Taxi habe sie telefonisch herbeigerufen. Und als ich nachschaute, war der Großteil meines Bargelds verschwunden. Mir blieben ein paar Scheine im Portemonnaie und die Kreditkarte, immerhin. Aber ihrer hättest du dich sowieso nicht bedienen können.

Ich habe dich nie wiedergesehen noch Nachforschungen nach deinem Verbleib angestellt. Wir wachsen, wir werden erwachsen, wir wachsen noch immer und schließlich so weit von uns fort, dass wir unsere Wünsche, unsere hochfliegenden Ziele, unsere Ansprüche an ein Leben, das uns gefiele, vergessen haben. Wir haben, indem wir leben, unser Leben aufgegeben.

20. Kapitel

Ich weiß nichts über die Welt. Ich bin kaum mehr als die Musik, die ich schreibe. Die Musik, die in meinem Kopf entsteht und die ich auf das Papier übersetze, Töne, Weisen, die ich in Noten fasse. Manchmal inspiriert mich noch ein Gedicht aus der Feder meines Vaters oder, in den letzten Jahren, eines anderen Poeten, doch immer seltener. Ich habe die Tonfolgen im Kopf und leihe sie den Versen, die sich ihnen am nächsten anzubieten scheinen.

So habe ich also das eherne Prinzip, nach dem wir die Verse der Dichter, ihre papiernen Gedanken mit unseren Tönen auszudeuten und für das Gefühl spürbar zu machen haben, schon lange nicht mehr beachtet, doch niemand hat es bemerkt. Mitunter benutze ich noch, wo ich mir meiner nicht ganz sicher bin, ein Begleitinstrument, um den Tönen, ihren Folgen in meinem Kopf einen Halt zu geben, aber das kommt seit geraumer Zeit immer seltener vor. Ich bin ganz zurückgefallen auf die Tonfolgen, die in mir entstehen, und die Aufführung meiner Musik, das Konzertieren ist mir längst nur noch lästige Pflichtübung.

Ich habe im Grunde nicht mehr gekannt als die Musik, die Stadt, das Wasser, die seltenen Wiesen meiner Kindheit, die flüchtigen Bekanntschaften mit Orten und Menschen und dich. Und nun, da ich spüre, wie das Alter sich nähert, auf einmal merke und wie selbstverständlich weiß, wie es sein wird, alt zu sein, zieht es mich nicht mehr zum Wasser, das mich begleitet, seit ich in dieser Welt bin, sondern zu den Wiesen, zum festen Grund unter den Füßen. Vielleicht hat das leuchtende Grün der

Weiden, vielleicht haben die endlos dahinlaufenden Wege, die kaum je von einem Wasserlauf unterbrochen, von einem Steg, einer Brücke auf Krücken geführt werden, anders als das Wasser ihren Zauber für mich aufbewahrt. Wie war ich als Kind begeistert vom Anblick der bis an den Horizont sich erstreckenden Wiesen, Felder und Waldstücke, dem nirgendwo von Steinhäusern und Mauern Einhalt geboten wurde. Wie war ich erstaunt, dass beim Laufen über den Waldboden, auf den durch die hohen Baumkronen die Sonne flackerte, der Boden unter meinen Füßen federte. Und wie froh war ich, dass sich nirgendwo Wasser zeigte, kein Kanal, keine Lagune, kein offenes Meer sich auftat, die meine Schritte hinderten oder ihnen Einhalt geboten.

Auf meinen Reisen, die mich in all diesen vergangenen Jahren zu Konzerten an Orte am Meer und an solche auf festem Grund im Binnenland geführt haben, habe ich immer wieder gespürt, dass sich mein Herz vom Wasser ab- und dem Land zugewandt hat. Vielleicht ist diese Veränderung der Tonlage der Seele, die ich nicht bemerkt hatte, bevor sie schon eingetreten war, dem Alter geschuldet. Vielleicht hat sie mit dir, mit deinem Verschwinden zu tun, das sich als Schatten auf jedes Meer gelegt hat. Vielleicht auch gebe ich jetzt einfach einer Regung nach, die ich mir, ohne dessen gewahr zu sein, in meinem bisherigen Leben nicht erlaubt habe. Ich habe immer wieder über den möglichen Grund nachgedacht, eine Antwort in letzter Instanz jedoch nicht gefunden.

In Mailand, das ich für eine architektonisch und in ihrer ganzen Gliederung nicht sonderlich geglückte Stadt halte, habe ich mich wohlgefühlt, wie ich ziellos in den Straßen der inneren Stadt und auf dem großen Platz vor der Kathedrale gegangen bin, die doch bizarrer aufragt und weit weniger harmonisch proportioniert ist als die Kirche von St. Markus, den blauen Himmel, die grünen und weißen Gebirge dabei stets vor Augen. Desgleichen in dem von Bergen umfassten Vicenza, der bis auf den Unterschied zwischen Lagune und Gebirge durch und durch venezianischen Stadt. Und äußerst angenehm war mir trotz der Kälte des frühen Frühjahrs in der doch sehr nördlichen Stadt Prag zumute, einer durch ihren Fluss Moldau, die Brücken, die über ihn führen, ihre anmutige Lage, das Schloss und die übrigen Baulichkeiten ganz außergewöhnlichen, die Seele besänftigenden Kapitale. Die Erinnerung an sie ist mir selbst noch bei dem Gedanken angenehm, dass meine Musik im Reich der Habsburger nie das nachhaltige Wohlwollen eines Fürsten gefunden hat. Wenig wohl gefühlt habe ich mich dagegen in der an drei Seiten vom Meer umgebenen Stadt Zara, einer venezianischen Besitzung an der mittleren dalmatinischen Küste. Ich kam zu dem Eindruck, zwischen dem allerorts drohend spürbaren Zuchtstock der Republik und der Trägheit der eingesessenen Bevölkerung klaffe eine so große Entfernung, dass sie durch militärische Bastionen, repräsentative Gebäude und selbst die anmutigsten Palazzi eher vergrössert statt vermindert werde. Das Publikum bei meinem Konzert bestand aus Offiziellen der Republik mit ihren Gemahlinnen sowie aus einheimischen Kaufherren und Notabeln samt ihren Familien. Meine Musik fiel ins Leere, fand im Saal keinen Widerhall, blieb durch den fehlenden Widerhall stumpf, wurde buchstäblich verschluckt. Hier interessierte sich niemand für die neue Musik. Die saßen zwischen Karstgebirge und Meer und versuchten, einander auszuhalten.

Von dort reisten wir per Schiff in die Stadt Spalato, in der ich mich noch weniger wohl gefühlt habe als zuvor in Zara. Gleich hinter dem Hafen haben sich die Bewohner in dem ehemaligen Palast eines römischen Kaisers ausgebreitet. Ich konnte mich der Vorstellung nicht erwehren, man habe aus einem Palast, der einst ungeheure Ausmaße besessen haben muss, einen grossen Stall gemacht. Wäsche flatterte zwischen römischen Säulen und unter nutzlos gewordenen Bogenreihen. Ziegen spazierten dazwischen herum, und immer wieder stiegen Menschen aus unterirdischen Gewölben und Verliesen ans Tageslicht. Und auch wenn aus diesem Wirrwarr, diesem Meer aus Steinen eine schöne Kathedrale hervorsticht, die mir begeistert gelobt wurde und deren Eingang von einem altägyptischen Fabelwesen bewacht wird, machte doch die ganze Stadtanlage den Eindruck eines Biwaks, eines provisorischen Lagers, dessen Beengtheit und Zufälligkeit auf das Stärkste mit der vergangenen Größe und Erhabenheit kontrastierte. Ich fragte mich, wessen Sinnes die Bewohner dieser Stadt sein mussten, der sie über Jahrhunderte in einem Provisorium hausen ließ. Auch in Spalato schienen die Besucher meines Konzerts, Beamte und Notabeln abermals, eher einer ungeliebten Pflichtübung nachzukommen als ihrem inneren Antrieb.

Danach folgte der Besuch in der wiederum weiter südlich gelegenen Stadt Ragusa, die wie Venedig eine eigene Republik, wenn auch von erheblich geringerer Ausdehnung, bildet. Und als Abgesandte Venedigs wurde ich in dieser vorgeblich weltoffenen, den Künsten seit jeher aufgeschlossenen und zugetanen Stadt auch empfangen: mit höflichem Argwohn. Denn Ragusa hat sich stets zwischen den übermächtigen, aber durch Geschenke und Tribute leicht zu besänftigenden Osmanen, deren Reich gleich hinter den nächsten Bergen beginnt, und der einzig und mitunter schroff ihre eigenen Interessen verfolgenden Republik von San Marco behaupten müssen. Der zu meiner Überraschung eigens angereiste Gesandte Ragusas bei der Republik Venedig, dem ich nie zuvor begegnet war, wachte über jeden Schritt, den ich in seiner Stadt tat und war dabei ständig bemüht, in Prävention jedes erdenkliche Missverständnis zu verhindern, das sich zu einer, ich weiß indessen beim besten Willen nicht welcher Verwicklung hätte weitern können. Ich fühlte mich durch seine andauernde Anwesenheit und Ausfragerei, die meine gesamte Begleitung und jedweden, dem ich auch begegnete, einschloss, bedrängt und unfrei. Das Gefühl bemächtigte sich meiner, er stünde in dem festen Glauben, es sei eine neue und besonders perfide Finte der Republik des Heiligen Markus, Abgesandte und Spione in Verkleidungen wie der meinen, einem musizierenden Frauenzimmer auszusenden. Und obwohl meine Einladung durch die Gesellschaft für Neue Musik eine private war, erhielten mein Besuch und das Konzert, das wir gaben, einen diplomatischen Anstrich, der mir wenig behagte. Statt in dem in einem Privathaus gelegenen Konzertraum unserer Gastgeber musizierten wir in einem Nebengebäude des Rektorenpalasts, waren mithin aufgenommen in das diplomatische Laufwerk und den Jahreskalender der Republik, aber gleichzeitig herabgestuft durch den uns zugewiesenen Raum, das Nebengebäude, was beides mit meiner Musik nichts, aber auch gar nichts zu tun hatte. Ich verabscheue die Einverleibung der Musik in die staatlichen Geschäfte, musste allerdings immer wieder erleben, dass sie unvermeidbar zu sein scheint.

Die Menschen, denen ich in dieser Stadt begegnete, waren höflich, zurückhaltend, ja beinahe verschlossen und steif. Sie sprachen italienisch zu mir, untereinander indessen einen mir völlig unverständlichen slawischen Dialekt, den sie vor vielen hundert Jahren aus dem Landesinneren mit an die Küste gebracht haben. Manche unter ihnen waren so hellhäutig und blond, auch von so starkem Körperbau, wie ich es bei Bewohnern eines so südlich gelegenen Landstrichs nicht erwartet hätte.

Die Stadt ist auf einer Halbinsel von hohen Mauern eingeschlossen und wird von mächtigen Festungswerken auch gegen die Landseite flankiert. Nur durch einen Streifen allmählich ansteigenden Landes mit Feldern, Gehöften, Sommerhäusern und Weingärten getrennt, erhebt sich in ihrem Rücken ein kahler Berg, der in ihrer Sprache den Namen Srd trägt. Das Meer ist in Ragusa, ganz so wie in Venedig, stets gegenwärtig und bestimmt, direkt oder indirekt, den Tages- und den Lebenslauf seiner Bewohner. Aber im Unterschied zu Venedig bleibt es unsichtbar, es sei, man steigt auf Umgänge der Mauern oder tritt durch das einzige Tor zum Hafen hinaus. Ich habe mich überwacht und bedrängt und ich habe mich eingesperrt gefühlt an diesem Ort, den zu erkunden man kaum länger als einen halben Tag benötigt, wo man sich von der Welt abgetrennt fühlt und die Bürger, die man gerade noch im Schlafrock eine Gasse hat queren sehen, auf dem Platz der Loggia und der schnurgeraden Straße, die zum ihm hinführt, herumstolzieren und eine lächerliche Etikette aufführen und dabei tun, als kennten sie einander nicht oder bestenfalls entfernt, weil andernfalls das ganze Paradieren und fein säuberlich abgestufte Grüßen seinen Sinn verlöre. Wo man mit ihnen in ein Gespräch findet, erkundigen sie sich unablässig nach unerhörten Nachrichten aus der Welt und sind stets der neuesten Mode aus Neapel, Venedig oder gar dem fernen Paris auf den Fersen, die mit ein paar Monaten oder gar Jahren Verspätung den Weg zu ihnen findet.

Nein, ich habe mich in diesen Städten am Meer nicht wohlgefühlt und war froh, als unsere dalmatinische Reise zu Ende ging und wir gegen Mitte Juni, die sommerliche Hitze hatte bereits eingesetzt, auf direktem Weg übers Meer nach Venedig zurükkehrten. Daheim war während meiner Abwesenheit meine

Mutter an einem unerklärlichen Fieber erkrankt, und Anna hatte die Pflege der nächtens mitunter Halluzinierenden übernommen, die tagsüber dem Fieber ein wenig entschlummerte und dabei doch immer schwächer wurde. Das Herz, sagten die Ärzte, die Anna einen um den anderen herbeigerufen hatte, ist schwach. Es ist die Krankheit des Alters, der letzten, der wir im Leben begegnen.

– Dass ich dich noch einmal zu sehen bekomme, mein Kind, sagte sie am Morgen nach meiner nächtlichen Rückkehr, bevor ich aus dieser Welt gehe, tut meiner Seele gut. Du warst so weit fort, und ich habe so sehr gehofft, dass du zurückkommen würdest, bevor ich deinem Vater wiederbegegne.

– Amen, Mama, gab ich zur Antwort, beugte mich zu ihr hinab, nahm sie in die Arme, die mir leicht und zerbrechlich wie ein Vogel schien, und schloss ihre Augen so sanft, wie ich vermochte, mit meiner Hand.

Sie schlief, mit einer kurzen Unterbrechung zu Mittag, da Anna ihr eine Gemüsebrühe mit dem Löffel einzuflößen suchte, bis zum Abend. Dann saß ich an ihrem Bett, hielt ihre Hand und beobachtete, wie ihre alten Augen glänzten, als seien sie von ihrem übrigen Körper losgelöst. Nach einer Weile sanken die Lider und sie schlummerte ein. Es ist das erste Mal in drei Wochen, sagte Anna am folgenden Morgen, dass sie die Nacht beinahe durchgeschlafen und nicht gefiebert hat.

Nach dem dritten Tag an ihrer Seite, wo mich Anna zu den Essenszeiten und während meiner übrigen Pflichten ablöste, weinte ich beinahe eine ganze Nacht lang. Die Trauer hat mich jählings, ohne dass ich auf sie vorbereitet gewesen wäre, überfallen, und die Tränen waren stärker als mein schwaches Gemüt. Als Anna am Morgen meiner verweinten Augen ansichtig wurde, legte sie, so lange ich zurückdenken kann, zum ersten Mal ihren Arm um meine Schultern. Die Trauer drohte mich erneut bei dem Gedanken zu überwältigen, dass sie von den meinen bald als Einzige übrig sein würde, nachdem ich bereits meine Kinder – der Allmächtige erbarme sich ihrer – wo nicht an den Tod, so doch an Gott verloren hatte.

Zwei Wochen danach starb meine Mutter, sie erlosch im Schlaf. Wir fanden sie am Morgen mit kalten Gliedern und geschlossenen Augen auf der Seite liegend in ihrem Bett. Sie hatte zum Schluss weniger unter dem Fieber gelitten, ruhiger geatmet, viel geschlafen, aber kaum noch Nahrung zu sich genommen. Das Essen beschwert mich, sagte sie mit schwacher Stimme. Ich muss nicht mehr essen, ich fühle mich wohler so. Dem fragenden Blick Annas, die mit der Suppe in der Türe stand, begegnete ich mit einem Augenwink. Meine Mutter sah mich mit diesem dankbar glänzenden Blick an. Es waren nur wenige Personen, die sie zu Grabe geleiteten. Ein paar alte Männer, die mir nicht ausnahmslos bekannt waren, einige alte Freundinnen, die ich seit Kindertagen kannte, Anna, Cavalli, dem ich sein Kommen, mit dem ich keinesfalls gerechnet hatte, hoch anrechnete. Martino war nicht erschienen, als wollte er sich dafür rächen, dass sie ihn zu ihren Lebzeiten nicht gelitten hatte.

Mir war, ganz als sollte der Kreis sich schließen, während der letzten Lebenstage meiner Mutter etwas Seltsames widerfahren. Ich war, nachdem Anna mich in der Krankenwache abgelöst hatte, aus dem Haus gegangen. Ich verspürte das Bedürfnis, allein zu sein, das mich heutzutage viel häufiger überkommt als in meiner Jugend, wo ich die Menschen wohl noch als Lichtgestalten des Wissens und Könnens betrachtete und mit mir selbst, meinen Gedanken, die ich alle schon einmal gedacht hatte, wenig anzufangen wusste. Ich wollte gehen und im Gehen, wie ich das seit vielen Jahren tue, all das bedenken, was mich bedrängte. So bin ich, ohne auf den Weg zu achten, ohne Ziel durch die Stadt gelaufen. Und ohne zu wissen, wie ich hergekommen war, fand ich mich unversehens auf der Giudecca am Eingang jenes Hofs wieder, zu dem ich an einem grauen Herbstnachmittag vor vielen Jahren schon einmal gelangt war. Ob es wirklich der nämliche, von grauen Häusern umstellte Innenhof war, vermag ich nach all der Zeit nicht einmal mit ganzer Bestimmtheit zu sagen.

Damals war ich, angezogen von der fremden Musik der fremden, musizierenden Frauen an einem dunklen Herbstnachmittag an diesen Ort geraten. Jetzt hingegen war Sommer, und ich hatte die Musik, vielleicht stand der Wind ungünstig oder ich war zu sehr in meine Gedanken versunken, nicht wahrgenommen, bevor ich schon fast vor dem Hofzugang angekommen war. Ich hatte die lange zurückliegende Begegnung unter den sich türmenden Jahresringen, all den Ereignissen, die unsere Erinnerung mit fortschreitender Zeit verstellen, beinahe vergessen. Als ich kurz vor dem Hof um eine Ecke bog, war es ein unerwartetes Wiedererkennen. Eine Saite schlug an, augenblicklich war mir die fremdartige Musik wieder im Ohr, standen die Bilder der Frauen wieder vor meinem Auge. Ich blieb in der Mitte des Eingangstors stehen.

Wieder, diesmal unter sonnigem Himmel, schienen die Häuser ringsum verlassen oder unbewohnt. Niemand zeigte sich in einem Fenster oder Eingang. Wieder lagerten in der Mitte des leeren Hofs Frauen, Kinder, Halbwüchsige. Ein paar Ziegen und Maulesel standen ein wenig entfernt. Dieses Mal aber waren auch ein paar wenige Männer zugegen, die Holz herbeibrachten, mit Gerätschaften hin- und hergingen, sich bei den Tieren zu schaffen machten, den Hof durch das gegenüberliegende Tor verließen. Aber auch diesmal waren es allein die Frauen, die zu zweit oder dritt sangen oder aber sich als Einzelstimmen abwechselten, die gitarrenähnlichen Instrumente spielten und Flöten und Hörner bliesen. Und auch jetzt wieder wurden zu meiner Überraschung die Passanten in den umliegenden Gassen von diesem ungewöhnlichen Schauspiel nicht angelockt. Es war mir, als sei nur ich allein in der Lage, diese Musik zu hören, als spiele sich die ganze Szenerie an einem unsichtbaren Ort ab, durch unsichtbare Mauern vom Rest der Stadt abgetrennt.

Die Musik, die die Frauen auf ihren Instrumenten hervorbrachten, war laut, sie klang für unsere Ohren fremd mit ihren seltsamen Sprüngen und Intervallen; der Gesang der Einzelstimmen wie jener der zwei oder drei, in den mitunter wie ein Chor weitere einfielen, war nicht moduliert, er klang absichtsvoll hart, ja bisweilen schrill und schien auf keinen Punkt hin angelegt, weder war er dramatisch gesteigert noch fiel er ab, er setzte sich einfach ohne Höhen und Tiefen fort.

Einem Impuls folgend ging ich in die Mitte des Platzes zu ihnen hin, als sie Spiel und Gesang, die bis dahin auf unabsehbare Zeit weitergehen zu wollen schienen, abrupt, ohne jede Vorankündigung beendeten. Ich wollte sie befragen zu ihrem Gesang und zu ihren Instrumenten, begriff indessen rasch, dass sie kaum mehr als ein paar Brocken Italienisch verstanden und zusammenbekamen. Wie hätte ich ihnen da Fragen stellen sollen zu Modulation, Intervallen und untemperierter Musik. Sie schienen sich jedoch von meinem Interesse, von meinen hilflosen Fragen keineswegs belästigt zu fühlen, lächelten, zeigten mir bereitwillig ihre Instrumente her, luden mich ein, mich zu ihnen zu setzen und boten mir Brot und Ziegenmilch an. Nun hatte ich zwar unterdessen verstanden, dass ich wohl nichts in Erfahrung bringen würde, konnte ihre Einladung aber schlecht ablehnen, ohne ihre Gastfreundschaft zu verletzen. Also ließ ich mich nieder, nahm das gereichte Brot, trank ein wenig Milch und hörte zu, wie sie sich in einer kehligen, mir unbekannten Sprache austauschten, wobei sie ganz offenkundig auch über mich, ihren Gast sprachen, der ihnen so fremd sein musste wie sie mir fremd und beinahe unwirklich erschienen. Eine zeigte mit dem Finger auf die Kette an meinem Hals, eine andere berührte den Saum meines Kleids und zeigte ihn einer Nachbarin. Zu welchem Zweck sie denn hergekommen seien, wollte ich wissen, um nicht völlig stumm und unbeteiligt dazuhocken. Sie lächelten mich an. Und woher kamen sie? Wo waren sie zu Hause? Sie lächelten erneut. Ich würde nichts, gar nichts erfahren. Ich blieb noch eine kleine Weile und lauschte ihnen, dann erhob ich mich, bedankte mich im Kreis herum mit Gesten, die mit Verneigungen erwidert wurden, und verließ den Hof. In meinem Rücken hoben Gesang und Spiel wieder an.

Natürlich war es ein völlig hoffnungs- und sinnloses Unterfangen gewesen, diesen Frauen, die einem balkanischen oder Zigeunerstamm zugehören mochten, Auskünfte zu ihrer Musik entlocken zu wollen. Ihre Kunst war es, Instrumente und Weisen zu beherrschen, die ohne kompositorischen Plan und theoretische Begründung auskamen und ohne Notenblätter an sie weitergegeben worden waren. Ich glaubte, bisweilen türkische und vielleicht arabische Spuren aus ihrer Musik herausgehört zu haben. Vielleicht stammten sie ja aus den osmanischen Bergen des Balkans. Was aber machten sie auf einem Innenhof mitten in Venedig? Und wie hatten sie es geschafft, die hochmögenden Instanzen der Republik zu überzeugen, ihnen Zutritt zur Stadt zu gewähren? Alles an dieser Begebenheit würde für mich auf immer ein Rätsel bleiben.

Ich habe eine lange Zeit gebraucht, habe die finanziellen und die rechtlichen Möglichkeiten und Schritte prüfen, die Beziehungen zu den Menschen meiner Umgebung abwägen, die

Folgerungen für meine Existenz als Mitglied der Gesellschaft in Anschlag bringen und mir meiner eigenen Bedürfnisse sicher sein müssen. Doch dann stand mein Entschluss fest.

Cavalli, der Berühmte und Betagte, dem ich ihn als erstem mitteilte, war nachdenklich und sichtbar betroffen.

– Sie entziehen unserer Musik eine unverwechselbare Stimme, einen weit über unsere Grenzen geschätzten Genius, ihre weibliche Muse. Können Sie das vor sich verantworten? Sie haben ihr ganzes Leben für die Musik, aber, vergessen Sie es nicht, auch von ihr gelebt. Und dies meine ich, Sie verstehen es wohl, am wenigsten in einem platten materiellen, dem pekuniären Sinn.

– Das stimmt wohl. Sie haben Recht. Aber ich werde, wenn noch Melodien in mir sind, auch weiterhin komponieren können.

– Sie haben seit Ihrem zweiten Opus mit großer Beständigkeit Musik komponiert. Aber Sie wissen so gut wie ich, dass unsere Musik vom Vortrag lebt, von der Präsenz des Künstlers, von der Inszenierung.

– Ich habe es nie bis zur Aufführung in ein Opernhaus geschafft, es nie versucht. Also werde ich doch wohl den Hinfall meiner privaten und öffentlichen Konzerte verwinden.

– Das klingt bitter.

– Die Wahrheit, Maestro, ist, dass ich, wie Sie gesagt haben, bis anhin für die und von der Musik gelebt habe. Ich möchte ernsthaft versuchen, weder für sie noch von ihr zu leben, sondern ein Leben zu führen, das ich nie gelebt habe, in dem die Musik anwesend sein mag, aber nicht länger sein muss. In dem die Wiesen des Festlands vorkommen, der Wind, der über sie hinstreicht, die wechselnden Farben der Berge am Horizont, die sich verändernden Tönungen des Lichts und ihre große Gleichgültigkeit uns und allem gegenüber. Aus all dem hoffe ich, vieles noch und erst jetzt zu lernen, vielleicht sogar für meine Musik, die ihren Ausgang stets nahm und bestimmt war von der Poesie der Poeten, nicht aber von jener der Wolken, der Dämmerung, der menschenleeren Landstriche an einem grauen Morgen. Ich will versuchen, ein Leben zu leben, das von Menschen und von Musik weniger bestimmt und bevölkert ist als mein bisheriges.

Ich hoffe nur, Sie, dem ich so vieles verdanke, möchten meine Beweggründe nicht gänzlich verwerfen, vielleicht sogar ein wenig verstehen.

– Ich muss Ihre Entscheidung, sagte er vorsichtig, wohl hinnehmen, wo ich sie mit meinem Geist nicht nachvollziehen kann. Aber ich verhehle nicht, dass sie mich betrübt. Und wie sie die Inspiration für Ihre Töne ohne Worte und in den Wolken und der von Ihnen behaupteten Gleichgültigkeit der Natur finden wollen, wo es doch darum geht, ihre Seele zu zeigen, will mir nicht in den Kopf. Vielleicht brauchen Sie eine Weile, um auszuruhen von den Anstrengungen vieler Jahre, Signora. Ich wünschte mir jedenfalls, Sie blieben unserer Musik verbunden.

Ich spürte, dass er seine Worte ernst meinte, und fühlte, wie sie mich beschwerten.

Der Bankier, der mir wohlgesinnt war, seit ich die zerrüttet hinterlassenen Finanzen meines Vaters in Ordnung gebracht hatte und mich seither zuverlässig und uneigennützig beriet, als ein Freund der Musik und meiner Kunst, wie er sagte, rechnete mir aus, dass ich, die ich fortan nur mehr für mich allein aufkommen musste, bei einigermaßen sparsamer Lebensführung von den Zinsen des kleinen Kapitals, das ich angehäuft hatte, auch im ungünstigsten Fall der Entwicklung von Zins und Zinseszins eine gute Weile würde leben können.

– Länger, Signora, wenn Sie mir die Bemerkung gestatten, die einzig bestimmt ist, Ihnen in dem hiesigen Leben alle Zweifel zu nehmen, länger als es nach menschlicher Erfahrung notwendig sein dürfte.

Die Äbtissin des Klosters auf der Terra ferma südlich von Treviso, das ich ausgesucht hatte, weil ich früher einmal in seine Nähe gekommen war, erklärte sich nach einem langen Gespräch, in dem ich es vermied, von der Gleichgültigkeit der Natur und meiner Gleichgültigkeit dem Leben gegenüber zu sprechen, bereit, mir Gastrecht zu gewähren. Wir legten einvernehmlich meine Rechte und Pflichten innerhalb der klösterlichen Gemeinschaft fest, die mich zumindest teilweise aufnehmen würde. Zum Abschluss sagte sie:
– Ich freue mich, Sie bald in unserer Mitte, fernab von den Unbequemlichkeiten und den Eitelkeiten der Stadt, willkommen heißen zu dürfen. Für unser Kloster ist es zwar eine Novität, eine Künstlerin zu beherbergen, aber die Frauenklöster, Sie wissen es wohl, haben in der venezianischen Musik immer einen wichtigen Pfeiler gebildet, in ihnen sind die jungen Frauen mit ihren engelsgleichen Stimmen vor den törichten Verlockungen der Welt geschützt. Unsere Schwestern musizieren gerne und viel, und die Anwesenheit einer Tonsetzerin und Virtuosin von Ihrer Reputation gereicht ihnen zur Ehre.

Nach so vielen erlebten und geträumten Orten bin ich froh, mich an einem so gar nicht zwischen zwei Elementen schwankenden, einem so grünen und eindeutigen Ort in den Schlaf betten zu können, gab ich zurück und wurde, noch während ich sprach, gewahr, dass die Oberin mich unmöglich verstehen konnte.

Martino schien, als ich ihm meinen Entschluss notgedrungen mitteilte, nicht sonderlich überrascht. Der Grund für seine Regungslosigkeit war wohl, dass er ihn nicht weiter interessierte. Nachdem du spurlos und ohne Wiederkehr in Morea verschwunden bist – wie viel Zeit, gelebte Zeit und geträumte Zeit, ist seither vergangen –, hatte ich ihm nicht mehr erlaubt, sich mir als seiner Muse zu nähern. Ich brachte es nicht mehr über mich, bei diesem Spiel, dieser Scharade mitzutun, die galant begann und die Musik dann doch stets als Brücke zur körperlichen Vereinigung nahm, als Vorwand für das Ablegen der Kleider und für intime Berührungen, zu denen ihm ohne die karnevaleske Maskerade der Mut, vielleicht auch der Antrieb gefehlt hätte. Früher einmal hatte ich bei diesen erotischen Arrangements in wortlosem Einverständnis mitgetan, hatte mich geschmeichelt gefühlt, begehrt geglaubt, gemeint, dies gehörte zu meiner Musik hinzu, weil ich es anders nie erlebt hatte. Frauen wie ich waren in der Welt der neuen Musik, es sollte ja sein wie bei den Alten, stets Musen und Hetären zugleich. Das ist lange her, und ich habe mich längst schon auf die Tonsetzerei zurückgezogen, und bei den nicht mehr sehr häufigen Konzerten blieb ich unnahbar. Für Martino scheint dieses Spiel die einzige Möglichkeit, mit der Musik, der Liebe, dem Leben in Verbindung zu treten. Nur als Inszenierung gelingt ihm dies. Alles andere ist Handel, Geschäft, tägliche Verrichtung. Er kann, so habe ich oft bei mir gedacht, keine tiefen Wurzeln ins Leben geschlagen haben, keine wirkliche Verbindung besitzen zur Liebe, zum Schmerz, weder zu unserer kreatürlichen Natur noch zu dem, was sie, schmerzlich oft, durch zähe Anstrengung oder einen Funken des Genius übersteigt.

Er hatte wohl gedacht, er könnte, nachdem eine Weile seit deinem Verschwinden verstrichen war, sein Spiel wieder aufnehmen. Das Los seiner, unserer Kinder, das ihm doch klar vor

Augen stehen musste, hielt ihn nicht davon ab. Nachdem ich ihn mehrfach und nachdrücklich abgewiesen hatte, was ihn in seiner Eitelkeit fühlbar kränkte, kühlte unsere Beziehung merklich ab. Er ließ sich kaum noch in meinem Hause blicken. Mir war es recht. Er mied mich, und ich benötigte ihn nur in äußerst seltenen Angelegenheiten. Ich bedauerte rasch, dass ich zu ihm gegangen war, um ihm meinen Entschluss persönlich mitzuteilen und nicht durch ein paar Zeilen wissen zu lassen. Es war ihm gleichgültig, was ich tat. Als Muse, so wird er sich die Sache zurechtgelegt haben, war ich ihm mittlerweile zu alt geworden. Er hatte schon vor einer Weile eine neue, jüngere Freundin gefunden, eine Sängerin, die er sich, wohl weniger aus Feinfühligkeit sondern eher, weil es durch den Zufall so gekommen war, nicht in meiner Umgebung gewählt hatte.

Der Gang zu den Unisoni war mir der schwerste, wiewohl ich die Leitung der Accademia, die mein Leben bestimmt hat, schon vor geraumer Zeit in andere Hände gegeben habe, in die einer kleinen Schar von Sängerinnen und Musikerinnen, mit denen ich in den vergangenen Jahren gearbeitet habe, unter denen eine einzige sich schüchtern auch der Tonsetzerei verschrieben hat. Unser Konzert, zu dem das Publikum in großer Zahl drängte, wurde bejubelt. Ich musste, schon bevor wir mit unserer Musik begannen, geloben, einmal im Jahr zu einer musikalischen Soiree zurückzukehren, der Akademie, die mein Vater einst begründet hatte, verbunden zu bleiben. Ich hätte an diesem Abend alles mir Mögliche und Unmögliche versprochen, so erleichtert war ich, diese letzte Pflicht, deren Erfüllung mich noch von dem neuen Leben trennte, nun bald getan zu haben. Es war früher Sommer. Der Abend stand hoch und unendlich weit vor den offenen Fenstern. Ich fühlte mich von den fernen schneeweißen Bergen, gegen die ich blickte, und dem Grün der

Hänge, das sich bis zu uns hinzog, umschlossen wie in einer Schale und auf seltsame Weise eins mit mir. Es war, als sei die Zeit kaum vergangen, und doch wusste ich, dass sie zu Ende war. Vor den hohen Fenstern standen ein paar Bäume in dem noch hellen Grün des Frühlings. Ich konnte mich an ihrem Anblick freuen, konnte mir ganz ohne ein Ziel und eine Absicht die Verheißung zurückrufen, die ihr Anblick auslöst, mit der mich nichts mehr verband. Es war, als sei ein Schleier gehängt zwischen mich und die Welt. Ich war in der Fremde angelangt. Ich war zu Gast, und dieser neue Zustand erweckte in mir weder Kummer noch Wehmut.

Zuletzt suchte ich deinen Bruder auf. Ich hatte ihm, den ich bislang nichts von meiner Absicht hatte wissen lassen, meinen Besuch angekündigt, und er war, so schien mir, auf eine gewichtige Mitteilung vorbereitet, als ich sein Kontor betrat.
– Sie waren mir, sagte ich, nachdem ich ihm meinen Entschluss in möglichst knappen Worten dargetan hatte, eine Stütze zu einer Zeit, da mir Hilfreiches von Menschen, Sie werden verzeihen, schon nicht mehr kommen konnte.
– Ich verstehe Sie gut, Signora, und habe selbst nichts weiter als Selbstverständliches getan. Er schien in seine Gedanken fortzugleiten, war aber sogleich wieder bei sich. Zögern Sie nicht, ich bitte Sie, mich zu benachrichtigen oder aufzusuchen, wo Sie glauben, ich könnte zu Nutzen sein.

Ich erhob mich. Er war die ganze Zeit neben seinem Pult gestanden.
– Es tut mir von Herzen leid, Mariana. Er küsste mich auf die Wange. Es tut uns beiden ein Leid. Er drehte sich um und geleitete mich bis zum Ausgang. Als die Tür sich hinter mir schloss, war mir, als hätte ich mich eben jetzt von dir auf immer verabschiedet.

So schließe ich nun auch meine Aufzeichnungen ab, die ich vor langer Zeit in der Hoffnung begonnen habe, sie möchten dir von mir berichten und uns in unser neues Leben führen. Wir werden schon etwas für uns zustande bringen. Nichts haben wir zustande gebracht. Niemand wird sie je lesen. Ich lasse sie hier in einer Schublade in diesem Haus zurück, für das ich Anna das Wohnrecht auf Lebzeit verschrieben habe.

21. Kapitel

Am Ende eines Vormittags gegen Mitte Februar beschrieb er das letzte Blatt. Was er zu erzählen hatte, war auf- und fertiggeschrieben, er hatte kaum bemerkt, wie er sich dem Ende näherte. Der Mittag stand grau und windig vor dem Fenster seines Schlafzimmers, das gleichzeitig am Tisch gegenüber der Tür in den letzten Wochen sein Arbeitsraum gewesen war, sein imaginiertes Zentrum, Zuflucht und Fixpunkt, das er nicht allein aufgesucht hatte, um zu arbeiten, vielmehr auch, um sich seiner selbst zu vergewissern inmitten einer ihm unbekannten Gegend, befremdlicher Zeitläufte, des ihn fliehenden Lebens. An manchen Stellen wurde das Grau von der Sonne aufgehellt, aufgeweicht und während Augenblicken gar strahlend durchbrochen. Um diese Tageszeit begann das Licht jetzt, mit Wolken und Nebeln vom Wasser an einem Himmel zu ringen, der voll heroischer Bewegung war. Daheim am Computer würde er die endgültige Fassung erstellen müssen, die ihn, auch wenn er im Augenblick ein Gefühl der Erleichterung verspürte, sicherlich noch vor mancherlei Probleme stellen und unvorhergesehene Schwierigkeiten auftun würde, in die für kurze Zeit die ganze Komposition zu versinken drohte. Wann war eine Geschichte zu Ende erzählt? Wann war sie zu Ende? Wann abgelebt? Er mochte nicht daran denken. Erzählte und gelebte Geschichte, erzählte und gelebte Zeit gingen ihm durcheinander. War das nicht alles eins, war es nicht, als griffen wir uns eine kleine Spanne Zeit, ein kleines Stück einer nicht endenden Geschichte, um sie zu leben, um sie zu erzählen, wie wenn die gelebte, die erzählte Geschichte ein Ende hätten und einen Anfang?

Er war von der Arbeit ermüdet und matt, von der Einsamkeit, dem Unbekannten, all dem Gesehenen und Aufgenommenen momentan aus dem Ruder gebracht, sagte er sich, das war ganz normal. War aber eine Geschichte einmal erzählt, war sie nicht wiederholbar, nicht nochmals und anders zu erzählen. Die Endfassung würde ihn, alle die Dinge hinzugerechnet, die zu Hause zwischendrin passierten, Anrufe, Besuche, Anfragen und Aufträge, noch auf Wochen hinaus beschäftigen. Und doch war seine Arbeit beendet. Jetzt kam nur noch der Änderungsschneider zum Zug. Und das hieß vor allem, er musste sich darauf vorbereiten, wieder zu leben, ohne bloß zuzuschauen und hinzusehen, sein Leben ohne eine Beschäftigung fortzuführen, die sich in Sätzen, Abschnitten und Kapiteln zutrug. Ein paar Tage noch würde er mit Exkursionen zu unbekannten Schauplätzen und Besuchen versunkener Geschichte zubringen können, dann aber musste er zurückkehren, leben, und er wusste nicht, wie er das anstellen würde.

Es war ein windiger und leicht regnerischer Frühnachmittag, als er aus dem Dorf aufbrach. Er hatte noch, wie ihm aufgetragen worden war, die Zitronen und Orangen von den niedrigen Bäumen im Garten hinter dem Haus genommen, sie verpackt und im Kofferraum verstaut, eine kleine Mahlzeit mit den Resten, die sich im Vorratskasten und im Kühlschrank fanden, zubereitet und zu sich genommen, die Abfälle in die Tonne im Hof gegeben, das Haus, so hoffte er, fest verschlossen, den Wagen beladen, bestiegen und durch den langgestreckten Ort schließlich auf die Hauptstraße geführt. Von dort ging alles wie von selbst. Er fuhr auf die Autobahn und erreichte nach zweistündiger monotoner Fahrt unter einem grauen Allerweltshimmel mit wenig Verkehr, da es ein Wintersonntag war, den Hafen von Patras. Er reihte sich ein in die Schlange der abgestellten Autos, schloss seinen Wagen ab und ging die wenigen Schritte zur Altstadt, um eine Bar zu finden, vielleicht Zeitungen und ein Restaurant zum Abendessen, denn die Einschiffung sollte frühestens anderthalb Stunden vor Mitternacht beginnen. Ausländische Zeitungen gab es keine. Dagegen fand er ein Restaurant, das diese Bezeichnung wirklich verdiente, in dem er seit vielen Wochen zum ersten Mal ein einigermaßen gepflegtes, kein Tavernenessen jedenfalls zu sich nahm. Der Wirt sprach, wie es früher in den Hafenstädten üblich gewesen war, Italienisch und lud ihn ein, sich in der Küche sein Essen selbst auszusuchen. Es gab Keftedes, mit Hackfleisch und Pistazien untermischten Reis in Weinblättern, Mousaka, Speisen, derer er seit einem kurzen Besuch bei Freunden in Athen nicht mehr ansichtig geworden war.

Nach dem Essen schlenderte er durch die Duty-free-Auslagen im Hafen und wusste erneut nicht, für wen er Parfum, Zigaretten, Whisky oder noch überflüssigere Waren, die gestapelt und getürmt waren und nach Verbrauch zu rufen schienen, hätte einkaufen können. Er starrte auf den Überfluss und wäre doch nicht auf den Gedanken verfallen, etwas aus diesem Angebot für sich selbst zu erstehen. Er drehte rauchend mehrere Runden um die Hafenanlage, setzte sich in sein Auto, wartete, stellte das Radio an, hörte abwesend griechische Musik, stieg erneut aus. In den milden Winterabend mischte sich spürbar aufkommender Wind, der immer stärker auffrischte und zum regelrechten Sturm wurde, vor dem er abermals im Wagen Schutz suchte, während das Fährschiff aus Venedig ausblieb, ohne dass die Hafenbehörde es für nötig befunden hätte, die Wartenden über die noch zu erwartende zeitliche Verzögerung, ihre Ursache und die voraussehbaren Folgen zu informieren.

Das Warten wurde nach und nach zur Qual, zum sturmdurchzogenen Halbschlaf, in dem das schlaftrunkene Gemüt sich mehr schlecht als recht einrichtete. Die Glieder schmerzten in jeder neuen unbequemen Sitzhaltung nach wenigen Minuten, und an ein neuerliches Aussteigen war bei dem Sturm und Regen, die über das Hafengelände fegten, nicht zu denken. Es war nach ein Uhr nachts, als sich der Bug des sonderbar schmalen und hohen Fährschiffs endlich unerwartet vor der Kaimauer zeigte. Nach einer kleinen Ewigkeit begann das Ausschiffen, das nicht enden zu wollen schien. Mehrere Male, als er glaubte, nun habe das letzte Auto den Schiffsbauch verlassen, folgte nach kurzer Zeit ein weiterer Lastwagen. Danach das Warten, bis man selbst an der Reihe war. Es war kurz vor zwei Uhr, als er sein Auto endlich in das gewaltige Schiffsinnere fuhr, eine Tasche mit Wäsche und Toilettenartikeln griff und sich hinaus und über eiserne Stiegen und durch schmale Korridore hochzwängte zum Empfang, wo man ihm nach abermaligem Warten eine winzige Kabine anwies. Die Bar auf dem Oberdeck war geöffnet, und er beschloss, vor dem Schlafen ein Bier zu trinken. Auf seine Frage nach dem Grund für die Verspätung antwortete der Steward hinter dem Tresen, das Schiff sei vor der albanischen Küste in schwere See geraten, die sich erst bei der Einfahrt in den Golf von Patras ein wenig beruhigt habe und sie auf der Rückreise mit Sicherheit erneut erwartete.

Am nächsten Morgen erwachte er, weil ihm übel war. Der Schiffsrumpf stampfte und schlingerte, tauchte nach vorne ab und drehte sich gleichzeitig in der eigenen Achse seit- und inwärts, und vor dem Bullauge kippte der Horizont der Wasserlinie weg und kehrte zurück. Er ging hinauf in die Bar, bestellte schwarzen Kaffee und Wasser und setzte sich in dem großen Aufenthaltsraum mit einem Buch vor eines der hohen Fenster, so dass er die Linie des Horizonts ständig vor den

Augen behielt. Es schien, als sei er nur mehr von einer Wasserwüste umgeben. Am Horizont, gegen dessen Linie das Fenster auf- und abwärts rutschte, war die Scheide zwischen Himmel und Meer, auf dessen Oberfläche ununterbrochen weisse Gischtkronen zerstoben und mannshohe Wellen sich auftürmten und versanken, mitunter alleine noch durch die Schattierung von Grau schemenhaft zu erkennen. Aus dem Himmel fiel das Wasser wie an Leinen gezogen seitwärts oder geradewegs abwärts von oben ins Meer. Alles war Nässe, und alles war grau. Er las das letzte Drittel in einem Buch über eine Expedition zu Zeiten des Marco Polo und von Kubilai Khan, die irgendwo in den Sandstürmen der äußeren Mongolei an den Grenzen der Welt zerschellt.

Kurz vor Mittag erreichte die Fähre den albanischen Hafen von Vlorë, den er nur wegen seiner im Sturm dem Zerreißen trotzenden roten Fahne mit dem schwarzen Adler erkannte, die am Eingang zum Hafen aufgepflanzt war. Der Platz vor der Mole war beinahe menschenleer. Die wenigen Arbeiter und Offiziellen, die die Ankunft des Schiffs erwarteten, hielten sich in Öljacken gekrümmt gegen den Sturm oder ihre Mützen, die zu tragen ihnen offenbar aufgegeben war, mit beiden Händen auf ihren Köpfen fest. Nur wenige Lastfahrzeuge mit bulgarischen, griechischen oder türkischen Kennzeichen und ein kleiner Uno – Konvoi mit seinen blauen Flaggen verließen das Schiff. Eine, eineinhalb Stunden Ruhe für Mägen und Eingeweide, ohne dass sich der Aufenthaltsraum merklich gefüllt hätte.

Am frühen Nachmittag dann liefen die Maschinen unter Rumoren und Stampfen im Rückwärtsgang, drehte das hohe Fährschiff vor dem Ausgang der Bucht und war alsbald erneut dem Sturm preisgegeben. Er bestellte noch einmal schwarzen Kaffee und Mineralwasser und setzte seine Lektüre trotzig fort, deren Ende schon entschieden war, alleine seine Umstände nicht, den Blick immer wieder auf den Horizont gerichtet. Der große Raum blieb weiter merklich leer, und bei einem Gang in die Tiefe, in der sich seine Kabine befand, um Zigaretten zu holen, drang durch die Türen der niedrigen Gänge mancherorts vernehmliches Stöhnen. Beim frühen Einbruch der Dunkelheit wurde die See ruhiger, und der sintflutartige Regen hatte aufgehört. Zum Abendessen gönnte er sich anstelle der Selbstbedienungskantine das Restaurant, das zu seiner Überraschung gut gefüllt war. Es war ein wenig, als feierte man die Wiedergeburt aus dem Meer. An den Tischen ging es zumeist laut zu. Die Fernfahrer, die das Gros der Gäste bildeten, bestellten Ouzo, Wein, Mousaka zur Vorspeise und große Portionen Hammelfleisch. Von irgendwoher, das Restaurant verfügte wohl über eine eigene Musikanlage, erklang wieder griechische Musik. Die aus Patras und Piräus kamen, aus Athen und Saloniki und unterwegs nach Holland und Skandinavien, nach England und Polen und eigentlich nur in den Fahrerkabinen ihrer rollenden Ungetüme daheim waren, tafelten mitten in der Adria, inmitten all der Nässe des Meers und des Himmels zu der Musik, die sie auf all ihren Wegen durch Europa begleitete. Er fühlte sich plötzlich sehr verloren an diesem einsamen, begrenzten, höchst unsicheren und wohl kaum zufälligen Ort, dem Purgatorium.

Die Einfahrt in die Lagune am nächsten Tag kurz vor Mittag verfolgte er an der Reling des Oberdecks, sah, wie sich zunächst flache Landstreifen aus den Nebeln und dem Wasser schälten, auf denen dann Buschwerk wuchs, das sich unter den Wind zu ducken schien, dem später niedrige Nadelbäume folgten, deren schräg gegen die offene See gestellte Schirme offenbar dem gleichen Zweck dienten. Das Schiff hatte seine Fahrt verlangsamt, es war weniger kalt als auf dem offenen Meer, aber noch immer erblickte das Auge ausschließlich Schattierungen von Grau, vom weißlichen der Wolken- und Nebelschwaden über die Schieferfarbe des Wassers bis zum Schwarzgrau der Baumstämme, sogar der immergrüne Nadelwuchs changierte zu Grau. Die ersten Baulichkeiten, die er erblickte, brachten dann ein paar Farbtupfer zurück in die Welt, rote und gelbe Fischerhäuschen, braune Backsteinbauten hinter verrotteten Gitterzäunen mit erblindeten Fenstern oder schwarzen Augenhöhlen.

Die Fähre befand sich nicht mehr in der offenen Lagune, fuhr vielmehr jetzt durch eine breite Wasserstraße, in die Seitenarme mündeten. Sie begegneten Fischerbooten, Lastkähnen, kleinen Fähr- und Linienschiffen, die zu den Inseln unterwegs waren. Die Häuser wurden zahlreicher, sie waren nun zwei- und dreistöckig und viele von ihnen farbig wie für eine andere Zeit als die jetzige. Es erschienen Brücken und Plätze mit kahlen Bäumen darauf. Das zu Beginn raue und wilde, hernach ländliche Panorama wurde zunehmend städtischer, wie wenn einem neue Bilderbogen hingeschoben würden. Sie waren zwischen Vorstadt und Stadt. Hier irgendwo an einem kleinen Platz, dachte er, unweit einem Brückchen aus Backstein mit weiß geschlemmtem Geländeraufsatz unter Bäumen, deren Blätter im Frühjahrswind gingen, hätte er gerne gelebt, unerkannt, in Frieden und anspruchslosem Glück.

Schließlich tauchte die bekannte Silhouette der Stadt auf, allerdings aus unbekannter Perspektive und in einer Abfolge, die er nicht erwartet hatte. Dort drüben glaubte er das Arsenal zu erkennen, und während er noch die Geographie der Stadt sich erinnernd vor Augen zu führen suchte, glitten unerwartet der Dogenpalast ins Bild, San Marco, der Campanile, die Piazzetta und gleich darauf schon Santa Maria della Salute, weil das Schiff nun nach Backbord in den Kanal abdrehte, der beim Passagierhafen endet. Er erblickte über die Schulter kurz Redentore, die Kirche des Palladio, sah ein paar wenige Touristen die Brücken über die kleinen Seitenkanäle an der Hinterseite der Giudecca hinauf- und hinabsteigen, und dann legte die Fähre an. Die Ausschiffung ging problemlos und im Vergleich mit der Einschiffung in Patras in der vorletzten Nacht rasch vonstatten. Er fuhr, ohne noch einmal anzuhalten, geradewegs Richtung Mestre und auf die Autobahn.

Bis Verona war das Land grau und schleierhaft vernebelt, so dass er mit eingeschalteten Scheinwerfern fuhr. Nachher würde er mit Glück aus dem Nebel in die Sonne hochsteigen. Die Vegetation war nun wieder nördlich, und er vermisste das während vieler Winterwochen gewohnte Grün der Zypressen, Pinien, Orangen- und Zitronenbäume. Hinter Verona stieg die Autopiste in die Berge, der Nebel blieb zurück, und nach Trient setzte leichter Schneefall ein, der in der Gegend um Bozen stärker wurde und auf dem Brenner in dichtes Schneetreiben überging. Der Schnee blieb auf der Fahrbahn liegen, und er fuhr, wo er konnte, in der Spur der Fahrzeuge vor ihm mit kaum mehr als vierzig Stundenkilometern, den Scheibenwischern im Schnellgang und mit ermüdender Konzentration, zumal jetzt die Dunkelheit einsetzte, bis hinunter nach Innsbruck. Er fand mit einiger Mühe den Hauptbahnhof, von wo er seine Freunde, nein, eigentlich waren sie Bekannte, die er höchstens alle Jahre einmal zu Gesicht bekam, anrief. Ihre Adresse am Stadtrand hätte er in dem immer noch dichter und flockiger fallenden Schnee nie und nimmer alleine gefunden.

In dem kleinen, von einem tief verschneiten Garten umgebenen Haus händigte er ihnen als erstes den Schlüssel des Hauses dort unten in dem winterdunklen, meerumspülten, winddurchfahrenen und von Katzen heimgesuchten Dorf aus, dessen

Bewohner sich höchstens flüchtig auf der Türschwelle ihrer nichtigen, halb schon hinfälligen oder nicht wirklich aufgerichteten Behausungen zeigten und nach dem er plötzlich ein nicht erklärbares Heimweh empfand. Danach übergab er ihnen, bevor sie sich zu Tisch setzten, die Säcke mit den Orangen und Zitronen, die er am letzten Tag seines Aufenthalts von den kaum mehr als mannshohen Bäumen des weitläufigen Gartens gepflückt hatte.

– Du solltest deine Heimfahrt wirklich nicht mit dem Auto fortsetzen, wirklich nicht mit dem Auto nach Hause fahren, sagten sie beide am Abendbrottisch beinah wie aus einem Mund und schauten sich dabei an. Die Nachrichten kündigen schwere Schneefälle und Lawinengefahr an. Ob der Arlberg morgen noch passierbar sein wird, weiß niemand.

Peter kommt in zwei Wochen beruflich in eure Gegend. Bis dahin wird sich das Wetter beruhigt haben. Er macht den kleinen Umweg, bringt dir dein Auto und fährt mit dem Zug zurück. Und du fährst morgen früh ebenfalls mit dem Zug nach Hause und wirst doch sicher eine Weile ohne Wagen auskommen.

Er ließ sich schließlich überzeugen, dankte für die Umsicht, die sie ihm angedeihen ließen, und bat für die Mühe, die er derart bereitete, um Nachsicht. Als er am darauffolgenden Morgen eine Fahrkarte für die Strecke durch den Arlberg, zum See hinunter und weiter bis über die Landesgrenze und heimwärts erstand, die er dem Mann hinter dem Schalterfenster wiederholen musste, schneite es noch immer oder aufs Neue. Bahnarbeiter in orangenen Westen waren beschäftigt, den Vorplatz, Parkplätze und Bahnsteige frei zu räumen, auf die in ihrem Rücken sogleich wieder dichter Schnee flockte. Den Arlberg hinauf zockelte der Zug von Station zu Station, und der Schnee fiel so dicht und schnell, als wollte er die Welt unter sich begraben. Nach dem Tunnel wurde er dünner, setzte schließlich ganz aus, und als am Bahnhof von Lech zwei Herren in Tiroler Tracht, wie sie von Angehörigen besserer Stände in diesen Gegenden getragen wird, sein Abteil betraten, war die Sonne hervorgekommen und der Winterhimmel leuchtete blau über den weißen Flanken und Gipfeln. Die beiden Neuankömmlinge schienen ein Gespräch fortzusetzen, das sie anderswo begonnen hatten. Jedenfalls unterhielten sie sich angeregt und immer wieder doch auch voller Ernst über Autotypen der gehobenen Mittelklasse, verglichen deren Vorzüge, Schwachpunkte und Preise, und die Sonne lachte ihnen ins Coupé.

Die Menschen überall auf der Welt, kam ihm mitten in ganz anderen Gedanken, aus denen die beiden ihn vertrieben hatten, in den Sinn, redeten, kaum zeigte sich das Wetter heiter, freundlich, von seiner verheißungsvollen Seite, nur noch über Banalitäten und aberwitzige Dummheiten. Ganz so, als erweiche ihnen der Ausblick auf einen rosigen Sonnenuntergang das Gehirn. Wie sie auch im Gegenzug bei schlechtem Wetter Pessimismus, Ressentiment und allerlei Apokalyptisches ankam. Die hier sprachen in ihrem Dumpfheit kündenden besseren Trachtentuch, derer sie sich nicht oder dann aber mit völlig anderen Vorzeichen wie Bodenständigkeit und kultureller Differenz bewusst waren, über Automarken und Benzinpreise, von wo sie auf Rendite und steuerliche Hinterkniffe zu reden kamen, als sei über sie, die Gerechten und Gesalbten unter Gottes Himmel, der Geist ausgeschüttet worden. Als sei der heilige Geist mitten unter Autohändlern und Steuerbetrügern erschienen. Als sei die übrige Menschheit, worunter Preußen und Proletarier sein mochten, eine Ansammlung uninspirierter Tölpel. So verhielt es sich wohl letztlich ja auch: der Geist, der Vater und Sohn in Schach hält. Der Geist des Vorteils gegen den Geist des Kreuzesmannes. Kaufen und verkaufen statt anderer Leute Schicksal in obskure Bahnen zu lenken. Insofern war alles zum Besten bestellt. Kaufhäuser statt Kreuzzüge. Oder die Kreuzzüge der Kaufhäuser gegen die Geldbörsen der Kunden. Die der Schrottkarren verleihenden Autovermieter gegen die hinter Kreditkarten verschanzten Geldberge wehrloser Touristen. Der Luftschlösser anbietenden Dienstleister gegen die Resistenz auszuschlachtender Kunden, jene der Krawatten tragenden Immobilienhändler gegen den Anspruch der Leute, für ihren Traum vom selbstbestimmten Dasein, für das sie ihre ökonomische Existenz bis übers Grab verpfänden, etwas anderes als eine schlecht belüftete Behausung unter dem Himmel zu bekommen. Die Kreuzzüge waren schließlich von den Pionieren der Landnahme, den Pfeffersäcken und Vorteilsnehmern gegen die Verfechter der unversöhnlichen, der blutigen Linie gewonnen worden, gegen die Ideologen. Erstere hatten dann Letzteren ihre reine Lehre ein wenig abgeguckt und waren, bis hinunter zum Krämer, Butikenbesitzer und Trachtenträger selber zu Trägern eines blassen Kreuzrittergedankens geworden. Wir verkaufen unsere Kaffeeröstmaschinen jedem, auch Negern, nur sollen sie sich nicht unterstehen herzukommen mit ihren afrikanischen Kaffeebohnen und sie in unseren Tälern in unseren Maschinen zu rösten, um bei uns ihren Kaffee zu schlürfen. Was scherte sie Wohlergehen oder Armut jenseits ihrer Berge, was Zugang zu Bildung und der Kultur der Menschheit, was, bitte, das universelle Recht, das Glück der Seele oder des Herzens zu suchen, dessen Verweigerung ein Victor Hugo, dieser patriarchalische Menschenfreund, Schwängerer von Dienstmägden und Verfasser unsäglicher Verse einst im lang vergangenen 19. Jahrhundert als Verbrechen gegen die Menschlichkeit gegeißelt hatte.

Seine Gedanken, er wusste nicht recht wieso, waren weit abgeschweift. Als er wieder zu sich kam, redeten die hier im Abteil unterdessen vom Neujahrsempfang der Industrie- und Gewerbekammer, des Alpinclubs Tirol, so ähnlich und immer so weiter und so fort, und er mochte ihnen, bis hinunter nach Lindau und Bregenz nicht länger folgen. Wie denn sollte sich das Geschick der Menschheit je ändern, wenn stets zwei oder drei von denen in einem Coupé, einer Bar in Rio, einem Wirtshaus im Spessart, einem Séparée, einem Restaurant in Wien oder Belgrad beisammen saßen, um eine kleine Betrügerei auszuhecken und einen kleinen Deal zu besiegeln. Das Wetter hatte sich erneut umgestellt, und als sie aus der Höhe hinabstiegen, hatte sich bei wieder einsetzendem Schneefall das vormalige Grau der Szenerie bemächtigt. Seine beiden Mitreisenden waren verstummt. Kurz darauf fuhren sie in den Bahnhof von Lindau ein, der auf einer Insel, mithin buchstäblich im Wasser liegt, den der Zug aus dem Kopfbahnhof rückwärts wieder verlassen musste. Nachdem er gehalten hatte, herrschte minutenlange Stille. Kein Laut, keine Bewegung, niemand, der aus- oder zuzusteigen schien. Nur der lautlose, unablässige Fall des jetzt wieder dichten Schnees. Als sie darauf nach wenigen Minuten Fahrzeit Bregenz erreichten, war heftiger Wind aufgekommen, der den Schnee zu beiden Seiten des Zugs hochwirbelte, so dass auf dem weitläufigen Bahnhof beim Wasser nur mehr schemenhafte Bewegungen vor den halb beschlagenen und eingeschneiten Fenstern des Abteils zu erkennen waren. Die beiden Trachtenmänner hatten, noch bevor der Zug endgültig gehalten hatte, ihre Sachen genommen und waren grußlos verschwunden. Wieder herrschte Stille. Der Zug verweilte unverständlich lang, als sollte er hier in Schnee und Eis und Wasser sein Grab finden. Nicht einmal die Grenzbeamten, österreichische, bayerische, schweizerische, passierten die Wagen.

Bald hinter der Grenze musste er, schwer beladen, umsteigen. Wartete, wind- und schneebedrängt, unter dem schmalen Dach des Perrons, da die Bahnhofsgaststätte bereits geschlossen war und der Anschlusszug zum festgelegten Zeitpunkt nicht kommen wollte. Alles um ihn schien ihm seltsam fremd, verweht und vertraut. Wo warst du? fragte das *Selecta*-Schild auf dem Automaten neben dem geschlossenen Kiosk. Selber schuld. Hier hat sich nichts verändert. Das SBB-Logo über dem Eingang zum Schalterraum. Solid und verschneit, verweht wie er selbst. Selber schuld. Schließlich kam der Zug überraschend und geräuschlos wie von Geisterhand gezogen, eine mächtige Lokomotive mit dem silbernen Schweizerkreuz am Bug vorneweg, ihn zu entsetzen. Er taute auf und war in dem öden Wagen unter dem halb grellen, halb verschatteten Licht allein. Allein dann auch, als er im Bahnhof seines Wohnorts ausstieg und sich sein Gepäck so herrichtete, dass er es zu Fuss nach Hause zu transportieren vermochte.

Der Schneefall hatte aufgehört. Vor einem schwarzen Himmel stand hell ein halber Mond, über den immer wieder dunkle, an ihren Rändern röntgenhaft durchleuchtete Wolken gingen. Die Straße, der entlang er auf dem Trottoir beladen heimwärts wanderte, eingefüttert in Winterjacke und Schal, war tief verschneit wie der Gehweg selbst, die Hecken und Bäume am Weg, die stillen, geduckten Häuser, aus deren Kaminen hier und da ein dünner Rauch stieg als Zeichen des Überlebens ihrer Bewohner, die nirgends Laut gaben. Die letzten zwei- oder dreihundert Meter trat er den jungfräulich gefallenen Schnee wie der erste Mensch, der die Örtlichkeit beging und seine Spur hinterließ.

»Der Rhein will streiken: Geschichten, die den Geist Johann Peter Hebels atmen.«

Frankfurter Allgemeine Zeitung

Langsame Zeit.
Eine Reise im Elsaß.

2004. 182 Seiten,
geb. mit Schutzumschlag,
€ 18,90 / sfr 33,60

ISBN 3-937667-02-4

Hans Peter Hoffmann,
Langsame Zeit

»Wahrhaft meisterliche Miniaturen, eine höchst vergnügliche Lektüre: intelligent, anspielungsreich, atmosphärisch dicht. Einen verblüffenderen Blick hat man literarisch kaum je über den Rhein geworfen!«

Badische Zeitung

»Eine Reise, die gar nicht schöner hätte werden können!«

Südwestrundfunk

KLÖPFER&MEYER

Autor und Verlag danken der Kulturstiftung des Kantons Thurgau
für die großzügige Förderung dieses Buches.

ISBN 3-937667-67-9

Umschlaggestaltung:
Christiane Hemmerich, Konzeption und Gestaltung, Tübingen.
Herstellung, Gestaltung und Satz: niemeyers satz, Tübingen.
Druck und Einband: Pustet, Regensburg.

Mehr über das Verlagsprogramm von Klöpfer&Meyer
finden Sie unter: www.kloepfer-meyer.de